CINDY DEES

PERDRE LE CONTRÔLE

CINDY DEES

PERDRE LE CONTRÔLE

REAMSPINNER
PRESS

Publié par
DREAMSPINNER PRESS

5032 Capital Circle SW, Suite 2, PMB# 279, Tallahassee, FL 32305-7886 USA
www.dreamspinnerpress.com

Édition e-book en français : 978-1-64108-380-5
Édition imprimée en français : 978-1-64108-381-2
Première édition française : février 2022
v 1.0

Édité aux États-Unis d'Amérique.

I

Spencer Newman scruta la centaine de Navy SEAL de l'équipe 10 actuellement aux États-Unis, ainsi que les bureaucrates, les formateurs, les analystes du Renseignement, les gars de la maintenance et même le médecin du groupe – tout le personnel nécessaire pour encadrer l'équipe et la garder opérationnelle. Putain, il les adorait, aussi chiants soient-ils ! Pour le dîner d'adieu, tous étaient sur leur trente-et-un et restaient plutôt calmes – fait rare chez une troupe aussi hétéroclite.

Le dîner ayant lieu au restaurant, les épouses étaient présentes ce soir. À dire vrai, elles étaient aussi nécessaires au bon déroulement d'une mission que le personnel logistique ou les pilotes de drones.

Parfois, Spencer se sentait un peu jaloux de voir les autres se délecter des photos de leur compagne ou compagnon, recevoir des appels Skype ou des colis qui leur parvenaient de l'étranger. Lui n'avait pas de femme, bien entendu, et pas de mari non plus, malheureusement.

Le poulet caoutchouteux venait d'être servi quand son portable professionnel vibra dans la poche intérieure de son uniforme. Spencer le sortit en fronçant les sourcils et vérifia l'identifiant de l'appelant : « épouse au travail ». C'était donc les Opérations, le quartier général qui les envoyait en mission, lui et ses hommes, avec un très court préavis. Sauf que l'équipe 10 était actuellement en formation et non d'astreinte pour être déployée.

Tout en acceptant l'appel, Spencer se leva et zigzagua entre les tables vers la sortie.

— J'écoute, marmonna-t-il.

— Lieutenant Newman, nous vous attendons au QG le plus tôt possible pour un briefing de mission.

— Vous savez pourtant que je forme mes gars en ce moment, non ?

— C'est une mission spéciale, elle ne concerne que vous.

— Euh, d'accord. Je peux arriver dans cinq minutes si je garde mon uniforme, mais si je passe me changer, il me faudra une demi-heure.

— Restez comme vous êtes. C'est urgent.

— Bien reçu.

DRAGO THORPE sentit vibrer son portable, aussi s'écarta-t-il de la fenêtre d'où il surveillait le bordel de Berlin, de l'autre côté de la rue. Il posa ses jumelles et sortit son téléphone de sa poche. Rares étaient ceux qui possédaient ce numéro, et un contact équivalait à un cas d'extrême urgence.

Le texto anonyme provenait d'une adresse que Drago avait créée dix ans plus tôt – une adresse qu'il n'avait jamais utilisée jusqu'ici.

Tu avais raison. Ils l'ont appelé.

Une litanie de jurons éclata dans sa tête. Ce fut seulement parce qu'il devait rester opérationnel à un poste de surveillance qu'il évita de hurler à pleins poumons sa fureur et sa frustration.

Il demanda :

Il a accepté ?

Il serra les dents en lisant la réponse :

Il n'a pas eu le choix.

Génial ! Spence serait furieux en arrivant ici.

Drago tapa rapidement un autre message :

Ouvre l'enveloppe que je t'ai laissée. Suis les instructions et fais-lui parvenir les photos qui sont à l'intérieur. Il saura quoi faire.

La réponse fut rapide :

D'accord. Sois prudent.

Ben voyons ! Comme si la prudence existait dans son monde ! Ça n'était pas le cas dix ans plus tôt, ça ne l'était pas davantage aujourd'hui. Et tout s'apprêtait à devenir bien plus compliqué encore.

II

— BONSOIR, MESSIEURS, Lieutenant Newman. Ce briefing est classé top secret, SCI [1], SAP [2].

Spencer hocha la tête. *Information Classée Sensible*? Merde! En clair, il n'apprendrait que le strict minimum et il ne serait pas censé en parler – sauf à ceux qui avaient le même niveau d'habilitation que lui.

Quant au Programme d'Accès Privilégié, ça désignait une opération dite « noire » – secrète et peut-être violente. Spencer comprenait mieux la nécessité de ce rendez-vous dans le bureau anonyme d'un immeuble tout aussi anonyme du Maryland, très loin du quartier général de la CIA.

Un SUV banalisé l'y avait conduit directement de Norfolk. Ses sacs étant dans le coffre, il s'était changé sur la banquette arrière du véhicule. Par chance, il n'avait rien bu au dîner. Il avait donc l'esprit clair, bien que plein de questions.

Il regarda autour de lui : une salle de conférence et quatre hommes.

Quatre ?

C'était du grand n'importe quoi! En temps normal, une mission Navy SEAL réclamait un encadrement de plus de cent cinquante personnes : analystes du Renseignement, planificateurs, troupes de rechange, responsables du transport, techniciens d'équipement, traducteurs, experts culturels et thématiques... et à cette liste de base s'ajoutaient divers spécialistes en fonction de la mission.

Aujourd'hui, Spencer apprenait qu'il travaillerait pour la CIA et que l'ordre le réclamant lui en particulier était tombé quelques minutes avant qu'il reçoive cet appel au banquet.

La CIA, hein ? Spencer scruta les autres hommes. L'un d'eux serait son maître de terrain, un autre superviserait les Opérations. Il lui sembla reconnaître le visage du troisième, un expert es Moyen-Orient qui avait soutenu l'équipe 10 dans le cadre d'une mission plusieurs années plus tôt. Mais Spencer avait connu beaucoup de briefings et rencontré beaucoup

---

1 *Sensitive Compartmented Information* : information classée sensible
2 *Special Access Program*, programme d'accès privilégié.

d'agents du Renseignement au fil des ans, aussi commençait-il à tous les mélanger. Le quatrième homme était un simple technicien gérant l'équipement audiovisuel.

Il poussa à travers la table la paperasserie habituelle de non-divulgation qu'il signa sans se donner la peine de lire le jargon juridique. Ce n'était pas son premier rodéo. Il savait parfaitement que la CIA serait en droit de tirer à vue s'il répétait ce qu'il allait voir et entendre.

Avant de s'engager dans les Navy SEAL, Spencer s'était spécialisé dans les opérations d'infiltration de la NCIS [3], aussi au début de sa carrière avait-il été plusieurs fois affecté par Langley [4] pour diriger les missions infiltrées. Depuis lors, de l'eau avait coulé sous les ponts. Sa dernière mission avait été avec Dray…

Spencer sentit la bile – ou l'amertume – lui remonter dans la gorge et il déglutit péniblement. Il secoua la tête pour échapper à ces réminiscences. Ressasser le passé n'apportait rien de bon.

— Lumières, s'il vous plaît !

C'était le chargé de mission de la CIA, un homme mince et intense qui s'était présenté sous le nom de Charles Favian. Il adressa un signe de tête au technicien et les plafonniers s'éteignirent, tandis qu'un écran blanc s'éclairait sur le mur. Une photographie granuleuse s'afficha aussitôt.

— Lieutenant Newman, reconnaissez-vous cet homme ?

Quand on parle du diable. Bien que Spencer ait passé des années à réprimer ses émotions, il eut de la peine à rester impassible.

— Oui, grinça-t-il.

Drago Thorpe. Le nom envahit son esprit, suivi par une vague d'émotions conflictuelles qu'il eut du mal à cataloguer. Il en eut les tripes nouées.

— Et d'où le connaissez-vous ?

Cette fois, l'intervention venait de l'homme aux cheveux gris installé en bout de table. D'après Spencer, c'était le responsable de l'opération.

Merde quoi ! Spencer avait rencontré Drago lors d'une opération de la CIA. Cheveux Gris le savait sûrement. Alors pourquoi cette question ?

3 *Naval Criminal Investigative Service*, qui regroupe une équipe d'agents spéciaux chargés d'enquêter sur des crimes concernant la Marine.

4 Terme souvent utilisé comme métonyme de CIA (ville de Virginie, aux États-Unis, où se trouve le siège de la CIA).

Probablement pour juger de sa réaction en revoyant Drago. Logique, vu qu'ils s'étaient séparés sur un désastre.

Après cette mission calamiteuse, Spencer ignorait ce que Drago avait rapporté de leur relation personnelle. L'enfoiré était bien capable d'avoir étalé le moindre détail lascif et humiliant de leur liaison en y prenant un grand plaisir.

C'était un sacré miracle qu'il ne soit pas passé en cour martiale suite à ce fiasco !

D'une voix soigneusement contrôlée, il répondit :

— J'ai collaboré avec M. Thorpe sur une opération de surveillance il y a dix ans.

Nom de Dieu ! Dix ans, vraiment ? Spencer avait la sensation qu'hier à peine, il s'était retrouvé dans une pièce semblable à celle-ci pour être envoyé à Beyrouth avec Dray et surveiller une éventuelle cellule terroriste. Ils étaient censés identifier la cible du groupe.

Une tâche toute simple.

Pourtant, Drago et lui avaient lamentablement échoué. Les terroristes avaient échappé à leur surveillance, gagné une station balnéaire de Tel-Aviv et bombardé un hôtel : la tour s'était effondrée – comme celles du World Trade Center le 11 septembre – tuant plus d'un millier d'innocents. Après cette catastrophe, Spencer avait envisagé de quitter la Navy. Rien qu'en y repensant, il en avait encore la nausée.

C'était Drago qui l'avait empêché de démissionner en lui jetant un défi juste avant de se séparer sans espoir de se revoir un jour. Spencer restait hanté par les derniers mots de ce salaud : *je te défie de rester dans la Marine et de garder ton secret. Je parie un dollar que tu en seras incapable.*

Favian parlait à nouveau :

— … il y a neuf jours environ, Thorpe a été repéré à Berlin, il entrait dans une maison de prostitution. Ici, il quitte l'établissement.

D'autres images tout aussi granuleuses s'affichèrent sur l'écran mural : Drago sortant d'un immeuble d'apparence résidentielle par l'issue de secours incendie et s'enfuyant à pied. C'était pris de nuit, sans doute par un drone de surveillance.

Favian poursuivit :

— Peu de temps après que Thorpe a quitté l'immeuble, le cadavre d'un homme du nom de Fayez Khoury a été découvert.

L'implication était évidente : Drago avait tué Khoury.

— Qui était Khoury ? demanda Spencer.

— Un Yéménite. Nous ne savons pas grand-chose sur lui.

Si la CIA ne s'y intéressait pas, ce n'était pas un terroriste, ni même un présumé terroriste. Alors, pourquoi l'éliminer ?

Brusquement, Cheveux Gris se pencha en avant, le visage tendu. Spencer devina que l'homme s'apprêtait à jeter sa petite grenade dans ce calme briefing et que la tâche de la désamorcer allait tomber sur lui.

Mentalement, il se durcit.

Cheveux Gris déclara avec force :

— M. Thorpe n'avait pas reçu l'autorisation de tuer un ressortissant étranger !

Boum. Spencer en reçut un coup douloureux au ventre. Drago avait-il déraillé ? *Merde, Dray. Qu'est-ce qui t'a pris ? Tu savais bien que ces gars-là n'allaient pas laisser un crime impuni !*

À vrai dire, Spencer n'était pas vraiment surpris. Drago était un rebelle dans l'âme. Il détestait les règles, il détestait qu'on lui dise ce qu'il devait faire. Il était impulsif et vindicatif. Ça faisait de lui un agent efficace et un homme terriblement séduisant, mais ça lui apportait aussi pas mal d'ennuis.

Comme dans le cas présent.

Le troisième homme – quel était son nom déjà ? Akuba ? Akaba ? – parla pour la première fois :

— Ce meurtre a provoqué un incident diplomatique international avec le gouvernement allemand, et le département d'État s'efforce de se couvrir. Ils exigent que nous contrôlions notre agent.

Rien d'étonnant.

Cheveux Gris fixa Spencer.

— Lieutenant Newman, pensez-vous réussir à retrouver M. Thorpe ?

— À quelle fin ? s'enquit Spencer avec brusquerie.

— Il doit se rendre.

Et merde.

Cheveux Gris insista :

— Deux agents ont déjà essayé d'intercepter M. Thorpe, sans résultat.

Spencer cacha son amusement. Drago avait un don pour pressentir le danger.

— Vu que vous connaissez déjà Thorpe et que vous avez travaillé avec lui, nous espérons que vous réussirez peut-être à l'approcher et à le convaincre de se rendre.

Waouh! Ça n'était pas le genre de la CIA d'opérer avec des «nous espérons» et des «peut-être». Ils devaient être acculés pour faire ainsi appel à lui! Surtout qu'en le voyant, Drago risquait de filer – ou de le descendre.

Favian reprit la parole :

— Thorpe a été aperçu il y a une semaine à Beyrouth. Dans un bar appelé al-Mandolib.

Il poussa plusieurs photos sur la table. Spence les récupéra.

Nom de Dieu! Le Mandolib? Ça n'était sûrement pas une coïncidence que Drago se soit laissé surprendre là-bas. Il aurait aussi bien pu envoyer à Spencer un télégramme pour l'inviter à la fête.

Soudain, Spencer douta du timing de cette mission : il ne s'agissait plus d'un hasard, mais plutôt d'une nouvelle intrusion de Drago dans sa vie. Mais dans quel but? Cherchait-il à sauver sa carrière? Ou sa vie? À renouer avec lui? Sûrement pas. Pourtant, le Mandolib était bel et bien un message adressé à Spencer. *Qu'est-ce que tu fous, Dray?*

C'était leur endroit, autrefois…

Un rade miteux dans un quartier miteux, sombre, sale, peu fréquenté par les étrangers. Spencer fit une pause devant les fenêtres obscurcies, la main sur la poignée métallique et collante. Une fois le seuil franchi, il entrerait dans un monde interdit, un monde de tentations qui lui étaient inconnues.

Drago lui avait ri au nez en le traitant de «coincé» quand Spencer avait avoué n'être jamais entré dans un bar gay, et encore moins un bar de strip-tease gay. Puis le salaud l'avait défié de venir ici, ce soir. Comme si un tout nouveau SEAL pouvait reculer devant un défi. C'était une fierté qui venait avec le trident. Une fierté stupide, probablement, mais peu importait, Dray l'avait défié.

À vrai dire, Spencer était terriblement attiré par Drago et tout aussi curieux de savoir ce qu'il manquait en refusant d'explorer sa sexualité.

Il ouvrit la lourde porte et entra dans un sas à peine plus grand qu'une cabine téléphonique. Le corps massif d'un videur de deux mètres de haut et presque autant de large occupait presque tout l'espace. Le crâne était chauve, le débardeur dénudait de larges épaules couvertes de poils noirs et de tatouages colorés. Des yeux sombres et lascifs caressèrent le corps de Spencer, s'attardant à l'entrejambe, puis remontèrent jusqu'au visage sans se presser.

— *Joli garçon,* roucoula le videur dans un anglais au lourd accent.

Il hocha sa tête chauve, ce que Spencer prit pour une permission d'entrer.

Il poussa les rideaux de faux velours noirs et tomba en… enfer.

Oui, l'enfer devait ressembler à ça. Une sinistre lumière rouge tombait du plafond bas sur une salle enfumée qui puait la pisse. L'endroit était bondé : des hommes partout, des jeunes et des vieillards, des gros et des maigres, des barbus et des imberbes, des éphèbes et des fauves – tous parlaient et riaient, flirtaient et se frottaient les uns contre les autres avec une aisance qui rendit Spencer farouchement jaloux. Être à ce point à l'aise dans sa peau, en accord avec ses désirs secrets…

Non. Il n'avait jamais connu ça.

Il n'était pas dans le placard, pas complètement. Il avait avoué son homosexualité et sa famille s'était montrée ouverte et compréhensive. Il avait même eu quelques aventures à l'université. Mais les SEAL, c'était différent. Spencer venait d'être envoyé en opération et ne tenait absolument pas à tester les limites du « Ne rien demander, ne rien dire » avec un groupe de gars entraînés à tuer sans se faire prendre.

— Hé, Spence. Tu es venu ! cria une voix rauque à son oreille. Je ne pensais pas que tu aurais les cojones [5] *de le faire.*

Quand des doigts familiers caressèrent ses épaules, Spencer s'écarta, furieux.

— Ça ne va pas la tête ? Tu as l'habitude de tripoter tes collègues ?

Drago le frôla en riant.

— Ne monte pas sur tes grands chevaux, Captain Blanche-Neige.

Il guida Spencer vers le bar en utilisant ses larges épaules pour s'ouvrir un passage et réclama deux whiskys. Une fois le sien en main, Spencer jeta un regard inquiet au verre mal lavé et sirota l'alcool avec prudence. Le whisky servi à l'al-Mandolib était atroce, pourtant, les clients autour d'eux en buvaient comme de l'eau.

Les sourcils froncés, Spencer suivit à contrecœur Drago à travers la foule. Mentalement, il s'admonestait : ne regarde pas son cul ! Ne regarde pas son cul.

Dray avait un cul d'enfer. Ferme et musclé.

Le mec devait baiser comme un étalon.

---

5 Mot espagnol, « couilles »

Non, pas question d'emprunter ce terrain miné. On ne couchait pas avec un collègue! Surtout pas pendant une mission dangereuse visant à traquer une cellule terroriste qui semblait préparer un grand coup.

— Lieutenant Newman?

Spencer releva les yeux vers Cheveux Gris, infiniment choqué d'avoir à ce point perdu le fil de la conversation.

— Oui?

— Alors, vous acceptez de nous aider à appréhender Thorpe?

— Je vais essayer. Je ne vous promets rien. C'est le meilleur agent de terrain que j'ai rencontré. Je crois même qu'il me surpasse.

III

Déchetterie d'Al-Hamad,
Sud-est de la Syrie

DRAGO SURVEILLA un scorpion mortel qui passait à quelques centimètres de son visage, sans doute attiré par l'ombre de son filet de camouflage, et réprima son geste instinctif d'écarter la bestiole. Ce mouvement risquait de révéler sa présence dans le léger creux de terrain de l'oued plat et large, à vue de l'enceinte où les terroristes étaient rassemblés.

Au sud-est de Palmyre, en Syrie, s'étendait une étendue de désert stérile, le Badiyat al-Sham, que même Daech à son apogée n'avait pas pris la peine de réclamer. Formés de lave ancienne, ses affleurements rocheux rougeâtres et la poussière rouge-beige accumulée au cours des millénaires s'étalaient sur des centaines de kilomètres carrés de désolation totale. S'il existait sur Terre un endroit plus isolé et abandonné, Drago ne l'avait jamais rencontré. La température actuelle dépassait les cinquante degrés Celsius et l'humidité stagnait à six pour cent. En principe, il tombait quelques centimètres de pluie par an, mais pour le moment, Drago n'avait vu que de rares nuages gris passer haut dans le ciel et s'évaporer longtemps avant de toucher le désert assoiffé.

Le scorpion, presque de la taille de sa paume, sentit sa présence et arqua sa queue menaçante. C'était une distraction que Drago ne pouvait se permettre alors qu'il touchait presque au but après une semaine de surveillance exténuante.

Il espérait en tout cas toucher au but.

Il repéra un panache de poussière à distance, au fond de la vallée, déplaça sa longue-vue Zeiss vers le nord et zooma sur trois SUV qui arrivaient à toute vitesse vers le petit groupe d'habitations aux toits plats et aux murs de pierre.

Les informations reçues de son contact étaient exactes : la réunion d'aujourd'hui devenait un *Who's who* [6] des groupes rebelles régionaux. Non

---

6 « Qui est qui», ouvrage de référence des personnalités britanniques.

seulement les suspects habituels étaient déjà là – État islamique, Haqqani [7], Hezbollah [8] –, mais d'autres acteurs locaux s'étaient également présentés, notamment, Quds Force, un sous-groupe des Gardiens de la Révolution iraniens.

Depuis quand les rivaux traditionnels censés se battre pour contrôler cette partie du Moyen-Orient en étaient-ils venus à partager leurs jouets et à s'ébattre dans le même bac à sable des petits terroristes ? Les éliminer tous était tentant, mais aujourd'hui, Drago était là pour une seule cible.

Cette cible s'était autoproclamée « Kurbaj », « le fouet ». Quel petit plaisantin ! C'était très tendance BDSM !

Kurbaj n'était pas encore arrivé, mais l'indic de Drago affirmait qu'il viendrait. Et Drago y croyait, compte tenu de tous ceux pointant déjà à cette Organisation des Nations Unies du génocide.

Quand la dernière caravane de SUV s'arrêta devant l'enceinte, Drago suivit d'instinct sa routine de sniper, relaxant ses muscles un par un, se fondant dans le sable, ignorant le scorpion qui arrivait dangereusement près de sa main posée sur la détente. Sa respiration ralentit et son pouls prit un battement paresseux – comme une montre dont la pile faiblissait...

La portière du SUV du milieu s'ouvrit, laissant sortir trois mastodontes en costumes sombres de piètre qualité – des gardes du corps, AK-47 [9] sur l'épaule, dents tachées par le tabac, bajoues pendantes. Puis Drago repéra l'encre au dos de la main d'un des gardes et cilla mentalement de surprise. C'était un tatouage *Bratva* [10]. Il s'agissait donc d'un gangster russe. Or, ces gars-là ne travaillaient jamais pour les non-Russes, ils s'occupaient encore moins de la sécurité des étrangers.

Un jeune homme vêtu d'un costume parfaitement coupé sortit le dernier du SUV : ce devait être le personnage important du lot. Il avait à peine trente ans, de taille moyenne, mince, des cheveux châtain clair, une peau foncée. Il jeta un bref regard autour de lui avant de mettre sur son nez une paire de lunettes sombres.

Bizarre. Drago connaissait la plupart des suspects habituels de cette partie du monde, mais ce type lui était inconnu. Un nouveau gangster russe,

---

7 Groupe armé islamiste faisant partie des talibans.

8 Parti politique et groupe islamiste chiite basé au Liban à Beyrouth

9 Fusil d'assaut.

10 Au cours du 20e siècle en Union soviétique, les communautés pénales et pénitentiaires russes utilisent les tatouages pour indiquer la carrière criminelle et le classement hiérarchique des membres.

devina Drago, un riche psychopathe, occidentalisé et technophile. Il avait à peine tourné la tête vers le désert environnant, mais ce fut suffisant. En utilisant l'appareil intégré à sa lunette, Drago put prendre une photo bien nette de son visage.

Il pressa le bouton d'envoi de son appareil et adressa sa photo à un satellite qui la relayerait à Charles Favian, au bureau du Moyen-Orient, et ensuite à Langley.

Après tout, si Drago ne gagnait pas sa croûte ici, la CIA le renverrait aux USA. Ensuite, il devrait attendre une autre mission à l'étranger pour poursuivre sa vendetta personnelle.

— Tu l'as reçue ? souffla-t-il dans le petit micro qu'il avait au coin de la bouche.

Charles Favian, le meilleur analyste en imagerie de Langley, répondit dans un murmure :

— *Oui. Je la passe actuellement en reconnaissance faciale, mais ça peut prendre un certain temps, en supposant que la NSA [11] l'ait déjà enregistré dans sa banque de données. Maintiens ta position au cas où il arrive d'autres rocks stars.*

D'un claquement de langue, Drago indiqua « bien reçu ».

Peu après, le scorpion quitta enfin l'ombre de son camouflage. Il n'y eut plus d'autres arrivées. *Allez, Kurbaj. Où es-tu ?*

Le soleil glissa vers l'ouest, aveuglant Drago pendant de douloureuses minutes. La boule de feu disparut enfin derrière une crête rocheuse. Le pire de la chaleur était passé. Bientôt arriveraient le crépuscule, puis le froid glacial de la nuit.

Pourquoi diable tant de factions disparates s'étaient-elles ainsi réunies ? L'idée que les terroristes fomentent une grande attaque donna à Drago la chair de poule. Seigneur, quel carnage ils risquaient de provoquer !

Son attention fut attirée par un mouvement entre les bâtiments. Il y pointa son Zeiss.

Des enfants, une douzaine environ. Des petits garçons portant la *thoab*, l'ample tunique blanche des Bédouins, et des petites filles enveloppées dans

---

11 National Security Agency, organisme gouvernemental du département de la Défense des États-Unis, responsable du renseignement d'origine électromagnétique et de la sécurité des systèmes d'information du gouvernement américain.

de longues *madragas* noires, versions miniatures des robes des femmes, qui sortaient profiter de la lumière cramoisie du coucher du soleil.

Un ballon de football apparut et les enfants se mirent à jouer. Drago entendit des rires et de gais appels. D'autres adultes quittèrent alors les masures, des vieillards, hommes et femmes. Apparemment, toute une tribu de Bédouins vivait là à l'année.

— *Abandonne, Dray.*

L'ordre laconique le fit sursauter.

— Quoi ?

— *Le haut commandement estime que tu en as assez vu. Ils veulent que tu t'effaces. Un drone va bientôt arriver.*

Quel drone ? Pourquoi n'en avait-il pas été informé ?

Bien sûr, Drago connaissait la réponse. L'armée américaine adorait les cachotteries, en particulier vis-à-vis des agences de Renseignement qui lui transmettaient l'essentiel de ce qu'elle savait. Connards de soldats !

— Garde-le très haut, Chaz, marmonna-t-il. Ils ont des observateurs qui scrutent le ciel.

— *Bien reçu. Je relayerai.*

— Cet endroit grouille de civils. J'ai en visuel une douzaine d'enfants et presque autant d'adultes locaux.

— *Recule. Tu as déjà suffisamment de problèmes après le...*

Charles ne termina pas sa phrase.

— Après quoi ? aboya Drago, sans hausser le ton.

Il ne tenait pas à compromettre sa position, déjà très vulnérable.

— *Rien, rien*, répondit Charles un peu trop vite. *Je n'ai rien dit.*

— Pas de baratin, mec. Nous avons traversé trop de choses ensemble.

Comme s'il avait peur d'être entendu, Charles souffla d'une voix à peine audible :

— *L'incident du bordel.*

Si Drago n'avait pas été allongé devant plusieurs douzaines de gardes du corps armés et certains des hommes les plus violents de la planète, protégé par un simple tissu de camouflage, il aurait tressailli de surprise. Ainsi, l'agence était au courant de ce qui s'était passé à Berlin ? Comment diable avaient-ils découvert qu'il s'était rendu là-bas ?

— Que sait le bureau au juste ? demanda-t-il.

— *Je ne peux rien dire*, répondit Charles.

Au moins, il avait la bonne grâce de paraître gêné.

À quel point Drago était-il compromis ?

Et merde! S'il était surveillé par la CIA, il ne pouvait envisager d'éliminer Kurbaj. Langley découvrirait vite qu'il s'agissait d'un meurtre non commandité et se lancerait à sa poursuite.

Mais quel autre choix avait-il? C'était le seul moyen de tout arranger. Il fallait qu'il mène son plan à bien. Alors, la CIA comprendrait et pardonnerait. S'il arrêtait au milieu, il était foutu.

L'obscurité tombait rapidement dans le désert. En quelques minutes, le ciel devint bleu marine, puis noir. Les étoiles s'allumèrent une à une et les enfants rentrèrent. Le vent mourut et un silence profond s'installa. Les insectes n'existaient pas dans ce sol desséché, aucun bruit ne troublait la nuit.

Drago réfléchissait fébrilement. Que faire? Rester et éliminer un terroriste assassin, ou partir afin de garantir ses arrières et attendre une autre occasion, un autre endroit? Seigneur! Pour arriver à ce moment, il avait déjà consacré des mois – sinon des *années*! – à travailler de façon laborieuse et à emmagasiner les informations. Et ce serait pour rien?

Il ne pouvait renoncer à tuer Kurbaj.

Mais désobéir risquait de lui coûter très cher, aussi bien sur le plan personnel que professionnel...

Rien à foutre. Il allait tenter le coup...

Son débat mental cessa quand il repéra un léger mouvement devant lui. Une ombre glissa dans un coin, disparaissant dans une ombre plus opaque encore.

Avait-il bien vu?

Drago scruta intensément la scène devant lui.

Quelques minutes plus tard, ça recommença. C'était quoi?

Un homme. Et même un soldat, à en juger par sa ceinture utilitaire, son casque et ses lunettes de vision nocturne. Il se faufilait furtivement de véhicule en véhicule, plantant quelque chose sous chacun d'eux.

C'était quoi ce bordel?

L'agent des Forces Spéciales – parce que, franchement, qui d'autre qu'un commando pourrait rôder là-bas? – bougeait comme un putain d'Américain. Chaque nation avait ses techniques de formation et elles étaient aussi distinctives que l'équipement des agents.

— Chaz, nous avons des militaires américains dans le coin?

— *Non, les plus proches sont des observateurs à cent kilomètres à l'ouest. Pourquoi?*

— Pour savoir qui est le connard des FS qui étiquette les voitures devant moi?

— *Quoi ?*

Charles paraissait si surpris que Drago crut à sa sincérité.

— *Prends une photo*, ajouta Fabian, *du visage de préférence.*

— Compris.

Le soldat se figea en entendant un bruit de moteur : une nouvelle caravane arrivait. Il recula jusqu'au coin d'une maison, il s'arrêta, puis agit de façon étrange. Il souleva ses lunettes de vision nocturne, exposant son visage, et tourna la tête à trois cent soixante degrés dans toute la vallée. Pendant quelques secondes, son regard fixa Drago. Ensuite, l'homme rabaissa ses lunettes et cacha le haut de son visage.

Je jurerais devant Dieu qu'il l'a fait exprès ! Comme s'il voulait que je le voie. Mais pourquoi ?

D'instinct, Drago avait pris la photo. Ce fut au moment où son doigt appuyait sur le bouton qu'il reconnut cette mâchoire, ces épaules…

— Putain de connard d'enfoiré de fils de pute ! haleta-t-il.

Spence était venu. Oui, mais ils étaient censés se retrouver à Beyrouth, pas ici…

Pourtant, il était venu.

Le soldat s'évanouit dans l'ombre.

— *Pardon ?* jeta Charles, choqué.

— Je ne te parlais pas. Dis à tes patrons que, pour changer, j'obéis aux ordres : je m'en vais.

Que faisait Spencer dans cet enfer ? Pourquoi était-il venu jusqu'ici sans le contacter ? Pourquoi n'avait-il pas demandé ce qui se passait avant de faire irruption au milieu d'une opération ?

À quoi tu joues, Spence ?

Spencer Newman était efficace et intelligent. Alors, savait-il quelque chose que Drago ignorait ? Ou avait-il juste cédé à son tempérament de « je-fais-toujours-ce-qui-est bien » et fait irruption dans cette mission comme un taureau enragé sans se poser de questions ?

De toute façon, sa seule présence avait tout fichu en l'air. Bon sang. De toute évidence, Spence était resté aussi rigide, aussi coincé qu'autrefois.

Étrange, mais en dix ans, Drago avait oublié ce si irritant trait de caractère. En revanche, il avait gardé en mémoire l'époustouflante beauté de Spence, son honorabilité, son honnêteté intrinsèque.

Furieux – et même enragé ! – Drago entama l'ennuyeux processus d'un recul lent et progressif, emportant avec lui le filet beige drapé sur son dos.

Dès que possible, il comptait prendre Spencer Newman entre quatre yeux et exiger de savoir pourquoi le Navy SEAL avait bousillé son opération.

Ensuite, il tuerait ce salaud suffisant.

Il avait mis près de douze heures pour avancer des rochers au sud-est jusqu'à sa position actuelle, quatre cents mètres à travers le sable de l'oued. Il recula bien plus vite, poussé par sa furieuse indignation.

— *L'Armée a l'intention d'attaquer l'enceinte*, rapporta Charles. *Dans combien de temps seras-tu à l'abri ?*

— Un bail. Dis aux militaires qu'il y a des civils là-bas. Des enfants.

— *Dépêche-toi ! Le pilote du drone vient de recevoir l'ordre de mettre son Predator [12] en position.*

— Négatif, négatif ! murmura Drago avec urgence. Je répète : il y a des dizaines de civils dans ce complexe !

— *J'avais entendu la première fois*, grogna Charles. *Et inutile de t'en prendre à moi, j'ai déjà fait mon rapport au bureau militaire.*

Drago sentit un étau d'horreur lui comprimer la poitrine. Spencer avait-il organisé l'attaque aérienne ? Sans doute. Et ce qu'il avait placé sous les véhicules, ce devait être des balises pour missiles air-sol.

— *Soixante secondes avant le feu vert*, annonça Charles.

Drago l'entendit de très loin, au-delà du rugissement qu'il avait dans les oreilles.

—Annule !

— *Je ne peux pas. Sauve-toi vite.*

Drago ne le pouvait pas. Ses membres refusaient de bouger. Il ne pouvait pas assister sans réagir au massacre de ces enfants.

Et de Spencer.

Seigneur. Spencer se trouvait toujours quelque part parmi les bâtisses. Même si Drago lui en voulait encore, il n'acceptait pas de le voir mourir tué par les militaires de son armée. Si quelqu'un devait tuer Spencer Newman, ce serait lui. Merde, quoi, il méritait bien ce privilège.

— *Trente secondes. Tu n'as plus le temps d'être discret, Drago. Lève-toi et cours.*

Drago se leva, son filet de camouflage ondula derrière lui comme une cape, soulevé par la brise nocturne.

---

12 Le MQ-1 Predator est un drone militaire de longue autonomie entré en service en 1995.

Charles avait raison. Il devait courir. Mais pour s'éloigner de Spencer ou pour aller vers lui ? Devait-il sauver sa peau ou hurler un avertissement à son ex ? Pris dans un de ses rares moments d'indécision, Drago resta planté à regarder les gardes du corps qui, eux aussi figés devant leurs portes, le fixaient comme une apparition. Enveloppé dans du tissu beige de la tête aux pieds, il devait ressembler à une momie de djinn émanant du désert.

— *Dix, neuf, huit...* Charles compta laconiquement.

Drago se mit à courir. Vers l'enceinte.

— Spencer ! Un missile ! Couche-toi ! hurla-t-il à pleins poumons.

Il implora le ciel que sa voix porte loin assez dans l'air froid pour atteindre le Navy SEAL. L'observateur au coin du bâtiment principal sursauta et disparut à l'intérieur du bâtiment où la réunion avait lieu.

— *Cinq, quatre. Couche-toi !* cria Charles.

Une traînée de feu illumina le ciel sombre, arrivant à une vitesse incompréhensible.

Un énorme flash de lumière et une explosion assourdissante firent exploser la nuit. Le sol se souleva sous les pieds de Drago, il fut renversé et une vague de feu le heurta dans le dos.

Le souffle coupé par l'impact de sa chute, il leva les yeux, haletant, cherchant l'oxygène que réclamaient ses poumons torturés. Un nuage de fumée macabre flottait au-dessus de lui, éclairé par les feux vacillants de l'enfer.

Quand il aspira enfin un air vicié, il toussa et hoqueta. Et la douleur irradia en lui. Les explosions continuaient. Arrosé de débris de béton, de pierres et de morceaux de lave, Drago se recroquevilla en position fœtale, les bras autour de la tête. Il avait la sensation que tout le village incendié lui tombait dessus, ainsi qu'un bon morceau de l'oued.

Qu'avait fait l'Armée américaine ? Qu'avait fait Spencer ?

Un mauvais pressentiment l'envahit.

Rien de bon ne sortirait de cette histoire.

La poussière étouffante commença à se dissiper et le silence retomba sur la vallée. Le silence profond de la mort.

Spencer. Oh mon Dieu ! Pas Spencer.

IV

SPENCER CHANGEA de direction lorsqu'il reconnut la voix rauque et familière de Drago : « Un missile ! Couche-toi ! » Il courut comme un dératé et quitta l'enceinte au moment où il entendit le sifflement annonciateur d'une mort imminente. Il plongea en avant et roula à l'abri d'un rocher de bonne taille, les mains pressées contre les oreilles.

Ka-boum !

L'onde de choc fut si forte et si brûlante que Spencer eut la sensation que son corps se dissolvait en un milliard de molécules. Puis elles se rassemblèrent et ce fut atrocement douloureux.

Oh, mon Dieu ! Drago était quasiment sous le missile.

Spencer se releva et retourna à l'endroit où on lui avait dit que Dray se cachait, cerclant le cratère fumant qui, quelques secondes plus tôt, avait été une enceinte peuplée de gens.

— Drago ! cria-t-il.

Il tituba autour des décombres et de la colonne de fumée qui en émanait. Des morceaux de béton, de cailloux et d'autres matières qu'il préférait ne pas examiner de trop près maculaient son casque. La mine sombre, Spencer avança et contourna la zone d'explosion. Il aperçut alors un ballot poussiéreux enveloppé dans un filet de camouflage, à quelques centaines de mètres devant lui. *Non, non, non.* Il courut plus vite. *J'espère que tu es vivant, idiot, j'espère que tu es vivant.*

Il tomba à genoux à côté du corps et souleva le filet, cherchant l'homme caché dessous.

— Drago ?

Un mouvement. Un gémissement. *Oh, merci mon Dieu !*

Apparurent enfin les cheveux noirs, le visage hâlé et la barbe noire de Drago. Couvert de poussière, l'agent de la CIA ressemblait à un fantôme. Il bougea la tête et ouvrit un œil sombre. Le regard était flou, désorienté.

Dix années s'effacèrent d'un coup. Ils étaient de retour à Tel-Aviv, en cette horrible journée, une décennie plus tôt. La fumée noire et huileuse avait l'odeur de la mort, elle s'élevait en une sinistre colonne derrière Drago, lourde et oppressive. C'était peut-être les âmes de tous ceux qui venaient de mourir qui s'attardaient ainsi, dans l'air au goût âcre.

Seigneur ! C'était *exactement* comme à Tel-Aviv.

— Es-tu blessé ? chuchota Spencer. Peux-tu bouger ?

— Est-ce que je suis mort ? marmonna Dray. Nous irons en enfer ?

— Probablement. Mais pas aujourd'hui. Je suis vivant et toi aussi.

Cette fois, Drago tourna la tête. Il semblait bouger normalement, sans avoir mal. Pas de fracture cervicale donc. C'était une bonne chose.

Drago ouvrit les deux yeux et fixa Spencer.

— Qu'est-ce que tu fais là ?

— Je suis venu te sauver, apparemment.

— Foutaises ! C'est moi qui t'ai sauvé.

— Tu peux marcher, Dray ?

— Je ne sais pas.

— On va vérifier.

Spencer lui tendit la main et l'aida à s'asseoir.

— Doucement, ajouta-t-il. Comment ça va ? Tu as le vertige ? Une explosion peut provoquer des troubles de l'oreille interne. Ton équilibre me semble correct.

— Sans blague ?

Spencer lui passa un bras autour de la taille, aussi solide et musclée que dans son souvenir. Drago n'était pas du genre à s'entraîner dans un gymnase en y cherchant un amant aux abdos structurés. Non, il était plutôt de ceux qui vivaient à la dure et travaillaient plus dur encore, son corps était façonné par des années de labeur acharné sur le terrain.

Un physique de guerrier.

Spencer l'aida à se remettre sur pieds

— J'aime bien te voir sonné, marmonna-t-il. Tu es moins chiant.

— Va te faire enculer ! rétorqua Drago.

— Là, je te reconnais mieux. Appuie-toi sur moi si tu en as besoin. Il nous faut franchir cette crête. J'ai un véhicule caché de l'autre côté.

Ils s'éloignèrent d'un pas trébuchant, laissant l'apocalypse derrière eux. Un bip sans véritable intérêt stratégique sur le radar de l'intervention militaire américaine, mais la fin irrévocable de dizaines d'êtres humains. Bien sûr, quelques terroristes avaient disparu en même temps que les familles, les amis, les enfants. Tous anéantis. Le parallèle avec l'attentat d'un hôtel dix ans plus tôt était effrayant.

— Tu étais censé aller au Mandolib, marmonna Drago. Pourquoi es-tu venu ici pour me faire exploser ?

— Je n'ai rien à voir avec ce missile ! protesta Spencer. Merde, j'étais encore plus proche que toi de cette enceinte. Je ne suis pas kamikaze.

— Sans blague ?

Spencer se contenta de rouler des yeux. Essayer de discuter avec Drago ne servait à rien.

— Pourquoi cette apparition au Mandolib ? Tu voulais me voir ?

— Moi, je voulais te voir ?

Spencer le fusilla d'un regard sévère.

Drago hocha la tête.

— D'accord, concéda-t-il. C'était effectivement un message.

— Pourquoi ?

— Parce que je tenais à te montrer quelque chose.

— Quoi ? Des terroristes qui se réunissent en espérant que les civils feront diversion et au final tout le monde explose ? Désolé, Dray, mais ce n'est pas la première fois que je vois ça. Si tu espérais allumer dans mon âme une étincelle de rigoureuse indignation, c'est un échec.

— Je me fous de ton indignation, rigoureuse ou pas, mais je pense quand même que ton âme a grand besoin d'être sauvée.

— Pardon ?

— Admets-le, toi et moi avons une histoire en suspens. Je dois reconnaître, cependant, que j'avais oublié à quel point tu pouvais être pénible ! J'ai sans doute eu tort de penser que nous pourrions nous entendre.

Spencer marmonna :

— Moi, pénible ? C'est l'Hôpital qui se moque de la Charité !

Dix ans plus tôt, il avait quitté Drago sans un regard en arrière. En ce qui le concernait, tout avait été dit. Il ne leur restait rien à partager, sauf sa mission en cours : contraindre Drago à se rendre pour s'expliquer d'un meurtre et d'un incident diplomatique.

— Si tu avais un truc à me dire, marmonna-t-il, tu aurais pu m'envoyer un texto.

— Et tu serais venu ?

Probablement pas, répondit Spencer en son for intérieur

— Exactement, aboya Drago. Quoi qu'il en soit, le gars que je tenais à te montrer ne s'est pas présenté avant l'arrivée du missile.

Il leur fallut un certain temps pour gravir la pente rocheuse inégale de la vallée. Drago avait les mains et les genoux éraflés et sanglants bien avant de dépasser la crête et d'emprunter l'autre flanc, plus sablonneux. Spencer était mieux protégé, avec des gants épais et des genouillères intégrées à son pantalon. Malgré tout, ils ne cessaient de glisser et Drago jurait comme un charretier.

Ce que Spencer considérait comme un bon signe. Il retrouvait enfin son ancien amant, cet homme qu'il connaissait si bien et détestait si fort. Quand Drago recouvra son équilibre perturbé par l'explosion, ils purent avancer plus vite, et Spencer les guida jusqu'à la grotte où il avait caché sa Land Rover.

— Ma Jeep est à quelques kilomètres d'ici, déclara Drago. Dépose-moi au passage, ce serait sympa de ta part.

Pas question ! Maintenant que Spencer avait mis la main sur Drago, il ne comptait plus le lâcher. D'un autre côté, mieux valait prendre le temps de récupérer l'équipement de Drago. En général, l'Armée américaine appréciait peu de voir du matériel de surveillance, cher et sophistiqué, tomber entre des mains ennemies.

— Où est-ce ?

— Prends vers l'ouest. Je te dirai quand tourner.

Ils avancèrent une quinzaine de minutes jusqu'à un oued étroit : au fond, une vieille Jeep était garée.

— Merci, Spence, déclara Drago, sarcastique. J'ai été ravi de te voir.

Il posa la main sur la poignée de la portière et ajouta :

— Reste à l'écart désormais. La prochaine fois que tu bousilles une de mes opérations, je te flingue.

Spencer serra les dents.

Drago constata que sa portière était verrouillée.

— Ouvre cette porte ! grogna-t-il.

— Je ne peux pas.

— Pourquoi ?

Spencer coupa le contact et pivota pour regarder Drago. Il fouilla dans la poche avant de son pantalon et referma les doigts sur ce qu'il y cachait, au cas où ça finisse en combat rapproché.

— Parce que je suis venu t'arrêter, Drago.

— Oh, putain ! Tu n'espères quand même pas me retenir contre mon gré ?

— Si, tu es dorénavant sous ma responsabilité.

— Dans tes rêves, grogna Drago. Si je veux me barrer…

Il serra les poings et se tendit, comme un cobra prêt à bondir.

21

D'un geste preste, Spencer lui planta une seringue hypodermique dans la cuisse.

— Quel salopard de fumier de…

Drago s'effondra sur le siège, inconscient.

Spencer agit vite, sachant parfaitement que l'agent de la CIA serait fou furieux une fois réveillé. Il fouilla les poches de Dray et y trouva les clés de la Jeep. Il y courut et récupéra l'équipement qu'il déposa à l'arrière du Land Rover.

Il laissa la clé dans le contact de la Jeep – un cadeau du ciel pour celui qui la découvrirait au milieu de nulle part.

Il repartit et fila vers le sud et la frontière jordanienne. Les passeurs, les milices et les tribus nomades qui pullulaient dans cette partie du monde avaient créé un réseau de routes non balisées qui sillonnaient le terrain, et passer discrètement d'un pays à l'autre était facile.

Dès que son GPS indiqua qu'il était en Jordanie, Spencer tourna vers l'ouest et vers Ar Ruwayshid, bourgade poussiéreuse qui suintait la pauvreté et le désespoir, la plus orientale des villes jordaniennes, bien que très éloignée de la frontière orientale avec l'Irak.

Spencer se gara dans un petit espace clos derrière la baraque délabrée qu'il avait louée deux cents dollars pour quelques semaines. C'était un ancien restaurant abandonné, une seule pièce jonchée de chaises et de tables cassées, avec une cuisine primitive sur l'arrière. Il n'y avait ni eau courante ni électricité, juste une citerne d'eau de pluie. Le sol était en béton, le toit recouvert de tôle bon marché qui ne repoussait guère la chaleur diurne.

Spencer laissa tomber sur le sol le corps inconscient de Drago et lui menotta les mains au poteau central en acier. Ensuite, il transporta à l'intérieur la totalité de l'équipement et cadenassa la porte. Voilà. Ils étaient aussi en sécurité que possible dans un endroit situé aux confins de la civilisation, regorgeant de passeurs, de réfugiés et occasionnellement de journalistes.

Spencer baissa les yeux sur Drago, scrutant les traits burinés et familiers. Il nota de nouvelles rides autour des yeux. La mâchoire et les pommettes étaient plus ciselées aussi, la maturité ayant effacé les dernières rondeurs de jeunesse. Le corps abandonné – jambes musclées, épaules larges, taille fine et bras musclés – évoquait une statue d'art classique. Si Léonard de Vinci avait imaginé et peint une panthère sous forme humaine, son tableau aurait ressemblé à Drago.

Profitant sans vergogne du moment, Spencer se réappropria Drago. Au cours de la dernière décennie, chaque fois qu'il s'était senti épuisé, vidé ou esseulé pendant une mission, il avait fermé les yeux et revu ce visage sur l'écran de ses paupières closes.

Et voici Drago revenu dans sa vie aussi soudainement qu'il en était parti. Sauf que pour être franc, c'était Spencer qui avait quitté Dray.

Spencer s'accroupit et fit rouler son ex dans une position plus confortable : il se réveillerait dans quelques heures seulement et mieux valait qu'il ne soit pas tout engourdi suite au manque de circulation dans ses membres.

Et merde ! Cette odeur !

Chez la plupart des hommes, la sueur n'était que puanteur âcre, mais le musc de Drago était enivrant et sensuel. Un parfum digne d'être mis en bouteille et vendu, sans mentir !

Spencer n'oublierait jamais ses réveils avec cette fragrance unique sur ses draps, sur son oreiller, sur sa peau. Dieu, comme il avait aimé porter l'odeur de cet homme…

Aimé. Au passé.

Il s'éloigna pour échapper à la tentation de passer les doigts dans ces mèches sombres, de caresser ce visage, de goûter à cette peau une dernière fois. Non ! Pas question de s'empêtrer une nouvelle fois dans une relation avec cet homme, ni physiquement ni émotionnellement. Il ne devait pas oublier sa douloureuse expérience dix ans plus tôt : Drago était une addiction et s'en priver avait déjà failli le tuer.

Spencer injecta à son prisonnier une seconde dose de tranquillisant. Ensuite, il s'assit par terre, le dos au mur, hors de portée de Dray, et somnola, une arme à la main.

Il s'éveilla en sursaut au son d'une voix dégoûtée :

— Vraiment ? Des menottes ? Tu es devenu pervers, Captain Pureté ?

— Bonjour, Commandant Chieur, rétorqua Spencer.

Il soupira et demanda plus poliment :

— Comment vas-tu ?

— Très mal ! Comme quelqu'un qui a été drogué et trimbalé jusqu'au trou du cul du monde oriental. Au fait, on est où ?

Spencer esquissa un sourire. Lui aussi était vaseux, même s'il savait que ce devait être pire pour Drago : le tranquillisant devait lui laisser une migraine latente. Il regarda Dray s'asseoir, fléchir les épaules et faire rouler sa tête sur son cou épais, muscles et tendons jouant sous la peau hâlée.

Drago devait ce teint olivâtre à son ascendance mi-italienne, mi-libanaise, mais aussi aux longues heures passées au soleil du désert. En se laissant pousser la barbe, il se fondait sans difficulté parmi les locaux.

— Détache-moi, déclara Dray. Je dois pisser.

— Non. Pas avant d'avoir parlé avec toi.

— Spence. Je dois *vraiment* pisser.

Spencer grogna et se leva. Il passa dans la cuisine et y récupéra le seau qu'il utilisait comme pot de chambre. Il le déposa devant Drago et recula rapidement.

L'enfoiré leva les mains et fit claquer les menottes contre le poteau métallique.

— Tu vas devoir descendre ma fermeture éclair.

— Arrête de faire l'andouille. Débrouille-toi.

— Tu ne veux pas en profiter pour caresser ma queue épique, hein ? Tant pis pour toi.

Spencer soupira de plus belle. Drago n'allait pas lui faciliter les choses ce matin. Bien sûr, c'était difficile de lui en vouloir. Si Spencer s'était réveillé drogué et menotté après une arrestation forcée, sans doute aurait-il aussi été de mauvaise humeur.

Il entendit le jet d'urine heurter le seau en métal et repoussa avec force l'image d'une queue sombre, épaisse et musclée.

Putain, il avait adoré cette queue ! Il s'était plu à la caresser, à la lécher, à la sucer, à s'empaler dessus, à en jouir de toutes les manières imaginables…

Non.

Non, non, non. Pas question de repenser à tout ça.

Spencer traversa la pièce, souleva un des volets métalliques et regarda à travers les fentes verticales. Bizarre. Il n'y avait personne dehors. *Absolument* personne.

D'habitude, la rue poussiéreuse était animée le matin, des femmes vêtues de noir de la tête aux pieds allaient faire leur marché avant la grosse chaleur ; des hommes en blanc, une couleur plus sensée sous ce soleil, s'asseyaient devant leurs portes pour bavarder tout en sirotant la boue âcre qu'ils appelaient café.

Mais ce n'était pas le cas aujourd'hui. Ar Ruwayshid était devenu une ville fantôme. Spencer eut beau regarder à gauche et à droite, il ne vit aucun véhicule rouler dans la rue principale. L'air était lourd d'un sentiment…

d'attente. Il ne manquait qu'une broussaille emportée par le vent et deux duellistes jouant avec leurs pistolets à chaque extrémité de la rue.

À l'heure actuelle, Spencer aurait beaucoup donné pour avoir ses hommes avec lui. Il aurait envoyé des éclaireurs repérer le danger qu'il pressentait sans encore le voir. En fait, il se demandait surtout ce que les locaux savaient que lui ignorait.

— As-tu entendu parler d'un coup d'État ou d'un soulèvement quelconque prévu ces jours-ci dans le nord de la Jordanie ? jeta-t-il par-dessus son épaule.

— Où *exactement* ? demanda Drago.

Spencer soupira.

— À Ruwayshid. Nous sommes à Ar Ruwayshid.

— Ô joie ! Le centre aéré de l'enfer.

— Dray… menaça Spencer.

— D'accord, d'accord. Et pour répondre à ta question, non, je n'ai rien entendu de particulier. Je te rappelle que j'ai passé une semaine étendu dans le désert à attendre ma cible avant que toi et tes petits copains fassiez irruption pour foutre en l'air mon opération.

— Je ne suis pas responsable de ce missile ! s'exclama Spencer.

— Ben voyons ! Tu plaçais des balises sous les voitures pour guider les rennes du Père Noël, c'est ça ?

— Ce n'étaient pas des balises de guidage aérien, juste des GPS.

— Pour quoi faire ?

— Par précaution. Si je ne t'avais pas trouvé dans le désert, je voulais au moins pouvoir suivre ceux qui assistaient à cette réunion et éventuellement retrouver ta piste. D'après mon indic, tu t'intéressais aux personnes présentes dans cet oued.

— Ton missile a tué des femmes et des enfants, déclara amèrement Drago. Il y avait des dizaines de civils dans ces bâtiments.

— Ce n'était pas mon missile, répéta Spencer, s'accrochant à sa patience. Je n'étais pas là-bas pour le compte de l'Armée américaine.

— Ah bon, et tu y étais pour le compte de quoi, alors ?

Spencer soupira.

— Tu le sais très bien. J'ai été envoyé pour te récupérer.

Spencer préférant ne pas évoquer le sujet – pour le moment –, il titilla délibérément Drago :

— Les terroristes locaux utilisent volontiers des civils comme des boucliers humains, et tu sais comme moi que la politique non officielle des États-Unis est de tolérer les dommages collatéraux si la cible est suffisamment importante.

Drago répondit plus calmement que Spencer s'y attendait :

— Je sais, oui, mais à mes yeux, ça reste un crime de guerre barbare.

Hein ? Aurait-il mûri au cours de la dernière décennie ?

Spencer haussa les épaules.

— Sur ce point au moins, nous sommes d'accord.

— Comment savais-tu que j'étais là-bas à observer la rencontre ? demanda Dray.

Mince. Il ne se laissait pas distraire. Spencer soupira.

— La CIA me l'a dit en me demandant de te récupérer.

— Merde. Il y a une fuite dans mon équipe !

— Quelle équipe ?

— Tu n'es pas autorisé à le savoir, petit SEAL.

Spencer serra les dents. Un Navy SEAL avait accès aux informations classées top secret et Drago le savait. Donc, il cherchait juste à l'agacer, à le faire sortir de ses gonds. Et ça marchait. D'ailleurs, le simple fait d'être dans la même pièce que Dray mettait à Spencer la tête à l'envers.

Il tenta une fois encore de détourner la conversation.

— Ces types de la CIA sont tous les mêmes, des bureaucrates bavards incapables de faire le sale boulot ! Pas étonnant qu'ils aient bavassé sur ton compte.

Dray ricana pour marquer son accord tacite. Puis il enchaîna calmement :

— Que se passe-t-il dehors ?

Du menton, il désignait l'avant du restaurant.

— Absolument rien. C'est ce qui m'inquiète.

— Laisse-moi voir.

— Je ne peux pas. Je t'ai déjà dit que nous devions discuter avant que je te libère.

— Oh ? Discuter de quoi ?

Conscient que Drago savait parfaitement de quoi il s'agissait, Spencer ne prit pas la peine de répondre à sa question. Sans autre commentaire, il roula des yeux et rapporta le seau hygiénique dans la cuisine. Il fit couler un peu d'eau précieuse de la citerne et rinça l'ustensile dans l'évier.

En revenant dans la pièce principale, il sortit de son sac deux rations alimentaires et deux bouteilles d'un litre d'eau. Il jeta à Drago un sachet de nourriture déshydratée et fit rouler vers lui une des bouteilles. Il préférait ne pas approcher. Même menotté, Dray était dangereux au corps-à-corps.

La première fois que Spencer avait assisté à un combat de Drago, c'était dans une ruelle derrière al-Mandolib. Ils étaient sortis échanger un baiser quand une meute de jeunes voyous avait décidé de nettoyer la Rue Gay et de massacrer les couples qui se bécotaient dans la cour.

Ils étaient armés de longs tuyaux de métal, inconscients d'avoir mal choisi leur nuit et leurs victimes. Drago vit le gang arriver par-dessus l'épaule de Spencer. Aussitôt, il cria en arabe aux autres couples homos :

— Rentrez et mettrez-vous à l'abri ! Vite !

Effrayés, les gays s'étaient séparés avant de se précipiter dans le bar, laissant Drago et Spencer affronter le gang. Le problème au corps-à-corps, c'était que la quantité battait le plus souvent la qualité. Aussi, à neuf contre deux, le pronostic n'était pas très bon.

— Tu as un couteau ? s'enquit Drago.

— Oui. Et toi ?

— Toujours.

D'un même geste, Dray et Spencer ôtèrent leurs vestes pour les enrouler autour de leur avant-bras gauche. Ils firent un nœud avec les manches avec leurs dents et leur main droite. Ils sortirent ensuite le couteau militaire qu'ils portaient à la cheville.

Drago déclara froidement :

— N'hésite pas à tuer, eux ne te feront pas de cadeaux.

Spencer entendit une voix dans sa tête : voilà pourquoi il avait évité un coming-out dans l'armée. Il n'avait pas envie de se battre pour le droit d'exister. Un truc pareil ne serait jamais arrivé dans un club hétéro.

Merde, dans la plupart des bars, le simple fait d'affronter un SEAL aurait arrêté une meute plus nombreuse encore. Mais ici, ce soir, s'il essayait d'expliquer à ces connards qu'il était un soldat des Forces Spéciales, il ne ferait que déclencher leur fureur : ils lui riraient au nez et tueraient au lieu de se contenter de lui taper dessus.

— C'est parti, murmura Drago.

Spencer se mit en position de combat, son épaule contre celle de Dray. Ils conserveraient cette position jusqu'à être encerclés, ensuite, ils se mettraient dos à dos. Heureusement, Drago était bien entraîné et il savait quoi faire.

En voyant les voyous se mettre à courir, Drago ricana :

— On va leur en donner pour leur argent.

Si les jeunes avaient espéré que leur charge affolerait Spencer et Dray, ils s'étaient lourdement trompés. Spencer put identifier les plus sportifs du lot, les prudents qui préféraient rester en arrière et le maladroit de service.

Il choisit les deux plus dangereux et se concentra sur eux. Si Drago et lui faisaient tomber les meneurs, peut-être cela découragerait-il les autres de ce combat stupide.

La mine sombre, il attendit l'assaut. Le premier arriva sur lui, son tuyau haut levé. Spencer para le coup de son avant-bras rembourré et planta son couteau sous le bras de son assaillant.

La lame était tranchante comme un rasoir et du sang gicla. Spencer libéra sa lame et esquiva un autre coup. Il lança en avant son pied droit, heurta son agresseur derrière le genou et entendit l'os craquer. Les deux voyous étaient tombés en hurlant.

Déjà, deux autres se jetaient sur lui. Il reçut un coup en haut du bras et esquiva de justesse un tuyau visant sa tête. Il pivota à gauche de 90 degrés pour placer son dos contre celui de Drago, alors que les deux derniers arrivaient sur eux et leur tournaient autour à la recherche d'une ouverture.

Spencer sentit bouger dans son dos si vite qu'il eut du mal à croire que Drago s'était avancé et remis en position. À son tour, il attaqua et découpa une hanche, manquant l'aine d'un cheveu. Le jeune fit un bond en arrière. Spencer en profita pour ramasser le tuyau de sa première victime.

Il le brandit de la main gauche et se sentit mieux. Il avait pratiqué le combat à deux mains pendant des années et deux armes lui semblaient plus sûres qu'une seule.

Il bondit à nouveau. Le gamin sur sa gauche tenta de passer sous le tuyau, mais il avait mal calculé son élan et Spencer le frappa de plein fouet au niveau de la tempe. Le jeune voyou s'écroula, conscient ou mort. Celui de droite brandit un rondin, Spencer para de son couteau et ce dernier se planta dans le bois. Quand son assaillant chercha à la récupérer, Spencer l'assomma. Il dégagea frénétiquement son couteau et se remit en positon de combat.

Il prit alors conscience que le silence était retombé, troublé par les gémissements des blessés. Les rares voyous encore valides disparaissaient au coin de la rue.

— Un de ces merdeux va appeler les flics, annonça Drago avec dégoût. Nous avons cinq minutes pour assainir la scène.

Spencer cligna des yeux.

— Ce qui signifie ?

Drago répondit calmement :

— Eh bien, nous pourrions tous les tuer et cacher les corps.

En notant le halètement d'horreur de Spencer, il leva les yeux et soupira.

— Pas de panique, Gentil Soldat. Je ne compte pas achever les blessés. Au fait, je pense que tu as tué celui-là en lui fracturant le crâne.

Aussitôt, Spencer voulut s'agenouiller pour vérifier.

Derrière lui, Drago déclara :

— Nous n'avons pas le temps. Essuie tout ce que tu as touché pour ne pas laisser d'empreintes et assure-toi de ne pas saigner. Tu as été blessé ?

Spencer fit un rapide bilan. Il avait reçu quelques coups et aurait sans doute de belles meurtrissures, mais c'était tout. Il utilisa l'ourlet de sa chemise pour essuyer le sang qui maculait son visage.

— Non, répondit-il. Pas de coupures.

— Moi non plus.

Drago s'était accroupi, il utilisait sa veste pour essuyer les tuyaux ou rondins qu'il avait touchés. Spencer fit la même chose de son côté. Ils jetèrent ensuite de la poussière sur leurs empreintes de pas et quittèrent la ruelle sur la pointe des pieds, veillant à marcher sur le macadam ou les rochers où ils ne laisseraient pas de traces. Une fois sortis de la ruelle, ils remirent leurs vestes, froissées et sales, certes, mais qui cachaient le sang de leurs chemises. Spencer vit alors que celle de Drago était plus sanglante que la sienne.

— Combien en as-tu éventré ? demanda-t-il à mi-voix.

— Tous ceux qui m'ont attaqué. Je voulais qu'ils se souviennent de cette nuit et ne tentent plus jamais une connerie pareille.

— Tu aimes le sang ?

— Non, pas particulièrement, mais contrairement à toi, j'ai fait mon coming-out. Ce n'est pas ma première rencontre avec des homophobes violents. Dans quelques années, tu agiras peut-être différemment.

Justement, c'était le problème. Spencer ne pouvait se permettre de sortir du placard. Il venait de terminer sa formation, merde, il rêvait depuis toujours d'être un Navy SEAL !

En arrivant dans la rue principale, ils prirent à gauche et avancèrent d'un pas tranquille. Ils s'étaient fondus dans la foule quand retentirent les premières sirènes.

Drago ricana.

— Bienvenue dans la jungle gay, Spence.

V

DRAGO APPUYA son front contre la froidure du poteau d'acier, ce qui apaisa un peu son terrible mal de tête. Il aurait volontiers bu une autre bouteille. Après une semaine passée dans le désert, il semblait toujours déshydraté, malgré toute l'eau qu'il avait absorbée là-bas.

Il releva les yeux quand Spencer revint dans la pièce et réprima un gémissement : sa tête appréciait peu son mouvement brusque et la migraine lui martelait les tempes. Pourtant, il nota la finesse des hanches de Spencer, mesura le bombé des muscles sous le bras, le ventre dur et plat. Avec un peu d'élasthanne, Spencer aurait ressemblé à un superhéros de bande dessinée.

— Je t'avais conseillé de te faire tatouer un drapeau américain sur la poitrine, jeta Drago. L'as-tu fait ?

— Non. J'ai préféré une tarte aux pommes avec « maman » au centre.

— Que le Ciel nous préserve des petits garçons sages ! marmonna Drago.

— Depuis quand t'adresses-tu au Ciel ? rétorqua Spencer. Tu es devenu croyant ?

— Je jurerais une fidélité éternelle au monstre en Spaghettis volant [13], s'il me débarrassait de cette migraine.

Spencer hocha lentement la tête.

— Oui, pastafarien [14], ça te va plutôt bien.

Drago gémit quand l'étau de douleur autour de son crâne se resserra.

— Ça ne va pas ? demanda Spencer avec réticence.

Le pauvre, si gentil et poli, du genre à tenir la porte à un braqueur de banque ! Comment avait-il survécu à une décennie dans le monde violent des Navy SEAL ? se demanda Drago, éberlué.

---

13 *L'Évangile du monstre en Spaghettis volant* est un livre satirique parodique écrit par Bobby Henderson.

14 Le pastafarisme (mot-valise faisant référence aux pâtes et au mouvement rastafari) est une parodie de religion et un mouvement social qui s'oppose à l'enseignement du créationnisme dans les écoles publiques.

— Non, soupira-t-il, ça ne va pas du tout. J'ai la migraine et je suis enchaîné à un poteau dans un patelin qui ne va pas tarder à être attaqué.

Spencer fouilla dans l'un des sacs d'équipement empilés dans le coin de la pièce et en sortit deux bouteilles d'eau et un sachet d'aluminium, qu'il déchira.

— C'est du paracétamol codéine, pour la douleur, et bois autant que tu pourras, la déshydratation ne fait qu'aggraver ton mal de tête.

Drago nota l'approche prudente de Spencer, mais pour le moment, il ne se sentait pas en état d'attaquer. De tous les agents qu'il avait connus, Spence était peut-être le seul qu'il estimait son égal au combat.

Drago gardait un souvenir vivace de la force de Spencer. Ils avaient lutté autrefois, aussi bien au lit qu'en dehors, et leur score de victoire était de 50/50. En fait, ça se résumait en général à qui voulait perdre.

Non. Mieux valait qu'il ne s'en prenne pas à Spencer, surtout menotté et handicapé par une migraine invalidante.

— Ouvre la bouche, ordonna Spencer.

Drago obtempéra. Spencer posa sur sa langue deux comprimés au goût amer, puis il lui tendit la bouteille d'eau. Drago la souleva à deux mains et la vida.

Spencer avait déjà reculé, hors de portée. Il sortit une carte et se mit à l'étudier. Drago ferma les yeux et attendit que les analgésiques fassent effet.

Une dizaine de minutes plus tard, les marteaux-piqueurs qui lui martelaient le crâne se calmèrent enfin. Pas trop tôt, bordel !

— C'est bon, annonça-t-il. Je me sens vaguement redevenu humain. On en est où ?

— J'ignore ce qui va se passer, mais je pense que nous devrions sortir d'ici avant que la situation se dégrade. J'essaie de voir où t'emmener.

— Je viserais l'Israël à ta place, surtout si tu penses avoir besoin d'aide. L'Oncle Sam peut réclamer un coup de main au Mossad. Si tu persistes à vouloir me garder prisonnier et que je me sens d'humeur à coopérer, Amman a un grand aéroport d'où nous pourrions être évacués. Si tu as les jetons, tu peux aussi essayer Beyrouth, mais dans une ville comme ça, je connais probablement des tas de gens louches et je risque de faire appel à eux pour te sauter dessus et me libérer.

Spencer leva les yeux de la carte et scruta Drago. Était-il si surpris d'entendre des propositions raisonnables ? Drago soupira. D'ordinaire, son modus operandi n'était forcément pas de jouer au con, mais Spencer, le parfait soldat, le bon petit américain moyen, faisait ressortir le pire en lui. Sérieusement. Comment ne pas se taper un complexe d'infériorité en présence du Captain Perfection, hein ?

— Pourquoi chercherais-tu à m'aider ? demanda Spencer d'un ton soupçonneux.

— Tu crois que c'est mon but ? Je te manipule peut-être parce que j'ai des contacts encore plus louches en Israël et que ça m'arrangerait d'être conduit là-bas.

— T'ai-je déjà dit que le raisonnement tordu des espions dans ton genre me rendait marteau ? grinça Spencer.

Drago ricana.

— C'est fait exprès. Nous aussi, ça nous rend marteau. Ou au moins paranos.

Soudain, Spencer se releva et replia la carte. Il avait pris sa décision. Mais laquelle ?

Drago tenait avant tout à être détaché de ce foutu poteau. C'était sa priorité. Ensuite, il planifierait sa stratégie pour échapper à Spencer et revenir à son idée fixe : retrouver et tuer le terroriste qu'il avait déjà raté deux fois.

— Passe-moi mon portable, déclara Drago, je vais contacter Langley et obtenir des renseignements sur ce qui se passe ici.

Spencer haussa les épaules.

— Je me fiche de savoir ce qui se passe. Dans tous les cas, nous devons filer, et il n'y a que deux routes décentes pour échapper à ce trou merdique : soit à l'est vers Irak, soit à l'ouest vers Amman et l'Israël. La seule vraie question est de savoir si nous allons réussir à quitter la ville avant que ce merdier explose.

Voyant que Spencer ne bougeait pas, Drago demanda :

— Qu'est-ce que tu attends au juste ? Les minutes comptent ! Les milices locales ne vont pas tarder et je te rappelle qu'elles sont réputées pour être particulièrement violentes.

— Je me tâte pour savoir si je te drogue encore une fois ou pas.

— Essaie, tu verras.

Spencer plissa ses yeux d'un bleu cristal.

— Tu cherches la bagarre ? Alors que tu es menotté à un poteau ? Tu vas perdre, Dray, et si tu veux mon avis, tu vas même te faire sacrément botter le cul. Ce qui ne serait pas du luxe.

Drago dut reconnaître qu'il n'avait pas tort. Et pour être honnête, Spence paraissait plus fort que dix ans auparavant. Il s'était sans doute constamment entraîné au corps-à-corps au fil des années. Drago évoqua un amant susceptible de le dominer physiquement et un long frisson lui parcourut l'échine. Il trouvait cette idée torride.

Il se redressa avec un soupir.

— D'accord, pas de combat pour le moment. Et si j'ai le choix, je préfère éviter la drogue. Si nous tombons sur des emmerdes, il vaudra mieux pour nous deux que je sois conscient et opérationnel. Et si nous sommes attaqués, je te rappelle aussi que je sais me battre.

Spencer ne put retenir un sourire, mais il se reprit vite.

— J'ai reçu l'ordre de te rapatrier aux États-Unis, Dray. Je le ferai. Ne cherche pas à t'échapper, sinon, tu me pousseras à agir en conséquence.

On verra, pensa Drago.

Pour le moment, il ne comptait pas tenter de fuir.

— Je ne suis pas aussi con que tu le penses, déclara-t-il sèchement. Voilà le deal : ça va barder bientôt et je ne connais personne dans cette ville pour m'aider à m'échapper. Je n'envisage pas non plus de filer à pied à travers le désert. J'attendrai donc pour tenter ma chance que nous soyons de retour dans le monde civilisé.

— Comment savoir si tu es sincère ? jeta Spencer.

Il scrutait Drago pour tenter de décrypter son expression.

— Je ne t'ai jamais menti, si mes souvenirs sont bons. Je suis le premier à reconnaître que si ma mission l'exige, je peux être un parfait salaud et mentir comme un arracheur de dents, mais dans ma vie privée, dans ma vraie vie, je suis sincère. En tout cas, je le suis avec toi.

Spencer hésita encore un moment, puis il baissa les yeux.

— D'accord, je ne vois rien qui contredise tes dires. Alors pour l'instant, je vais te croire.

— Va te faire foutre ! répondit Drago machinalement.

— Dans tes rêves, marmonna Spencer.

Il sortit une clé de sa poche. Drago releva vivement la tête et les deux hommes se fixèrent droit dans les yeux… avec une abrupte prise de conscience. Drago n'aurait su cataloguer toutes les émotions qu'il crut lire dans les yeux azuréens de Spencer : choc, dépit, trahison, colère, désir… Oui, le désir était le plus intense.

— Oui, chuchota-t-il, moi aussi je pense toujours à toi.

Sans répondre, Spencer déglutit difficilement et détourna les yeux. Drago en fut déçu. Il avait réellement espéré que Spencer s'était un peu décoincé en dix ans. Apparemment, ça n'était pas le cas. La frustration pesa lourd sur sa poitrine. Sans rien ajouter, il tendit les poignets.

Spencer le toisa.

— Peux-tu jurer sur l'honneur que tu n'essaieras pas de t'échapper ?

— Oui. Je resterai avec toi jusqu'à ce que la mort nous sépare.

Soudain, Drago eut le ventre rempli de papillons. D'où lui était venue cette formule consacrée ? Pourquoi avait-il proféré pareille ânerie ? Il ne comptait pas se ranger ni trouver un gentil garçon à épouser.

Spencer avança et déverrouilla les menottes.

— Je n'ai aucune confiance en toi, marmonna-t-il. Mais tu as raison, autant faire une trêve le temps de filer loin d'ici.

— Entendu. Et je te donne ma parole de ne rien tenter avant d'être hors de danger.

Leurs regards se croisèrent encore, cette fois-ci, de façon dure et déterminée : deux agents liés l'un à l'autre par les circonstances. Pour s'en sortir vivants, ils devaient mettre de côté leur aversion mutuelle et travailler ensemble. Alors, ils le feraient. La trêve était signée.

— C'est idiot de ma part, marmonna Spencer. Je ne sais pas ce qui me prend de croire en ta parole.

Drago garda un ton raisonnable :

— Quel choix as-tu ? Tu ne peux espérer quitter une zone de guerre avec un prisonnier inerte ou peu coopératif. Et tu sais comme moi que j'aurais pu me débarrasser de ces menottes à la première occasion.

Spencer se renfrogna. Drago ricana intérieurement. Il n'aimait pas qu'on lui souligne ainsi l'évidence, hein ? Tant pis pour lui. Drago ne devait rien au Navy SEAL. En toute franchise, l'énerver lui procurait même un plaisir pervers.

— Sortons d'ici, grogna Spencer.

Il souleva trois des cinq grands sacs avec une aisance à couper le souffle. Waouh ! Mentalement, Drago s'auto-congratula de ne pas l'avoir attaqué alors qu'il n'était pas à son plein potentiel, très loin de là.

— Attends, je vais t'aider avec le matériel. Merci d'avoir récupéré le mien, d'ailleurs.

Spencer haussa les épaules, ce qui fit gonfler sa chemise militaire. Drago apprécia en connaisseur le mouvement des muscles sous le tissu beige. Il commença même à bander, ce qui le surprit dans son état.

34

— J'ai pensé que tu avais peut-être des appareils technologiques que la CIA classe top secret, alors, autant éviter que les chefs de guerre locaux ou l'État islamique mettent la main dessus

À son tour, Drago haussa les épaules.

— C'est du pareil au même. Les seigneurs de guerre locaux sont tous affiliés à Daech.

— Raison de plus pour ficher le camp d'ici.

— Je te suis, Captain America.

Comme un ado agacé, Spencer leva les yeux au ciel.

Ils venaient de mettre leurs sacs dans le coffre de la Land Rover quand ils entendirent le sifflement caractéristique : un son qui commençait bas, à distance, avant de devenir si urgent qu'il poussait à se jeter au sol, d'instinct.

— Mets-toi à couvert ! cria Spencer.

Il plongea littéralement sur Drago et lui tomba dessus comme un putain de linebacker [15], ce qui le fit reculer et l'aplatit, le dos plaqué au mur du restaurant. Le souffle coupé, Drago grogna sous l'impact.

BOUM !

Mamma mia, ça n'était pas passé loin. La rue d'à côté, probablement.

— Missile air-sol russe, marmonna Spencer à son oreille.

Il le savait juste en entendant l'explosion ? Drago préféra ne pas savoir comment Spencer avait appris ce genre de choses.

— Lâche-moi.

Spencer le regarda fixement. Soudain, tout le passé surgit comme un tsunami. Les longues nuits torrides à Beyrouth, l'initiation sexuelle de Spencer, le premier vrai coup de cœur de Drago. Ils avaient partagé des pensées, des paroles et des expériences jamais répétées, ni avant ni après. Et ils étaient à nouveau collés l'un à l'autre, bas-ventre contre bas-ventre, sexe contre sexe, face-à-face.

Comme autrefois, leurs corps s'amollirent, se moulant l'un à l'autre, s'emboîtant dans un délicieux enchevêtrement de jambes et de bras.

Très vite, le regard de Spencer changea, ses pupilles s'élargirent, le noir cachant presque le bleu de ses iris. Dans ces yeux envoûtants passèrent plusieurs émotions, chaleur, possessivité, désir.

---

15 Ou « secondeur », joueur de football américain qui évolue en formation défensive.

Drago sentit sa respiration se bloquer dans sa gorge. Il sut alors pourquoi il n'avait jamais retrouvé avec un autre la fièvre que Spencer Newman mettait dans ses veines.

C'était enivrant d'avoir l'attention de Spencer concentrée sur lui, Drago, comme s'il était le seul homme au monde qui comptait. Et savoir qu'il était le seul à posséder pleinement Spencer – son corps et peut-être même son cœur – l'avait presque rendu humble jadis, une sensation qu'il avait rarement éprouvée au cours de sa vie. En général, la chasse lui était facile, il obtenait tous les culs qu'il voulait.

Avec Spencer, il avait dû faire un effort, conscient d'être face à un égal. En fait, il pressentait même que sur certains plans, Spencer était capable de le dépasser. Du coup, l'intérêt que Spencer lui portait n'en était que plus attirant.

Drago avait adoré devoir gagner le respect de Spencer, se surpasser, découvrir les qualités enfouies en lui, les explorer toutes. Spencer avait fait de lui un homme meilleur.

Spencer s'écarta quand les débris se mirent à tomber sur le toit de tôle du restaurant, résonnant comme une averse de grêle. Ensuite arriva une fine couche qui se déposa un peu partout. Pris d'une quinte de toux, Spencer et Drago se protégèrent la bouche et le nez du bras. La poussière, âcre et alcaline, avait un goût de béton.

Ils couraient vers la Land Rover quand un autre sifflement se fit entendre. Ils bondirent dans le véhicule et Spencer activa l'essuie-glace, ce qui étala la fine poussière. Avec un juron, Spencer descendit et usa de sa manche pour nettoyer le pare-brise côté conducteur.

Boum.

Cette fois, l'explosion était plus loin, à quatre cents mètres environ. Si Drago était incapable de deviner la marque et le modèle du missile, il savait en revanche estimer la distance du point d'impact à quelques dizaines de mètres près.

— Merde, marmonna Spencer. La grille est fermée.

— Je m'en occupe, proposa Drago.

Spencer hocha la tête et lui passa la clé. Drago courut devant la Land Rover et repoussa le portail, vivement conscient d'être libre, hors de portée de Spencer et muni d'une clé qu'il pouvait utiliser pour piéger Spencer dans la cour, ce qui lui donnerait le temps de fuir.

Il n'en fit rien. Il attendit simplement que Spencer sorte avec la Land Rover avant de remonter à bord.

De son plein gré.

Il tombait de Charybde en Silla, échappant à la guerre qui éclatait autour de lui pour replonger dans leur passé commun.

La route d'amman étant détruite, le seul moyen d'atteindre la capitale était donc de suivre les chemins des contrebandiers et de retourner en Syrie. Qui aurait deviné que ce pays déchiré par la guerre serait la voie le plus sûre ?

Alors que les kilomètres défilaient, Drago se trouva à regarder les mains de Spencer, posées sur le volant, conduisant avec aisance la Land Rover malgré les nids-de-poule et les cratères qui ravageaient la route. Dix ans plus tôt, Drago avait déjà admiré les mains de Spencer et ses longs doigts gracieux. Actuellement, elles arboraient les cicatrices et les callosités de la bataille. La peau s'était assombrie après des années d'exposition aux éléments, les doigts étaient devenus rugueux. C'était des mains de guerrier. Fait intéressant, c'était la seule preuve visible que Drago avait repéré qui dévoilait la dureté de l'homme que Spencer était devenu.

Comme ça, le Navy SEAL s'était cru capable de le capturer et de le ramener aux États-Unis, hein ? Il ne doutait pas de lui, apparemment. Voilà qui évoquait des compétences nouvelles et une sacrée expérience sur le terrain. Sans doute Spencer connaissait-il mieux les hommes comme Drago. Aurait-il couché avec d'autres espions ? Drago savait mieux que personne combien la pression devenait éprouvante en mission. Parfois, le besoin de se défouler émotionnellement déchirait un homme de l'intérieur.

Pourtant, quand il évoqua les amants de Spencer, la jalousie lui noua les tripes. Il n'avait sûrement pas espéré que Spencer lui reste fidèle pendant une décennie, pas vrai ? Merde, c'était Spencer qui était parti, qui avait rompu avec Drago. Depuis, il avait dû connaître d'autres hommes, d'autres relations, bien sûr.

La bile remonta dans la gorge de Drago.

Et merde !

Une fois la frontière passée, Spencer lui jeta un coup d'œil.

— Tu as des infos sur ce qui se passe au sud de la Syrie ? Si oui, c'est le bon moment de les partager.

— Il y a eu pas mal d'activité parce que c'est la saison des combats d'été. Les rebelles bombardent les Syriens, les Syriens bombardent les civils, les Américains essaient de ne pas bombarder les Russes et les

Iraniens utilisent des munitions russes pour bombarder tout le monde tout en le niant. Voilà, ça résume la situation.

— Rien n'a changé à ce que je vois, marmonna Spencer.

Drago haussa les épaules.

Plus tard, ils arrivèrent dans une bourgade d'une certaine importance et presque anéantie.

— Bon sang ! haleta Spencer. Regarde !

— C'est la guerre. Au final, il n'y a pas de vrai vainqueur, mais les innocents pris entre deux feux perdent tout.

Spencer arrêta la Land Rover devant les ruines d'un bâtiment autrefois moderne. Il fixa la carcasse éventrée d'un air atterré.

— C'était un hôpital ?

— Oui, il y a longtemps. De nos jours, les hôpitaux sont tous souterrains afin de les protéger des bombardements. Cet ancien hôpital est actuellement utilisé comme centre pour les réfugiés.

— Mais il a été bombardé, répondit Spencer. Et récemment.

— Le mois dernier, le gouvernement s'en est pris à une école, à quelques rues d'ici. Près de trois cents enfants ont été tués. Soi-disant, les rebelles les utilisaient comme des boucliers humains.

Spencer avait pâli sous son hâle.

— C'était vrai ? demanda-t-il.

Drago haussa les épaules.

— Aucune idée. Je fréquente assez peu ce secteur, je reste plutôt axé sur les combats dans le nord. Si tu as une minute, j'aimerais jeter un œil au centre et prendre quelques photos à envoyer à mon équipe. Autant faire mon travail avant que tu me ramènes.

Spencer le suivit sans se donner la peine de cacher son dégoût. Drago le comprenait. Les réfugiés, déjà victimes de la guerre, s'étaient encore fait bombarder dans un endroit censé être un asile.

Un peu comme ces familles et ces civils du Grand Med qui vaquaient à leurs occupations quand…

Concentre-toi, idiot ! s'admonesta Drago, en enjambant des moellons. Le moment était mal choisi pour se tordre la cheville ou se casser la jambe. Dans un jour ou deux, il devrait échapper à Spencer et, pour espérer réussir, il aurait besoin de toutes ses forces et compétences.

Un cri supersonique passa au-dessus de leurs têtes, annonçant des tirs d'artillerie. Des pillards, femmes et enfants pour la plupart, des êtres faméliques aux regards vides, s'activaient à récupérer ce qu'ils pouvaient du centre de réfugiés. Ils tressaillirent à peine au passage de l'obus aérien. Drago, lui, s'accroupit d'instinct à l'abri d'un énorme morceau de béton hérissé de barres d'armature en acier qui ressemblaient à des pattes d'araignée cassées.

Un « *boum* » lointain vibra dans le sol et à travers ses tympans.

Bienvenue dans la guerre totale, jeunes gens. S'en prendre à la population civile, couper les voies d'alimentation et la médecine étaient les moyens les plus rapides de forcer une reddition, même face à une force militaire supérieure.

Mais le vivre sur le terrain était atroce.

Une fois que Drago estimerait le temps venu de se retirer des aspects les plus violents de sa carrière de spécialiste des opérations secrètes de la CIA, peut-être reviendrait-il dans un endroit comme celui-ci – poussiéreux, pauvre et chaud – pour y travailler dans une organisation humanitaire qui essayait de rendre plus supportable la vie de ces femmes et enfants dévastés. À l'heure actuelle, il ne pouvait se permettre de laisser leur souffrance le distraire. Pas encore. D'abord, il comptait descendre un des salauds responsables de cette guerre.

Malheureusement, la destruction de ce village dans le désert lui avait fait perdre la trace de Kurbaj. Après une frayeur pareille, le terroriste risquait de rester planqué pendant des mois. Le fils de pute ! Drago était donc de retour à la case départ.

Il prit alors conscience que son côté droit était pressé contre un corps chaud et ferme. Puis Spencer se déplaça légèrement, ce qui provoqua une friction de leurs hanches et de leurs épaules.

Drago évoqua la sensation de Spencer, allongé nu contre lui, à la fois intimidé et avide d'apprendre. Jamais Drago n'avait rien connu d'aussi érotique – et pourtant, il avait une sacrée expérience question sexe ! Il était déjà un vieux de la vieille en ce domaine quand il avait été affecté à une mission avec un jeune agent du NCIS [16]. À l'époque, Spencer était pur et innocent. L'était-il encore ? Ou était-il devenu cynique au fil des années ? Et comment voyait-il le sexe ? Croyait-il encore au véritable amour ?

Spencer leva les yeux pour suivre un missile qui passait au-dessus d'eux. D'après le tracé blanc et sa trajectoire, Drago extrapola rapidement. Ça venait de l'est de la ville, à deux kilomètres environ.

---

16 *Naval Criminal Investigative Service*, agents spéciaux chargés d'enquêter sur les crimes de la Marine américaine.

Une rafale de tirs d'arme automatique retentit à proximité.

— Nous ne pouvons rien faire pour aider ici, cria Drago à l'oreille de Spencer. Nous devrions filer avant les prochaines bombes.

Il leva les bras pour protéger sa tête et suivit Spencer hors du cratère creusé devant le centre de réfugiés, en tentant de ne pas penser aux corps ensevelis sous les décombres.

Ensemble, ils remontèrent dans la Land Rover et prirent une rue transversale perpendiculaire aux missiles, tout en zigzaguant entre les morceaux de béton d'un parking effondré sur leur gauche.

En quittant la ville, Spencer prit vers l'ouest, la Land Rover roulait bien et la route était dans un bon état étonnant. Environ une demi-heure plus tard, ils arrivèrent à l'embranchement de l'autoroute Damas-Alep. Ils virèrent au sud, vers Amman.

Le soleil rougeoyant était devenu une boule de feu à l'ouest quand ils arrivèrent en vue du poste-frontière entre la Syrie et la Jordanie. Malheureusement, tout était déjà fermé pour la nuit et ils étaient coincés du côté syrien.

Drago annonça à contrecœur :

— J'ai une maison sûre pas loin d'ici. Nous pourrions y passer la nuit. C'est à toi de décider, bien entendu. Après tout, je suis ton prisonnier.

Spencer lui jeta un regard méfiant. Drago ne lui en voulut pas : au vu des circonstances, cette attitude était totalement compréhensible.

Il ajouta, tentateur :

— Il y a une chaudière, de l'eau courante et des toilettes occidentales.

— De quoi me causer un arrêt cardiaque !

— Personnellement, je ne refuserais pas un bain. Ça fait plusieurs semaines que j'en suis privé, je commence à puer.

Spencer haussa les épaules.

— Je n'ai pas remarqué. Je suis habitué au fumet des agents spéciaux sur le terrain.

— Hein ? Dire que tu étais si méticuleux autrefois !

— Je le suis toujours. Mais c'est un luxe que j'apprécie à sa juste valeur. D'accord, où est ta cachette ?

SPENCER SUIVIT les instructions de Drago et arriva bientôt devant ce qui ressemblait à une maison abandonnée à la périphérie d'une ville syrienne où les décombres étaient plus nombreux que les structures habitables. Les deux hommes emportèrent leur équipement à l'intérieur de la maison, puis Spencer regarda autour de lui.

— Comment as-tu obtenu cette maison ? Tu l'as volée ou tu as assassiné les anciens propriétaires ?

— Je ne suis pas un monstre ! protesta Drago. Cet endroit avait déjà été déserté quand j'y ai emménagé. Je protège les lieux jusqu'au retour de ses propriétaires – s'ils reviennent, corrigea-t-il. J'ai même entretenu la maison pour les remercier de leur hospitalité.

Par chance, Drago semblait avoir amélioré la sécurité de la porte d'entrée. Spencer le regarda ouvrir trois nouveaux verrous et ôter une barre d'acier qui protégeait le panneau de bois épais. C'était une bonne idée de renforcer la porte contre une explosion.

Une fois entré, Spencer déambula dans le petit salon et en examina le canapé bas, les étagères et les cadres. Les propriétaires, un couple marié, avaient deux jeunes enfants, des garçons, d'après les jouets abandonnés et les photos de famille.

Si Dieu existait, peut-être étaient-ils encore en vie. C'était plus douteux pour le père, cependant. La guerre civile faisant rage, il avait dû être recruté de force par les milices rebelles ou l'armée gouvernementale.

— La cuisine est par ici, marmonna Drago. Je vais brancher le propane du chauffe-eau et d'ici une heure, nous aurons de quoi prendre une douche chaude.

Spencer alluma la lampe à pétrole sur la table de la cuisine. Le réseau électrique était coupé depuis longtemps, et qui viendrait le réparer dans un endroit pareil ?

Ils s'installèrent autour de la table de la cuisine à la lueur dorée de la lampe.

Drago ouvrit un des placards et annonça :

— Pendant que nous attendons que l'eau chauffe, j'ai une surprise pour toi. J'ai une réserve de vraie nourriture. À moins que tu préfères la bouffe aussi sèche et ratatinée que ton âme ?

Spencer roula des yeux. Drago sortit plusieurs boîtes de conserve : des fèves au lard, des pêches au sirop et du thon. Il les balança sur la table.

— Waouh ! souffla Spencer. Quel festin !

En voyant Drago lui jeter un regard noir, Spencer leva les mains.

— Je suis sincère, protesta-t-il. Je suis là depuis assez longtemps pour savoir que la nourriture est rare en zone de guerre.

Ils décapsulèrent les boîtes à l'aide de leurs couteaux de combat et se mirent à manger. Le silence ne fut interrompu que par des coups de feu et des bombardements distants. Rien d'inquiétant dans l'immédiat.

La nuit tomba, le silence devint profond. Rien ne bougeait dehors : personne ne s'avisait de sortir dans l'obscurité en des temps aussi incertains.

— Qui attaque un endroit pareil ? demanda Spencer.

— Le gouvernement syrien. Aux dernières nouvelles, les rebelles qui ont repris l'est de la ville s'avèrent difficiles à déloger. Ils ont creusé tout un réseau de tunnels dans un quartier résidentiel. Les trouver et les détruire ne sera pas évident. Le gouvernement sait très bien que les rebelles peuvent apparaître, attaquer et disparaître sans leur laisser le temps de réagir.

— C'est une tactique efficace et intelligente, remarqua Spencer. Personnellement, je déteste nettoyer les tunnels. On se fait facilement piéger sans avoir nulle part où se cacher.

— Et moi qui pensais que les Navy SEAL préféraient travailler dans le noir !

Spencer haussa les épaules.

— Dans un tunnel, ce n'est pas l'obscurité le problème, c'est le manque de place pour manœuvrer.

— En clair, tu es claustrophobe.

C'était plus compliqué que ça. Spencer n'avait aucun problème avec les petits espaces. En revanche, les tunnels merdiques construits à la va-vite étaient susceptibles de s'effondrer sur lui et de l'enterrer vivant. Il le savait très bien. Et oui, ça lui prenait la tête.

— Qui voulais-tu me faire voir dans le désert, Dray ?

Drago sortit son téléphone portable et fit défiler les images.

— Il se fait actuellement appeler Kurbaj.

— Kurbaj ? Ça veut dire « fouet » en arable, non ?

— Oui, mais aussi « fléau » ou « punition ».

— Bon sang ! C'est un nom sinistre !

Drago poussa son téléphone portable à travers la table.

— Tu le reconnais ?

Spencer étudia la photo d'un homme d'âge moyen en pantalon foncé et chemise blanche, cheveux noirs, courte barbe noire, peau foncée, taille moyenne, plutôt maigre.

Il fronça les sourcils.

— Je suis censé le reconnaître ?

— Regarde de plus près, chuchota Drago.

Spencer se saisit du téléphone et agrandit l'image.

Ces yeux !

Il jeta le téléphone sur la table. Puis il fixa Drago avec une incrédulité horrifiée. La mine sinistre, Drago hocha la tête.

Spencer reprit le téléphone et se remit à étudier ce visage maudit. Il n'oublierait jamais, jamais ces yeux, si noirs, si durs. Celui de gauche avait une tache dorée distinctive au bord de l'iris. C'était minuscule, mais c'était là, un indubitable grain de pigment. À part ça, le visage était méconnaissable. Il était évident que Jabril Hamza avait subi une importante opération de chirurgie esthétique.

Il inspira brusquement.

— Tu te fous de moi ?

— J'aimerais bien.

— La CIA sait-elle qu'Hamza est vivant ?

— Je le leur ai dit. Ils ne m'ont pas cru. Après l'explosion, ils ont retrouvé de grandes quantités de son sang avec son ADN. Ils sont donc convaincus qu'il a explosé au Grand Med avec ses victimes. Apparemment, des témoins l'auraient vu entrer dans le bâtiment juste avant son effondrement. Et toutes les personnes qui étaient à l'intérieur ont péri.

— Je n'ai jamais cru qu'il soit un kamikaze, reconnut Spencer.

— Moi non plus.

Spencer s'appuya fortement au dossier de sa chaise de cuisine.

— Donc, tu t'es lancé tout seul sur ses traces ?

— Absolument.

— La CIA n'est pas au courant ?

Drago ricana.

— Non. Pour eux, Hamza est mort, ils refusent d'en démordre. Les politiciens se sont trop vantés devant les médias d'avoir abattu le tueur du Grand Med, et la CIA ne peut plus revenir sur cette affirmation.

— Ah, la politique ! C'est un vrai fléau pour les gens comme nous.

— Sans blague, Sherlock ?

— Que s'est-il passé à Berlin ? Tu as cru avoir trouvé Hamza et tu t'es trompé de cible ?

— Non, je n'ai tué personne à Berlin ! cracha Drago.

— Alors qui a tué ce type au bordel ? demanda calmement Spencer.

— Pas moi, merde ! C'est ce que croit l'Agence ? Que j'ai tué ce type ? C'est pour ça qu'ils tiennent tant à me rapatrier ?

— La victime était Fayez Khoury, ça te dit quelque chose ? demanda Spencer.

Drago se pencha en avant, les yeux ancrés dans les siens. Spencer reconnut l'intensité de ce regard fixe. Le plus souvent, Drago était bavard et sarcastique, prétendant ne tenir à rien ni à personne. Mais sous cette attitude je-m'en-foutiste se cachait un homme plein de passion et de fortes convictions.

Un homme que Spencer avait autrefois aimé.

Drago reprit :

— … jure que j'ignorais tout de lui avant d'entrer. J'avais reçu l'info qu'un des gars de l'ancienne cellule terroriste d'Hamza – celle que nous avons traquée ensemble – serait là. Je suis donc allé le chercher.

Il s'interrompit une seconde, le temps de rassembler ses pensées, puis il enchaîna :

— Et je comptais tuer cet enculé s'il était bien un des hommes d'Hamza. Mais d'abord, je comptais lui faire dire où trouver son patron.

Spencer scruta le visage de Drago : la peau olivâtre montrait des muscles parfaitement détendus, sans signe de stress. Apparemment, Drago disait la vérité. D'un autre côté, un agent expérimenté était capable de mentir avec conviction, si besoin était. C'était même un des principaux outils du métier.

— Réfléchis, Spencer, insista Drago. Pourquoi aurais-je tué un gars d'Hamza sans le faire parler ?

— Peut-être a-t-il parlé. Peut-être est-ce de lui que tu as appris cette rencontre dans le désert ?

— Non ! J'ai un informateur dans l'armée syrienne. Il est tombé sur un mémo concernant cette réunion. D'après moi, ça venait des Russes. C'est aussi lui qui m'a dit que Kurbaj – Hamza ! – devait être là.

— Était-il là ? L'armée américaine aurait-elle accidentellement tué le terroriste le plus recherché du globe en bombardant ce village ?

En voyant que Drago ne répondait pas, Spencer insista :

— Tu surveillais ce village depuis une semaine. Hamza était-il là ?

— Non, reconnut Drago. Il n'est pas venu.

Sa voix vibrait de frustration et de colère, ça paraissait authentique.

— Merde, haleta Spencer. Penses-tu qu'il était au courant de ta présence ?

Une autre idée lui vint à l'esprit, bien pire encore.

— Ou aurait-il délibérément fait fuiter cette rencontre aux militaires américains pour faire tuer ses rivaux ? Il convoque une réunion, s'arrange pour être en retard et obtient que tout le monde disparaisse en fumée.

Drago fronça ses sourcils noirs.

— C'est possible, admit-il. C'est le genre de plans vicieux qu'Hamza appliquerait sans hésiter.

Il réfléchit un moment avant d'ajouter :

— Je connais un gars à l'Agence qui pourrait fouiner un peu et interroger les militaires quant à la provenance de leurs informations.

Drago fouilla dans la poche de son pantalon et réalisa avec un temps de retard que Spencer détenait toujours son téléphone portable.

— Tu es d'accord pour que je passe cet appel, Spence ? s'enquit-il.

Spencer lui rendit son téléphone.

— Vas-y.

Drago ricana.

— Quand je pense que tu m'as collé des menottes, Spence ! Franchement, j'ignorais tes goûts particuliers. Si tu m'avais prévenu, nous aurions pu agréablement pimenter nos ébats, il y a dix ans…

— Ta gueule, Dray. Téléphone et boucle-la !

Et merde. Spencer ne tenait pas du tout à explorer les images mentales qui venaient d'exploser dans sa tête : Drago ligoté et à sa merci. Ou l'inverse, lui menotté, les jambes relevées et ouvertes, pendant que Drago abusait impitoyablement de son corps offert…

Son souffle s'accéléra et son sexe durcit, manifestement intéressé par ce scénario. Ses testicules étaient serrés et durs comme de la pierre. Il pesa ses chances de monter prendre une douche et soulager son besoin urgent sans que Drago remarque l'érection massive qui déformait l'avant de son pantalon…

Comme si Drago devinait son dilemme, il souriait en composant son numéro.

Spencer écouta sans vergogne la conversation.

— Salut, Chaz, c'est moi. J'ai un service à te demander. Lequel ? Oh. Oui, oui. Je suis quasiment prisonnier. C'est super sexy, mec.

Spencer entendit un petit rire à l'autre bout du fil.

— Hé, Chaz, insista Drago, pourrais-tu poser quelques questions pour moi ? Discrètement, bien sûr, et je dirais même hyper discrètement. Je veux savoir d'où l'armée tenait ses informations pour envoyer le missile qui a anéanti le village que je surveillais.

Drago se tut le temps d'écouter la réponse de son correspondant.

— Oui, je sais que je t'avais parlé de cette réunion, ajouta-t-il ensuite. Mais qui en a informé l'équipe de ciblage ? Ça venait de nous ? Toi et les autres auriez partagé mes infos ?

Spencer s'impatienta presque pendant une autre pause.

— Je vois, dit enfin Drago. C'est intéressant. Bon, je te laisse travailler. Et merci. Je n'oublierai pas de te renvoyer l'ascenseur. Hein ? Oui, je sais, ça fera une fois de plus.

Dès qu'il raccrocha, Spencer demanda :

— Alors ?

— Charles doute que la CIA ait transmis mes informations à l'Armée. Il connaît quelqu'un au bureau de ciblage militaire et va tenter de lui tirer les vers du nez.

— D'accord.

Soudain, Spencer se figea.

— Attends un peu, reprit-il. Charles ? S'agit-il de Charles Favian ?

— Oui. Tu le connais ?

— Il faisait partie de ceux que j'ai rencontrés quand j'ai reçu pour mission de t'intercepter.

— Sans blague ? Le monde est petit, déclara Drago.

— Tu as confiance en lui ? insista Spencer. S'il était à ce briefing, peut-être s'est-il retourné contre toi, non ? Il a pu aussi transmettre à l'Armée tes infos concernant la réunion.

Drago se contenta de rire.

— Chaz ? Se retourner contre moi ? Certainement pas !

Spencer comprit alors que Favian et Dray avaient été amants. Il serra les dents. Dix ans plus tôt, il avait appris à ses dépens que coucher avec un collègue n'était pas une bonne idée – c'était même anti-déontologique. De plus, il n'aimait pas imaginer le mince analyste de la CIA nu auprès de Dray.

Drago reprit :

— On se connaît depuis longtemps, Chaz et moi. J'ai fait Camp Peary [17] avec lui. Chaz est de la vieille école. Honorable de la tête aux pieds. Il pourrait t'en remontrer en termes de rectitude.

— Dans ce cas, j'aimerais mieux le connaître.

Drago fronça les sourcils.

17 Réserve militaire américaine près de Williamsburg, en Virginie, et centre de formation de la CIA.

— Non, pas question que je joue les entremetteurs.

Spencer cacha sa surprise en s'adossant dans son siège. Il aurait pu jurer avoir entendu une note de jalousie dans la voix de Drago. Mais qui Drago revendiquait-il au juste ? Spencer ou Charles Favian ?

— Écoute, Spence, reprit Dray, je suis le premier à admettre que l'Agence a des fuites, sinon des taupes. Mais Chaz et moi nous sommes toujours serré les coudes. Tu sais mieux que personne ce que ça veut dire pour les gens comme nous.

— J'ai rencontré aussi un spécialiste du Moyen-Orient, un certain Akuba, je crois…

— Akaba ? coupa Drago. C'est le patron de Charles. Un parfait connard, mais il connaît tout le monde, de la Méditerranée à la mer Caspienne. Il est à l'Agence depuis pas mal de temps.

— Pourtant, c'est quelqu'un de chez toi qui a passé ce renseignement à l'Armée. J'ai vérifié avec mes gars avant de m'engager dans le désert, et personne ne m'a parlé d'une activité de ce genre.

Drago soupira.

— Et merde !

Effectivement, c'était un bon résumé.

Drago se pencha vers lui avec un sourire.

— Bon, maintenant que j'ai chargé un pote de vérifier, je prends la première douche, d'accord ?

— Seulement si tu me jures de ne pas vider toute l'eau chaude.

— Ou nous pourrions partager…

— Non ! coupa Spencer avec brusquerie. Il n'en est pas question.

Son érection manifestait pourtant une approbation enthousiaste et presque douloureuse.

— Pourquoi pas ? En mémoire du bon vieux temps…

— Non, nous ne sommes plus ensemble.

— Mais nous pourrions recommencer.

— J'ai dit non, grinça Spencer.

Le sourire de Drago s'élargit.

— Je suis incapable de résister à un défi, tu le sais, non ?

Spencer grogna de frustration.

— Va prendre ta douche. Et tu devrais la prendre à l'eau froide.

Furieux contre lui-même, il resta attablé dans la cuisine à bander comme un malade en imaginant Drago, nu et mouillé, recouvert de mousse savonneuse. Il gardait en mémoire chaque détail de ce corps bronzé et musclé, solide comme de la brique, de cette toison noire et frisée sur la poitrine et le pubis, d'un ton plus clair sur les bras et les jambes, contrastant de façon si sexy avec la peau olivâtre.

Peu après, il entendit des pieds nus descendre les marches. Dray ne cherchait pas à se cacher, sinon, il n'aurait fait aucun bruit. Spencer releva la tête et ferma aussitôt les yeux. Il aurait dû se souvenir de la totale impudeur de Dray !

Il était nu et sautillait dans l'escalier, sa queue à demi érigée jaillissant du buisson noir de son entrejambe.

Spencer serra les dents. Il avait souvent vu ses coéquipiers nus sans s'en soucier le moins du monde. Mais ses hommes n'étaient pas ses amants. En fait, il n'avait eu qu'un seul amant : Dray.

Après avoir quitté Drago, Spencer avait claqué la porte sur cette partie de lui-même qu'il venait juste de découvrir. Depuis, il ne l'avait jamais plus déverrouillée.

Il était gay, il l'admettait. S'il ne tentait pas de changer sa nature, il ne comptait pas pour autant la satisfaire. Pas tant qu'il était officier de Marine et certainement pas tant qu'il était un Navy SEAL. Il ne tenait pas à affronter tous les tracas potentiels qu'un coming-out lui apporterait, non, ça n'en valait pas le coup.

— La Terre appelle Spence ! cria Drago.

Surpris, Spencer leva les yeux.

— Quoi ?

Drago se laissa tomber sur le siège devant lui, la table cachant fort heureusement ses bijoux de famille.

— Un problème ? demanda Drago d'un ton allègre.

D'instinct, Spencer serra les fesses et sentit les muscles de son rectum se préparer à une intrusion douloureuse. Drago était doté d'une verge impressionnante en pleine érection. Puis Spencer s'aperçut qu'il retenait son souffle et se força à expirer. Merde, il était toujours attiré par Dray. C'était comme si les dix dernières années s'étaient effacées, le laissant jeune et plein de désir, excité et terriblement conscient de la proximité de son prisonnier.

Nerveux, il ramassa la boîte de fèves et se mit à en gratter l'étiquette.

— La douche est à toi, déclara Drago.

— Tu comptes filer dès que j'aurai tourné les talons ? cracha Spencer.

Cette agressivité inattendue parut surprendre Drago.

— En fait, non.

Spencer comprenait l'étonnement de Drago, car ce mouvement d'humeur ne lui correspondait pas. De plus, Dray n'avait rien fait pour le mériter. Il s'en voulut et soupira.

— Excuse-moi. Je pensais à mon travail.

— De formateur ?

— Oui.

— Tu envisages d'arrêter ?

— Tous les agents ont une date de péremption. Je sens la mienne approcher.

— Pourquoi ? Parce que tu es gay et que tu veux enfin avoir une vie personnelle en dehors de la Navy ?

— Peut-être. Ou peut-être que je vieillis. Je deviens plus lent.

— Toi ? J'en doute. Tu m'as l'air encore plus en forme qu'il y a dix ans, quand nous travaillions ensemble.

— Parfois, j'ai l'impression de perdre mon mordant. Alors, je me dis qu'il est peut-être temps pour moi de laisser la place à des agents plus jeunes et plus efficaces.

Par-dessus la table, Drago posa sa main rugueuse sur la sienne, geste qui surprit Spencer intensément. Il baissa les yeux et vit des poils noirs sur les phalanges de Drago, des cicatrices et un hâle durable acquis au fil des années passées au soleil, exposé au vent et à la sécheresse du désert.

— Tu es un sacré bon Navy SEAL, Spencer.

— Je l'ai été, oui.

— Tu l'es encore. Tu le seras toujours.

Après une brève hésitation, Drago ajouta :

— J'ai surveillé ton parcours de loin, pour vérifier que tout allait bien pour toi. Ta carrière est impressionnante.

Spencer haussa les épaules.

— Oui, j'ai une bonne équipe, mais si mes gars et moi raccrochons un jour, il y en aura d'autres pour nous remplacer.

— Tu sais aussi bien que moi que les hommes comme toi ne poussent pas sur les arbres. D'accord, tu es humble et tu n'aimes pas entendre claironner tes exploits, mais tu es un SEAL exceptionnel. Un point c'est tout.

— J'ai eu des problèmes parfois, avoua Spencer. Ça arrive à toutes les équipes, Navy SEAL ou pas.

— Je sais. Les opérations spéciales n'ont rien d'une science exacte.

— Pourtant, j'ai l'impression qu'il est temps pour moi de tirer ma révérence.

— Tu es fatigué. Tu as besoin de faire une pause. De quand datent tes dernières vacances ?

Surpris, Spencer secoua la tête.

— Je n'en prends jamais !

Drago ricana.

— Et voilà ton problème ! Tu ne sais pas te détendre, mec. Or, il est vital de décompresser de temps en temps, de baiser. De quand date ta dernière relation sexuelle ?

— Ça ne te regarde pas !

— Sans blague ? Ne me dis pas que c'était avec moi, il y a dix ans ? C'est dingue ! C'est un miracle que tu n'aies pas été révoqué pour dérèglement mental !

— Je ne suis pas inapte au service !

— Tu en es sûr ? Je m'inquiète pour toi. Grâce au ciel, je suis là pour t'aider !

— Merci, murmura Spencer, mais je vais passer. Pour le moment, je suis chargé de rapatrier aux États-Unis les agents de la CIA qui déraillent en mission.

— Je n'ai pas déraillé !

Drago ricana et ajouta :

— Pas encore, en tout cas. Je t'accorde que je fomente un meurtre qui risque de me causer des ennuis avec ma hiérarchie, mais je n'ai encore rien fait.

Spencer fronça les sourcils.

— Ne fiche pas en l'air ta carrière, Dray. Si tu te faisais virer, tu le vivrais très mal.

— Et toi pareil. Et si nous mettions ensemble nos carrières en péril en pourchassant Hamza comme au bon vieux temps ? Qu'en dis-tu ? Ça te tente sûrement de recommencer à travailler avec moi, tu n'arrêtes pas de me dévorer des yeux !

Il fléchit ses biceps pour prouver la véracité de ses dires.

Spencer ne se laissa pas démonter.

— Tu es agréable à regarder, c'est exact, mais là n'est pas la question.

— Si, bien sûr ! Arrête de cogiter et laisse-toi un peu aller, ça te fera du bien ! Vis l'instant présent.

— Je ne suis pas là pour une psychanalyse, mais pour te ramener.

— À ce propos…

VI

DRAGO CHERCHA les mots justes pour compléter sa phrase, mais Spencer l'en empêcha en levant les mains Merde. Il faudrait bien à un moment ou à un autre qu'ils aient cette conversation. Sinon, très bientôt, Spencer allait le traîner dans un avion et le ramener à Langley.

Spencer déclara d'un ton laconique :

— Promets-moi que tu seras toujours là quand je redescendrai après ma douche.

Drago cacha sa colère : il aurait préféré que Spencer ait une plus haute opinion de son honneur et de son intégrité. Il n'avait rien d'un menteur pathologique, contrairement à certains autres agents de la CIA.

— Oui, bien sûr. C'est promis. Je t'attendrai assis sur cette chaise.

— Pour de vrai ?

Drago soupira.

— Je te l'ai déjà dit : je ne te mentirai pas. Je ne l'ai jamais fait, je n'ai même pas été tenté d'essayer. Je serai là, comme promis. Va prendre ta douche. Et si tu veux mon avis, toi aussi, tu as besoin d'eau froide ! Ça te donnera peut-être un grain de bon sens !

— Du bon sens ? J'en ai plein, je…

— Non, c'est faux. Tu as autant de bon sens qu'une cuillère à dessert.

— N'importe quoi !

— En plus, tu pues.

Comme Drago l'avait prévu, Spencer fut aussitôt distrait. Sur ce plan-là au moins, il n'avait pas changé, il détestait être sale ou sentir mauvais.

Drago regarda Spencer se lever et quitter la pièce, admirant le jeu des cuisses puissantes et le renflement des fesses, si rondes et fermes.

C'était un cul fait pour être empoigné. Drago savait ce qui se cachait sous le pantalon et la chemise de camouflage : un corps bronzé bardé de muscles. Contrairement au sien, le hâle de Spencer ne devenait jamais terne et trop foncé, la peau restait dorée, lumineuse. Dans sa mémoire, Drago revoyait Spencer comme un athlète aux muscles recouverts d'or. Même les cheveux châtain clair étaient parsemés de mèches ensoleillées. Sûrement, le cœur aussi avait des tendons dorés.

D'ici quelques minutes, Spencer ne serait pas nu en redescendant l'escalier. Il reviendrait habillé de la tête aux pieds, caché derrière ses vêtements sur le plan physique et émotionnel.

Dix ans plus tôt, Drago avait brièvement entrevu l'homme détendu et confiant que Spencer aurait pu devenir s'il avait accepté sa nature et la vie qui en découlait. Malheureusement, Drago s'était montré trop impatient, trop insistant, il avait exigé de Spencer un coming-out, tenant à le voir admettre publiquement leur relation. Alors, Spencer avait rompu, préférant s'éloigner – au sens littéral – plutôt que reconnaître ce qui existait entre eux.

Drago sentit son ancienne amertume se réveiller quand il évoqua ce triste matin où il avait appris l'attentat à l'hôtel Grand Med et constaté la disparition de Spencer. Le salaud avait quitté leur lit au milieu de la nuit, utilisant ses prodigieuses compétences pour abandonner furtivement le terrain comme le lâche qu'il était en amour…

Oublie tout ça.

L'eau a coulé sous les ponts depuis dix ans, mec.

C'est de l'histoire ancienne.

Mais ça lui faisait toujours atrocement mal.

De plus, c'était normalement Drago qui filait pendant la nuit, pas l'inverse. Et le seul et unique homme auprès duquel il avait apprécié de se réveiller le matin, c'était Spencer…

L'aube se levait à peine, mais la température matinale était déjà chaude. Un ventilateur tournait paresseusement au plafond, au-dessus du lit, seul mouvement dans la lumière rosée. Au loin, un muezzin lançait d'une voix nasillarde son appel à la prière. Pourtant, Beyrouth n'était pas encore réveillée et la rue ne bruissait pas de son habituelle agitation chaotique.

Quand Spencer remua dans le lit à côté de Drago, le drap glissa et le découvrit. Les deux orbes d'un cul musclé apparurent ainsi que la raie alléchante cachant la virginité la plus sensuelle que Drago ait jamais connue. Pour une fois, il avait pris son temps avec un amant, utilisant sa bouche et ses mains pour mener Spencer presque à l'asphyxie avant de le retourner, le positionnant à quatre pattes afin de le lubrifier en profondeur.

Contrôler son envie de pénétrer ce cul en force avait été une vraie torture. Pourtant, Drago avait tenu bon. Il était entré lentement, centimètre par centimètre, donnant aux muscles de Spencer, externes et internes, le temps de se relaxer, de s'ouvrir. Le temps de le happer avec avidité.

Jamais il n'oublierait le premier cri étranglé de Spencer, un son où se mêlaient plaisir et douleur. Quelle puissance musculaire il avait ! Son sphincter était aussi serré qu'un étau, presque trop pour passer au travers. Drago avait dû s'ancrer aux hanches de Spencer pour réussir à forer l'étroite ouverture.

Puis, d'un coup, le cul de Spencer s'était ouvert pour lui. Là, Drago avait perdu la tête et il s'était introduit complètement. Une fois ses bourses collées à celles de Spencer, il avait laissé à son amant le temps de se faire à sa présence.

Spencer avait la tête tournée sur le côté, la bouche ouverte sous le choc et la crainte. Drago s'était penché pour embrasser ces lèvres humides et accueillantes. Il avait également glissé un bras entre leurs deux corps et refermé la main sur une queue dure comme le roc, mouillée de fluides, la caressant de haut en bas. Ensuite, il avait trouvé son rythme, d'avant en arrière, dans une danse éternelle et pourtant toujours renouvelée.

Il avait pleinement savouré le miracle de cet homme qui se donnait à lui corps et âme...

À l'étage, l'eau fut coupée.

Ramené au présent, Drago jura entre ses dents.

Au cours de la dernière décennie, il n'avait rencontré personne qui lui donne l'envie de tenter une vraie relation. À sa manière, lui aussi avait cherché à fuir Spencer. Il avait accepté des missions dans les coins les plus dangereux de la planète, passant constamment d'un pays à l'autre, d'une mission secrète à l'autre, sans jamais rester au même endroit assez longtemps pour se donner le temps de rencontrer un gars sympa, de tomber amoureux et – éventuellement – de se caser.

C'était tellement plus facile d'être une pierre qui roule que de s'arrêter pour tenter de récolter un brin de mousse !

Bon sang, il était d'humeur mélancolique ce soir ! C'était pathétique.

En entendant une latte de plancher craquer à l'étage, Drago imagina Spencer se séchant avec la serviette propre qu'il avait laissée pour lui sur les toilettes après sa douche.

Spencer était sans doute en train de se pencher, de s'étirer. Ou alors, il frottait le tissu éponge sur son corps, soulevant sa verge pour la sécher. Pensait-il au sexe en se touchant ainsi ? Se revoyait-il baiser Drago ? Ou se demandait-il quel effet ça lui ferait d'être baisé après tout ce temps ?

Drago ferma les yeux et tenta de repousser les images qui lui venaient. Il échoua. Il avait pourtant besoin de se concentrer. Il devait convaincre Spencer de se lancer avec lui dans une folle aventure sans savoir où ça les mènerait. Et ça ne serait pas facile.

D'abord, Spencer Newman n'était pas du genre à désobéir aux ordres reçus. Ensuite, il n'avait plus aucune confiance en Drago.

C'était mal barré. Fichu, même.

Pourtant, Drago devait essayer.

Il fouilla dans son sac polochon et en sortit un jean noir et un col roulé noir. Une fois vêtu, il remonta d'instinct les manches jusqu'à ses coudes avant de réaliser la portée de son geste : Spencer avait toujours eu un faible pour ses avant-bras, les déclarant parfaits.

Il entendit des pas dévaler les marches et se jeta sur sa chaise de cuisine : n'avait-il pas promis à Spence de l'attendre assis là ? Alors que ses fesses heurtaient le siège en bois dur, Drago fronça un peu les sourcils. Pourquoi diable tenait-il tant à ce que Spencer lui fasse confiance ? Voulait-il inconsciemment reprendre les choses là où elles s'étaient arrêtées, dix ans plus tôt ? Non, sûrement pas.

Drago était au moins sûr d'une chose : l'opinion de Spencer était la seule qui ait compté pour lui depuis très longtemps. En fait, Drago ne voulait pas le décevoir.

Spencer arriva enfin dans la cuisine. Ses cheveux courts, couleur de bronze terni, étaient encore mouillés et peignés sur le côté, comme d'habitude, avec toujours cet adorable épi qui en dérangeait le parfait ordonnancement, que ça lui plaise ou non.

Il s'était rasé et la peau de son visage était lisse et tendue sur des os ciselés à faire pleurer un sculpteur. Avait-il à être aussi beau ? Drago l'acceptait mieux quand Spencer était à lui, quand il était en mesure d'admirer cette splendeur jour et nuit. Mais à l'heure actuelle, ce genre de distraction était pour lui un danger mortel.

— Tu es partant pour une promenade ? demanda Drago, la gorge serrée.

Merde ! Sa voix était aussi râpeuse que du papier de verre.

— Où veux-tu aller ? s'étonna Spencer.

— À Tel-Aviv. J'aimerais examiner le terrain avec toi.

— La frontière jordanienne sera fermée. En plus, ça nous prendrait des heures.

— Non, passer par le plateau du Golan [18] raccourcirait le trajet.

— Le plateau n'est pas très sûr de nuit. Pourquoi Tel-Aviv ? Et pourquoi maintenant ?

— J'aimerais que tu me fasses confiance jusqu'à ce qu'on y arrive.

---

18 Territoire administré par Israël depuis la guerre des Six Jours en 1967, puis annexé en 1981.

— Ce n'est pas pour aller dans un bar ou un club de strip-tease, j'espère ? Je n'ai pas besoin d'une connerie de ce genre en ce moment. Pas ici. Pas avec…

— Pas avec moi ? grinça Drago.

Un flash de douleur passa dans les yeux bleus de Spencer.

— Nous avons eu une aventure, et prétendre qu'il ne reste aucune tension entre nous ne servirait à rien. Me retrouver dans cette partie du monde… avec toi…

— Finis ta phrase. S'il te plaît, aboya Drago. Je veux savoir !

— Ça n'est pas facile pour moi. Ça réveille des souvenirs.

— Bons ou mauvais ?

Spencer soupira.

— Les deux.

Drago se leva.

— Je vois. Tu remarqueras que je fais des efforts, hein ? J'ai même mis un pantalon.

Spencer sembla prendre sa remarque pour de l'humour. Il ricana.

— Viens avec moi à Tel-Aviv, insista Drago. S'il te plaît.

— Nous n'y arriverons pas avant deux heures du matin.

— Et alors ? Toi et moi fonctionnons mieux de nuit qu'en plein jour.

Spencer dut noter la connotation sexuelle du commentaire, car il pinça les lèvres. Drago s'en amusa beaucoup.

Spencer soupira.

— D'accord, puisque ça semble si important. Puis-je assumer que tu ne chercheras pas à t'évader ?

— Oui. Absolument. Je veux juste te montrer quelque chose.

Spencer récupéra les clés de la voiture et les jeta à travers la table.

— C'est toi qui sais où nous allons. Tu conduis. Mais je te préviens, j'ai une seringue hypodermique à portée de main.

Pour illustrer ses dires, il mit la main dans sa poche.

Drago gloussa.

— Je sais ce que tu as dans ton pantalon et « seringue » n'est pas le premier terme qui me vient à l'esprit. J'aurais vu plus grand !

Spencer ne put retenir un bref éclat de rire.

— Tais-toi !

LE PLATEAU du Golan était calme. Les colons armés et les diverses milices essayant de les chasser n'apparurent pas et le trajet se fit sans incident.

Grâce à leurs passeports américains, Drago et Spencer pénétrèrent en Israël sans être interrogés à la frontière.

Drago traversa le centre-ville de Tel-Aviv jusqu'à la côte et passa devant d'innombrables hôtels le long de la Méditerranée. Il arriva enfin à une brèche dans l'alignement des gratte-ciel. C'était comme un sourire avec une dent arrachée, un vide discordant qui détonnait dans cet endroit.

— Ah, non, souffla Spencer. Pas ici !

Drago lui-même serrait les mâchoires, ses muscles frémissant du stress de revenir à cet endroit. Mais où aurait-il une meilleure chance de convaincre Spencer de l'écouter ? De l'écouter *vraiment.* Et de penser par lui-même pour une fois.

Drago gara la Land Rover à côté du site commémoratif du Grand Hôtel Méditerranée. Autrefois, à ce même endroit, il y avait eu une haute tour d'un blanc brillant, avec des sols de marbre, des lustres en cristal et des palmiers dans l'immense hall. Il n'en restait qu'un cratère bordé de stèles en granit noir avec les noms des mille trois cent quarante-trois victimes, hommes, femmes et enfants, inscrits pour la postérité. Les morts du bombardement du Grand Med.

Cet attentat que Spencer et Drago étaient censés empêcher.

Ce qu'ils n'avaient pas fait.

Cet échec, ces morts sans visage l'avaient payé de leur vie. Il ne restait d'eux que des noms gravés dans la pierre. Pourtant, chaque victime avait été un être humain avec un passé et un futur, une famille et des amis, chacun avait été animé d'amour et de haine, de rires et de douleurs. Et d'espoir. Ils avaient tous eu l'espoir d'un lendemain.

Spencer et Drago avaient été si absorbés l'un par l'autre, si préoccupés à se disputer concernant un avenir qu'ils avaient ou pas en commun, qu'ils avaient dû rater un détail, un geste ou un mot essentiel.

Il devait y avoir eu des indices annonciateurs du désastre.

Drago sortit de la voiture sans regarder derrière lui pour vérifier que Spencer le suivait.

Au centre du cratère, une fontaine gargouillait. Bien sûr, il y avait de l'eau. Dans cette partie du monde, l'eau symbolisait la vie, le renouveau, la résurrection.

Ni Spencer ni Drago ne recevrait jamais le pardon de leur faute.

Ils pouvaient au moins se venger.

Derrière lui, Spencer retint un gémissement. Drago exhala un soupir où se mêlaient la douleur, la culpabilité et les remords. Oui, surtout les remords.

À contrecœur, il suivit Spencer dans le cratère, avec son mur circulaire couvert de noms gravés. Il se dirigea vers la fontaine tandis que Spencer faisait lentement le tour du périmètre, en lisant les noms.

D'une visite précédente, Drago savait que certains étaient écrits en caractères anglais, d'autres en écriture hébraïque ou en arabe. Il avait même repéré des noms en lettres cyrilliques. C'était une véritable Organisation des Nations Unies de victimes, réunies par hasard, liées à jamais par un sort funeste.

Finalement, Spencer revint vers Drago, assis sur un banc de granit devant la fontaine : l'eau jaillissait d'une boule de granit d'un mètre de haut environ, sculptée pour ressembler à la planète Terre.

— Pourquoi ici ? demanda-t-il.

Drago leva sur lui des yeux assombris.

— Nous avons une chance de faire payer le coupable.

— Qu'est-ce que ça changera ? Ils sont tous morts. Rien ne leur rendra la vie.

— C'est vrai. Mais nous pouvons leur rendre justice et permettre aux familles et aux amis de faire enfin leur deuil.

Spencer s'affaissa sur le banc froid et dur à côté de Drago et planta ses coudes sur ses genoux alors qu'il regardait l'eau gargouiller.

Bien, pensa Drago. Parler sera plus facile sans ce regard bleu hypnotisant et déchirant fixé sur lui.

— Ça fait dix ans que je cherche à retrouver Jabril Hamza et les membres de son groupe terroriste.

— Et ?

— À Berlin, je me suis rapproché de lui. Dans le désert d'Hamad, j'étais encore plus près juste avant l'irruption de ce putain de missile.

Il fut pris soudain d'une folle envie de hurler et de frapper du poing. *Presque !* Il avait presque réussi à épingler Hamza. Il fit un gros effort pour repousser sa rage et sa frustration, conscient que ni l'une ni l'autre ne l'aiderait à convaincre Spencer. Il devait rester froid, logique et stratégique.

— Je veux que tu m'aides, Spence.

Spencer ne parut nullement surpris.

— Oui, ça, j'avais compris.

Il garda le silence un moment, les yeux sur la fontaine, perdu dans ses réflexions.

Puis il demanda :

— Que veux-tu de moi au juste ?

Drago ricana.

— C'est une question piège ?

Spencer tressaillit et releva vivement les yeux, un rictus cynique lui déformant la bouche.

Drago répondit alors :

— Je veux que tu m'aides à retrouver Hamza et ses sbires. Et à les descendre.

— Tu veux les tuer tous ? insista Spencer.

— Oui.

Spencer hocha la tête, comme si la perspective ne le dérangeait pas.

— Quoi d'autre ?

— Je veux que tu attendes pour me ramener à Langley que nous ayons terminé le travail.

— Et ensuite ?

Drago planta une main sur le banc de granit et s'y adossa, les yeux fixés sur le ciel. La lueur orange qui émanait de Tel-Aviv obscurcissait presque toutes les étoiles, sauf les plus brillantes.

— Dans un monde parfait, chuchota-t-il, je t'emmènerais dans mon lit et je te baiserais jusqu'à ce que ni toi ni moi ne puissions plus marcher. Et puis nous dormirions, histoire de reprendre des forces, ensuite, tu me baiserais. Tu me dirais aussi pourquoi tu m'as quitté il y a dix ans et nous découvririons peut-être que nous avons assez mûri chacun de notre côté, pour assumer cette seconde chance.

— Rien d'autre ?

Si la voix de Spencer paraissait un peu étranglée, son visage en revanche restait illisible.

Drago sentit la frustration peser sur ses entrailles.

— Si, grinça-t-il. Je préférerais que tu ne me ramènes pas à Langley. J'aimerais leur expliquer à ma façon pourquoi je suis sorti du cadre de ma mission pour courser Kurbaj, ou plutôt Jabril Hamza. Avec un peu de bol, ils me croiront cette fois et, vu la cible, ils me pardonneront d'avoir agi sans autorisation officielle. Hamza reste un terroriste.

— Tu as une longue liste de souhaits.

— Je ne peux plus rien faire sans ton aide. Qu'en dis-tu, Spence ?

Spencer le fixa.

— En d'autres termes, tu me demandes de détruire ma carrière pour sauver la tienne ?

— Non ! Ce n'est pas du tout ça ! Je veux que tu m'aides à racheter notre erreur passée et à redorer nos deux blasons. À réparer les torts commis il y a dix ans.

— De quelle erreur parles-tu au juste, Dray ? D'avoir entretenu une relation personnelle au lieu de nous concentrer sur notre mission ? De t'avoir laissé me distraire de mon travail ? Ou fais-tu référence au fait que tu m'as mis la tête à l'envers et que tu as failli détruire ma vie ?

SPENCER VIT Drago détourner la tête, furieux. Ben voyons ! Voilà qui confirmait ses soupçons : Drago ne pensait qu'à sauver sa peau. Il ne s'intéressait qu'à son nombril, comme d'habitude.

— Écoute, Spencer. Je ne vais pas m'excuser d'être tombé amoureux de toi ni d'avoir voulu être avec toi. Et tu m'as distrait tout autant.

— Alors, tous ces gens sont morts par ma faute ? cracha Spencer.

En privé, il s'en accusait souvent, mais dans la bouche de Drago, ça le mettait hors de lui.

— Non, le coupable, c'est Jabril Hamza. Et j'ai besoin que tu m'aides à le trouver et à le faire payer.

— Laisse tomber, Drago. C'est vieux tout ça. Nous avons raté les indices indiquant leurs intentions. Le bombardement a eu lieu et ce que nous ferons désormais n'y changera plus rien.

— Tu ne veux pas la justice ? Toi, le parfait petit soldat ? Qu'est-ce qui t'est arrivé, merde ? Quand as-tu perdu le sens du bien et du mal ?

— J'ai une mission à accomplir, je compte m'y tenir. Tu vas me suivre à…

Quand Drago se releva d'un bond, Spencer fit la même chose. Il y avait tant de tension entre eux que Spencer s'attendait vraiment à voir Dray se jeter sur lui. Il surveillait le poing serré de Dray – qui devait y penser aussi.

— C'est là, annonça derrière eux une voix forte.

Spencer se retourna pour affronter la nouvelle menace. Une meute de jeunes d'une vingtaine d'années – tous très, très ivres – venait d'envahir le Mémorial. Merde ! Comment une foule aussi nombreuse avait-elle réussi à se faufiler jusqu'à lui sans qu'il le réalise ?

Plusieurs voix s'élevèrent au-dessus du brouhaha ambiant, déclarant un parent décédé ici et demandant aux autres de retrouver des noms. Le groupe éclata, remplissant l'espace de bruits et de rires.

Spencer se retourna pour suggérer à Drago de filer d'ici…

L'enfoiré !

Il avait disparu.

DRAGO COURUT comme un dératé en direction de la plage pendant environ trente secondes, le temps, d'après lui, que mettrait Spencer à se lancer à sa recherche.

Ensuite, il ralentit et se contenta de marcher, non loin d'un couple se dirigeant vers l'eau d'un pas tranquille. Un samedi soir, la plage était bondée, même à cette heure tardive. Les promeneurs étaient surtout des fêtards imbibés à peine sortis des bars qui fermaient pour la nuit, mais ils serviraient aussi bien les desseins de Drago. Il n'aurait aucun mal à se fondre dans une bande d'ivrognes. Pour commencer, il ôta son col roulé sombre et révéla le tee-shirt blanc qu'il portait en dessous. Ensuite, il ramassa une casquette de baseball à moitié enterrée dans le sable, la frotta et se la colla sur la tête. Voilà qui changerait son profil.

Il s'approcha de six jeunes qui riaient et plaisantaient en hébreu et leur offrit une tournée générale à condition qu'ils connaissent un bar encore ouvert. Le groupe tituba le long de la plage, avec lui caché au milieu. Quand Drago jeta un coup d'œil en arrière, il vit Spencer arriver et fouiller la plage des yeux dans les deux directions.

Drago avait des remords d'avoir ainsi planté Spencer, mais si le Navy SEAL refusait de l'aider, pas question de se laisser enfermer.

Deux ivrognes du groupe se mirent alors à chahuter et la situation dégénéra rapidement : chacun chercha à jeter son voisin à l'eau. Drago fut forcé de se joindre à la mêlée. Il évita d'entrer dans l'eau, parce que s'il devait courir, des chaussures gorgées d'eau risquaient de le ralentir. Tout en jetant du sable aux autres et en évitant sans peine leurs prises vacillantes, il tentait en même temps de surveiller ce que devenait Spencer et de quel côté il portait ses recherches.

Il vit donc deux hommes approcher Spencer. Ni l'un ni l'autre n'était particulièrement balèze, mais leurs silhouettes lourdes suffirent néanmoins à l'alerter. Un des gars avait le pas instable, comme s'il avait trop bu et peinait à garder son équilibre. Mais quelque chose n'allait définitivement pas.

Cessant de jouer, Drago se figea et surveilla l'échange entre Spencer et les deux autres. D'après son langage corporel, Spencer les reconnaissait.

Quand un bras s'enroula autour de sa taille, Drago s'en débarrassa distraitement d'une simple torsion sans quitter des yeux Spencer et les deux étrangers.

Une voix avinée gémit derrière lui :

— Bon sang, mec ! Tu m'as broyé la main !

Sans prendre la peine de répondre, Drago se raidit. Les deux hommes devaient être des soldats et dans ce cas, Spencer était en danger.

Il vit Spencer reculer, mouvement subtil qui, pour un œil averti, indiquait une préparation au corps-à-corps.

Ça ne va pas du tout.

L'ivrogne se rapprocha aussitôt, accentuant la tension.

Maintenant, Drago avait une parfaite ouverture pour filer puisque l'attention de Spencer se concentrait sur ses assaillants. Si Drago quittait la plage pour se perdre dans l'enchevêtrement des stations balnéaires, des bars et des touristes, jamais Spencer ne lui remettrait la main dessus. Drago connaissait un pilote privé qui lui devait un service, il aurait quitté le Moyen-Orient d'ici quelques heures.

Il devrait vraiment y aller. *Tout de suite.*

Il s'attarda cependant en espérant que Spencer avait la situation en main.

Cours, crétin. Cours, pendant que Spencer ne regarde pas.

Il ne bougea pas. Les deux hommes qui parlaient à Spencer commençaient à agiter les mains. Avec le bruit des vagues, Drago était trop loin pour entendre la conversation, mais on aurait dit que les deux inconnus criaient. Pour sa part, Spencer restait calme.

Tourne les talons. Va-t'en. Ça ne te regarde pas.

Comme la nuit où le missile était tombé sur le village, Drago était plutôt tenté de courir vers Spencer, pas de se mettre à l'abri du danger.

Oh merde. Spencer se mettait en mouvement. Drago le regarda avec une horreur croissante changer de position et lever les mains. Il allait se battre. Le gars de droite avait une posture agressive, il n'allait pas tarder à bondir. En principe, deux ivrognes ne présentaient pas une menace sérieuse. Spencer devrait être capable de s'en débarrasser sans peine.

Sauf que le second contournait Spencer. Ces deux-là connaissaient les bases du combat ? Voilà qui ne présageait rien de bon pour Spencer.

Dans la tête de Drago, la sonnette d'alarme devint une sirène hurlante.

Danger, Will Robinson [19]. Danger !

Pris d'une envie irrésistible de retourner vers Spencer afin d'équilibrer la donne, Drago abandonna les jeunes qu'il avait utilisés comme couverture et qui s'éloignaient d'ailleurs vers un autre bar.

Fiche le camp, sombre idiot !

Il était libre. Spencer était occupé et n'avait aucune idée de l'endroit où il se trouvait. Drago pouvait se perdre dans Tel-Aviv et le monde au-delà sans laisser de trace. Spencer ne le retrouverait jamais. Drago avait de l'argent, des ressources et les contacts nécessaires pour disparaître le temps qu'il voulait – tout le reste de sa vie si tel était son choix.

Une fois que le reste du monde l'aurait oublié, il pourrait reprendre sa quête et éliminer Jabril Hamza une bonne fois pour toutes. Même s'il y consacrait encore dix ans, il ne cesserait jamais de pourchasser ce fumier.

Une agitation attira alors son attention.

Connard N° 1, l'ivrogne, attaqua sans prévis et frappa violemment Spencer au beau milieu d'une phrase, un coup de poing vicieux au plexus solaire, de quoi couper le souffle. Effectivement, Spencer se plia en deux de douleur. Drago devina qu'il haletait comme un poisson asphyxié, il connaissait l'effet de ce type de coup. Spence était foutu.

L'enfoiré N° 2 intervint alors d'un uppercut qui atteignit Spencer au visage, sous le menton. Sous l'impact, Spencer se redressa et se cambra en arrière. Il ne tomba pas, ce que Drago trouva très impressionnant au vu des circonstances. Il recula en chancelant et réussit à rester debout, tout en ripostant d'un coup de pied. D'après Drago, Spencer avait visé son second attaquant au tibia ou peut-être au genou.

Le gars hurla et se mit à boitiller. Dix contre un qu'il se répandait aussi en insultes et menaçait de tuer Spencer. Connard N° 1 revint à la charge et visa encore le visage de Spencer. Merde, il était rapide et ses coups étaient portés avec force et précision.

Fils de pute ! Il n'était pas ivre du tout. Il avait simulé pour approcher Spencer et lui faire baisser sa garde. Et ça avait marché, putain !

Cette fois, Spencer reçut un coup en travers de la gorge. Il parvint à esquiver, ce qui lui évita de se faire éclater le larynx : c'était un coup porté pour tuer.

Drago jura violemment.

---

19 Phrase culte de la série américaine : *Lost in Space.*

Ce n'était pas un hasard. Ces deux gars cherchaient bel et bien à tuer Spencer.

Les enculés essayaient de tuer son homme !

La rage l'envahit, son feu purificateur effaçant tout sur son passage sauf la nécessité vitale de protéger Spencer et de massacrer ses agresseurs. Le temps ralentit, ou peut-être le cerveau de Drago accéléra-t-il, mais il se retrouva à courir comme le vent sur la plage, le corps chargé d'adrénaline, si léger et rapide qu'il avait l'impression de voler.

L'un des hommes sortit de sa poche une matraque et frappa Spencer à la cuisse. Il s'écroula à genoux dans le sable, ce qui permit au second de viser sa nuque. Dans un élan, Spencer leva le bras et fit dévier le coup. Son bras droit se mit à pendre, inerte.

Les deux hommes l'attaquèrent à coups de pied et de poing, manifestement décidés à le battre à mort.

Drago accéléra le pas, conscient que désormais la moindre seconde comptait. Spencer s'effondra et se roula en boule pour protéger ses organes vitaux. Il suffisait d'un coup de pied judicieusement placé pour le tuer. Les deux hommes visaient les côtes, la tête, le ventre, et Spencer était totalement incapable de se défendre de tous les côtés à la fois.

Non, non, non, non, non.

Drago éprouva une véritable panique à l'idée d'arriver trop tard. Il ne supporterait pas de perdre Spencer. Pas maintenant. Pas comme ça. Pas alors qu'il venait de le retrouver.

Par chance, les connards cessèrent leurs coups pour narguer leur proie abattue. Ne s'attendant pas à voir arriver des renforts, ils pensaient – à tort – avoir le temps de profiter un peu plus longtemps de la mise à mort.

Cette fois, Drago entendit les épithètes qu'ils crachaient sur Spencer.

Comme une vague de fond remonta en lui la rage qui lui venait de son enfance, toutes les insultes et railleries qu'il avait subies, les coups, le mépris. Sa fureur changea de nature : de chauffée à blanc, elle devint d'un froid glacial. Les assaillants venaient de signer leur sentence. Drago ne comptait pas se battre « à la loyale ».

Il allait les faire souffrir.

Il arriva sur eux en silence et planta son poing gauche à la base du crâne du premier homme, mettant tout son élan et son poids derrière le coup.

Sans ralentir, il fit claquer son épaule droite dans le flanc gauche du second. Sous l'impact, l'enfoiré pivota et se retrouva face à lui. D'un geste vif, Drago lui arracha sa matraque de la main. Il leva le bâton de métal et en fracassa le visage du mec, qui éclata avec un bruit écœurant de chairs et d'os brisés. Une grande giclée de sang rouge fusa de la pommette fracassée. Le premier homme, assommé, s'écrasa le visage en avant dans le sable au moment où le second beuglait de douleur. Loin d'être calmé, Drago lui cassa le nez d'un coup de poing.

Le mec tomba à genoux, les mains sur le visage, du sang giclant entre ses doigts. Drago utilisa sa matraque comme un club de golf et visa le visage de l'homme inconscient. Bien, lui aussi aurait le visage marqué à vie, comme son complice, de quoi se souvenir longtemps de ce qu'ils avaient tenté d'accomplir ce soir.

Ils avaient eu grand tort de s'en prendre à Spencer Newman.

Drago jeta sa matraque et s'agenouilla auprès de Spencer. Doucement, il le fit rouler sur le dos. Le sang coulait de la lèvre inférieure fendue, tout le côté gauche du visage était déjà enflé et ensanglanté, l'œil gauche était fermé, mais l'œil droit s'ouvrit.

Le regard était flou, angoissé. Mais bien vivant.

— Hé, Spencer. C'est moi.

— Ils sont deux. Fais attention…

— Pas de soucis, mon pote. Je leur ai réglé leur compte à tous les deux.

— Tu en es sûr ?

— Oui. Ils ne se relèveront que pour aller à l'hôpital et se faire poser des points de suture. Tu ne risques plus rien.

Spencer voulut se lever.

— Attends, Captain Macho ! protesta Drago. Laisse-moi vérifier qu'aucune de tes blessures ne nécessite des soins immédiats.

Il passa doucement les mains sur le crâne de Spencer, où il sentit plusieurs bosses et entailles. Puis il effleura avec prudence le cou et la nuque, cherchant des anomalies et des fractures. Il descendit le long de la colonne vertébrale et termina par les membres.

Bonne nouvelle : la plupart des blessures n'engageaient pas le pronostic vital, sauf en cas de saignement important. Et comme Spencer était allongé de nuit sur le sable, Drago ne pouvait voir une éventuelle hémorragie.

— Tu saignes, Spencer ? Tu te sens faible ?

Après un silence, Spencer répondit :

— Non aux deux questions.

Dieu merci. Il était vivant. Drago en ressentit un tel soulagement qu'il en fut presque étourdi.

Il vérifia que Spencer n'avait pas de fracture aux chevilles avant de confier :

— J'ai eu tellement peur de ne pas arriver à temps !

L'idée que ça aurait pu être le cas lui donnait la nausée.

— Je suis content que tu sois revenu, soupira Spencer.

— Moi aussi. Peux-tu marcher, bébé ?

— Je ne sais pas. Mes genoux…

— Oui, j'ai vu le coup, grinça Drago. Je vais t'aider à te relever. Laisse-moi d'abord passer de l'autre côté pour ne pas risquer de heurter ton bras blessé.

Il s'accroupit et passa le bras gauche de Spencer par-dessus son épaule. Ensuite, il souleva le corps à la verticale, aussi doucement que possible. Spencer gémit et s'affaissa, ses genoux s'avérant incapables de supporter son poids. Drago le prit par la taille et le soutint le temps qu'il réussisse à tenir debout.

Spencer serrait les dents pour étouffer ses grognements de douleur.

— La voiture n'est pas loin, déclara Drago. Appuie-toi sur moi.

Il continua ses encouragements à mi-voix tout en avançant lentement, péniblement.

— Très bien. Encore un petit effort. Je vois la voiture. Tu pourras bientôt te reposer.

— J'ai été très con, marmonna Spencer. J'aurais dû le voir venir.

Sa lèvre fendue gênait son articulation.

— Apparemment, tu t'es fait des amis par ici.

— Oui.

Et malheureusement, deux ennemis d'antan lui étaient tombés dessus ce soir. Cahin-caha, Drago et son fardeau continuaient à progresser à travers les dunes le long de la plage, le premier accordant son pas à celui de Spencer.

Quand ils atteignirent enfin la Land Rover, Drago déposa doucement Spencer sur le siège passager. L'arrière de ses genoux frottant le skaï, Spencer gémit et glissa sur le côté. Drago le rattrapa par sa chemise et le remit à la verticale.

— Reste avec moi, mon pote. Ne t'évanouis pas.

— D'accord, marmonna Spencer, les yeux fermés.

Drago fit rapidement le tour de la voiture et se glissa derrière le volant, juste à temps pour empêcher Spencer de s'affaisser.

— Accroche-toi, Spence. J'ai de la morphine dans mon sac. Je te ferai une piqûre d'ici quelques minutes.

Avant ça, ils devaient quitter Tel-Aviv et mettre de la distance entre eux et les deux connards et leurs éventuels acolytes.

Dix minutes plus tard, Drago laissa Spencer dans la voiture pendant qu'il prenait une chambre dans un hôtel – qui n'était pas de ceux où des hommes en fuite se cachaient d'ordinaire. Par sécurité, Drago utilisa une fausse pièce d'identité.

Il porta quasiment Spencer dans leur chambre. La douleur rendait le Navy SEAL presque inconscient. Drago l'allongea en travers du lit et retourna au pas de course jusqu'à la Land Rover chercher le kit médical qu'il avait toujours dans son sac. En revenant dans la chambre, il prit aussi un seau de glace dans un distributeur du couloir.

Une fois la porte verrouillée, il se mit au travail sur les blessures de Spencer. Les coupures étaient superficielles, d'accord, mais à cause des coups qu'il avait reçus, Spencer serait bientôt marbré de meurtrissures de la tête aux pieds. Pour ça, le meilleur remède était de la glace, des analgésiques et du repos.

Après avoir judicieusement placé ses packs de glace à l'arrière des genoux de Spencer et sur son visage, Drago lui injecta une dose massive de morphine.

— Spence, dès que tu pourras bouger, j'aimerais t'emmener aux urgences pour faire radiographier ta tête.

— Je parie que tu attends depuis longtemps pour me dire ça, répondit Spencer.

Drago sourit, soulagé de constater que Spencer gardait son sens de l'humour.

— Je n'irai pas faire de radios, marmonna Spencer. Les hôpitaux envoient des rapports au consulat des États-Unis, à l'Agence et à mon unité, ce qui provoquerait des questions. Mes patrons voudront savoir comment j'ai été blessé.

— Et alors, où est le problème ?

— Je ne veux pas qu'on remette en question mon aptitude physique à travailler. Dès que j'irai… un peu mieux… je quitterai Tel-Aviv.

— C'est quoi ces conneries ? tonna Drago. Pourquoi ne pas traquer ces mecs et les descendre ?

Spencer secoua la tête.

— Ce sont les dommages collatéraux d'une opération que mon équipe a dirigée ici il y a quelque temps. Nous avons démantelé un réseau de trafic d'armes et tué le leader. Ses fils avaient juré de le venger.

66

— Raison de plus pour les dégommer, aboya Drago.

Bien sûr, ce fut le moment où la morphine fit effet et Spencer s'endormit. Ou peut-être utilisa-t-il cette excuse pour clore la conversation. De toute façon, il avait fermé les yeux, aussi n'avait-il pas l'intention d'en dire plus.

Et Drago en fut très frustré. Deux minutes de plus et il aurait arraché à Spence les noms et adresse des deux connards. Il se pencha et regarda Spencer qui s'agitait. Certes, le sommeil était une amélioration par rapport à l'atroce souffrance qu'il venait d'endurer, mais quand même. Le sujet n'était pas clos. Pas question de laisser les dealers locaux massacrer son…

Incapable de compléter sa phrase, Drago se figea.

Son *quoi*?

Qu'était Spencer pour lui?

Et pourquoi son cerveau hésitait-il à donner un nom au méli-mélo d'émotions contradictoires qui lui nouait les tripes?

D'accord, d'accord. Spencer était plus pour Drago qu'un ex-amant. Plus qu'un collègue de travail. Mais que représentait-il au juste?

Une voix au fond de son esprit murmura : tout.

Et merde!

Qu'était-il censé faire désormais? Aucune réponse ne lui vint.

Alors, il resta allongé à côté de Spencer, à l'écouter respirer de façon laborieuse. Même endormi, Spencer souffrait toujours. Et ça énervait Drago à un degré révélateur. Ce qui n'arrangeait pas ses affaires, loin de là.

Il avait bâti sa vie sur des données solides : faits, logique, raison, action, choix. Parmi les compétences qui faisaient de lui un excellent agent secret, il n'y avait pas de place pour des vétilles comme l'émotion, les sentiments, la connexion à autrui, les relations. Merde!

Une heure plus tard, l'alarme de sa montre sonna et Drago réveilla Spencer pour lui faire épeler son nom et compter jusqu'à dix, dans un sens et dans l'autre. Il répéta la procédure toutes les heures jusqu'au petit matin. Il ne dormit pas, trop occupé à lutter contre ce qu'il éprouvait pour Spencer et ce qu'il devait faire à ce sujet.

Aucune idée – géniale ou pas – ne lui vint.

Il resta de longues heures étendu sur le lit, parfaitement immobile à côté de Spencer, veillant à ne pas le bousculer ni même le toucher.

Alors que le soleil se levait, son alarme sonna encore une fois, Spencer ouvrit les yeux. Sans lever la tête, il échangea un long regard avec Drago, un moment d'une grande intimité. Les yeux bleus, bien qu'encore hébétés, étaient pleins de gratitude, ceux de Drago reflétaient son profond soulagement.

La veille au soir, ils avaient frôlé le désastre.

— Bonjour, murmura Drago. On dirait que tu vas mieux.

— Oui, merci.

Spencer fronça les sourcils avant d'ajouter :

— Pourquoi es-tu revenu la nuit dernière ?

— Parce qu'ils allaient te tuer.

— Pourquoi ne pas en avoir profité pour filer une bonne fois pour toutes ?

Sans répondre, Drago demanda d'un ton léger :

— Dis-moi, ces connards comptent-ils à nouveau s'en prendre à toi ?

Spencer haussa les épaules et le regretta aussitôt. Il grimaça en se souvenant qu'il était blessé. Drago l'avait ausculté, étonné que Spencer n'ait pas eu l'épaule démise. Il n'avait trouvé qu'une lésion superficielle des muscles et tendons causée par les coups de pied. Mais ça restait terriblement douloureux.

Spencer soupira.

— Donc, la réponse est oui, enchaîna Drago. Je te rappelle qu'ils ont des copains. Si tu ne fais pas de ces deux-là un exemple, ils viendront tous te chercher.

— La prochaine fois, je convoquerai mon équipe de Navy SEAL.

— Bonne idée. Tu as besoin de renforts.

Frustré, Drago désigna la morphine.

— Reprends une dose, ajouta-t-il. Tu as besoin de repos.

Spencer obtempéra sans se faire prier et se rendormit en quelques minutes. Drago sortit du lit. Il prit son téléphone portable et s'enferma dans la salle de bain.

— Charles, c'est moi, Drago. As-tu pu découvrir comment les militaires étaient au courant de cette réunion dans le désert ?

— Je travaille toujours dessus, répondit l'analyste, qui ajouta d'un ton prudent : comment ça se passe avec le lieutenant Newman ?

— Il est toujours là, et oui, je sais qu'il est censé me rapatrier. Qu'est-ce qui s'est passé au juste ? Je t'avais uniquement demandé de lui transmettre cette photo de moi au Mandolib.

— La décision de lancer une opération pour te récupérer est venue de très haut. Désolé, Dray, je n'ai rien pu faire.

— Au moins, ça a conduit Spencer là où je le voulais. Il m'a déjà indiqué t'avoir rencontré au briefing me concernant.

— Tu comptes coopérer et rentrer avec lui ?

— On en reparlera une autre fois, mon ami.

Drago coupa Charles qui commençait à argumenter :

— Non, je n'ai pas le temps. Deux locaux ont attaqué Spencer la nuit dernière. Ils ont bien failli le tuer.

— Quoi ? Ça s'est passé où ?

— C'est une autre conversation que je vais devoir reporter, Chaz. Pourrais-tu découvrir à quels marchands d'armes Spencer et son équipe ont eu affaire au Moyen-Orient ces deux dernières années ?

— Bien sûr. C'est loin d'être un défi pour un hacker de mon niveau.

Drago ricana.

— Dans ce cas, je ne serai pas impressionné quand tu me donneras la réponse.

— Un moment, Dray. Je n'ai besoin que d'une minute.

— Je n'entends pas ton clavier.

— Je suis dessus. Un peu de patience, d'accord ?

Drago écouta avec impatience les cliquètements révélateurs.

— Sinon, comment vas-tu ? demanda Charles.

S'il cherchait à alimenter la conversation, c'était sans doute qu'il attendait que le résultat de sa recherche s'affiche.

— Pas mal, à part cette connerie de vouloir me faire revenir. As-tu des nouvelles de Kurbaj et de ses gars ?

— Il semble qu'il y ait eu des survivants au petit missile. D'après la télémétrie, plusieurs personnes se sont éloignées du cratère.

— Probablement Spencer et moi.

— Non. Je vous ai vu partir. Les autres ont pris la direction opposée.

— Voilà qui m'étonne ! Le cratère était impressionnant.

— Ton missile n'était pas destiné à briser un bunker et je pense qu'il y avait des caves ou des tunnels sous ce village.

— Ça n'était pas *mon* missile, merde.

— Au fait, c'est l'Air Force qui a tiré. D'après le mec que j'ai interrogé au bureau militaire, ils ont reçu des informations de leurs propres indics, pas par notre intermédiaire.

Il restait possible que Kurbaj-Hamza ait convoqué tout le monde, puis divulgué sa présence présumée aux militaires américains. C'était un excellent moyen d'inciter les États-Unis à éliminer ses ennemis.

69

— Connais-tu l'identité des survivants ? s'enquit Drago.

— Principalement des seigneurs de guerre locaux. Aucun signe de Kurbaj.

— Il ne s'est jamais présenté, répondit Drago avec amertume. Le salaud m'a encore glissé entre les doigts. Et maintenant que l'Oncle Sam lui a tiré dessus, il va se terrer pendant des mois, sinon des années.

— C'est probable, admit Charles avec empathie.

Il changea de ton pour annoncer :

— Et voilà ! L'équipe de Newman a travaillé presque exclusivement en Afghanistan. Pas de missions au Moyen-Orient ces deux dernières années. Je vais devoir lancer une autre recherche pour te trouver des noms.

— Et merde !

— Dray ? Il faut que tu reviennes expliquer la raison de tes actes.

— Je n'ai pas tué Fayez Khoury, Charles. Et je compte le prouver.

— Veille à ce que tes preuves soient irréfutables, vieux. Parce qu'ils réclament ta peau !

— Ah bon ? Qui donc m'en veut à ce point ? Et surtout pourquoi mettre un tel acharnement à me traquer ?

— Pour une fois, je ne pense pas que ce soit de ta faute. Les observateurs du Congrès semblent très déterminés à tout connaître de nos petites affaires et à interférer dans la gestion interne de l'Agence.

— Laisser fouiner les politiciens est toujours dangereux.

— Je sais. Sois prudent, Drago. Fais profil bas et rentre dès que tu le pourras. Plus longtemps tu t'attardes sur le terrain, plus tu risques gros. N'oublie pas que la carrière du lieutenant Newman dépend désormais de toi.

— Merci pour l'info.

— De rien, mec. Je suis de ton côté, comme toujours.

— Merci. C'est pareil pour moi.

Pensif, Drago mit fin à l'appel. Charles et lui avaient suivi ensemble leur formation d'agent de la CIA et il avait évité à Chaz une raclée un jour où tous deux buvaient un verre dans un bar local et que des ivrognes s'en étaient pris à eux. À Charles en particulier, avant que Drago ne vienne à sa rescousse. Charles affirmait même que Drago lui avait sauvé la vie.

Et la nuit passée, il avait sauvé celle de Spencer.

Putain, ce n'était pas passé loin ! Si les gosses de la plage n'avaient pas perdu du temps en se jetant à l'eau, si Drago n'avait pas vérifié une dernière fois la position de Spencer, si les deux connards n'avaient pas cessé de taper pour traiter leur victime de tous les noms… Spencer serait mort à l'heure actuelle.

Drago était habitué à côtoyer la mort. Merde, il avait même tué en son temps. Mais l'idée de perdre Spencer…

La nausée lui tordit l'estomac et un frisson d'effroi remonta le long de sa colonne vertébrale.

Si près. C'était passé si près. Trop près.

SPENCER SE débattait, ses rêves étaient troublés.

Drago le fuyait et Spencer cherchait frénétiquement à le suivre. Il ne comptait pas le laisser lui filer encore une fois entre les doigts, c'était impossible. Il ne gâcherait pas sa seconde chance d'être avec Dray. S'ils ne parvenaient pas à s'entendre, tout était perdu à jamais. C'était tout ou rien, ici, maintenant.

Ils couraient sur la plage, l'un derrière l'autre, tandis que Spencer esquivait les coups de poing et les coups de matraque qui lui tombaient dessus de tous les côtés. Sortis de nulle part, ses agresseurs tentaient de le tuer.

Drago était un agent de premier ordre, et si Spencer le perdait de vue, ne serait-ce que quelques secondes, il disparaîtrait dans l'ombre sans aucun espoir de le retrouver. Spencer fixait donc le dos de son amant et rien n'avait le pouvoir de détourner son attention.

Drago allongea sa foulée.

Merde, merde, merde. À l'école secondaire, Dray avait été un excellent coureur de cross-country. Plus tard, il continuait à courir dix kilomètres toutes les semaines lorsqu'il était en Amérique. Spencer se savait endurant, il ne doutait pas de sa forme physique, mais Drago était bien plus rapide que lui.

Drago courait sur la plage, au ras des flots, là où le sable mouillé était plus dur, plus compact. À douze mètres derrière lui, Spencer s'efforçait de suivre son rythme, incapable de le rattraper, mais décidé à ne pas se laisser semer. Plus important encore, il gardait Dray dans sa ligne de mire. En pleine course, Drago Thorpe était de toute beauté. La fluidité de ses mouvements était parfaite, son corps musclé avait de l'équilibre et une remarquable coordination, les jambes puissantes s'accordant au torse large et solide.

Finalement, Drago ralentit et repassa au pas, respirant profondément. En le rejoignant, Spencer s'arrêta aussi, le souffle court. Il se positionna du côté des hôtels qui bordaient la plage, son corps bloquant Dray au bord de l'eau.

Sans mot dire, Drago pivota et revint sur ses pas, sur le sable pâle que la lune éclairait. La mer était calme ce soir, les vagues bruissaient doucement à leurs pieds. Spencer marchait à côté de Drago, sans trop savoir si Dray avait tenté de fuir ou juste couru pour évacuer la pression.

Drago l'accusait d'être parano. Peut-être avait-il raison...

— Réveille-toi, Captain K.O. Il est temps de me prouver que tu ne souffres pas d'une commotion cérébrale.

Spencer gémit, toujours pris dans les affres de la poursuite.

— Ne me laisse pas, marmonna-t-il.

— Je suis là. Ouvre les yeux.

— Pas envie.

— Écoute, je t'ai administré une dose de morphine à assommer un éléphant. Si tu n'ouvres pas les yeux, je vais devoir te jeter au visage un seau d'eau glacée. Et ce serait dommage alors que nous commençons tout juste à retrouver notre ancienne complicité.

— Ne sois pas idiot.

— Je ne le suis qu'envers ceux que j'aime.

— Tu m'aimes ?

Brusquement, Spencer se sentait beaucoup plus alerte.

— Et si nous en discutions un jour où tu n'es pas sous l'effet de la drogue, hein ?

À contrecœur, Spencer fit l'effort de se réveiller pour de bon.

— Tu t'es enfui, Dray, accusa-t-il.

— Tu aurais fait la même chose à ma place, alors, ne râle pas.

Spencer fronça les sourcils. Si seulement sa mémoire n'était pas aussi trouée qu'un fromage suisse ! Ils en avaient déjà parlé, oui. Mais Spencer ne se parvenait pas à se souvenir de ce qui avait été décidé.

— Il faut que tu rentres avec moi en Amérique, s'entêta-t-il. Il faut que tu restaures ta réputation entachée par ces fausses accusations.

— Tu prends le problème à l'envers, mon frère. Je compte d'abord éclaircir la situation – et donc me disculper. Ensuite, seulement, je retournerai à Langley.

Spencer plissa les yeux en tentant de focaliser son attention sur Drago. Il prit alors conscience qu'il avait mal partout. Il serra les dents pour retenir un gémissement quand une vague d'agonie remonta en lui.

— Parfait, déclara Drago, si tu as mal, c'est que tu es bel et bien réveillé. Donc, c'est rassurant, tu n'as pas de commotion. Ou si tu en as une, elle n'est pas trop grave. Tu peux te rendormir, conclut-il avec une douceur qui ne lui ressemblait guère.

— Seras-tu là quand je me réveillerai ? demanda Spencer.

Il gardait de son rêve l'étrange sensation d'être détaché de la réalité. Ou peut-être était-ce dû à la morphine qui courait encore dans ses veines. Quoi qu'il en soit, ce sentiment refusait de se dissiper.

— Oui. Bien sûr.

— Menteur.

Drago se mit en colère.

— Tu es mal placé pour dire ça ! aboya-t-il. Tu es infichu de détecter un menteur et un simulateur ! Un des deux connards qui t'ont abordé ce soir sur la plage t'a bien roulé dans la farine.

— Hein ? Comment ça ?

— Il faisait juste semblant d'avoir trop bu et tu as gobé son histoire.

— Ah.

— Tu n'as pas détecté la menace qu'ils représentaient ? Tu es aveugle ou quoi ? Tu n'as pas de radar anti-danger ?

Ah, répéta mentalement Spencer. Il était un Navy SEAL, merde.

— Si, bien sûr, j'ai été entraîné pour ça !

— Ton radar fonctionne peut-être au combat, mais pas dans le monde réel, insista Drago. Tous les gays sont constamment à l'affût d'une éventuelle attaque. Toi, mon ami, tu es Captain Innocence.

— Va te faire foutre, Dray, répondit Spencer. Merci quand même d'être revenu.

Drago s'éclaircit la gorge et dit d'un ton bourru :

— Je te signale quand même que si je croise à nouveau un de tes agresseurs et qu'il n'esquisse ne serait-ce qu'un geste menaçant envers toi, je me ferai une joie de l'étriper.

Une boule de chaleur s'épanouit dans le ventre de Spencer, effaçant presque sa douleur. Quand avait-il déjà reçu un tel vœu de protection ? Ceux qui ne connaissaient pas Dray auraient pu croire à une simple formule de macho, mais Spencer savait la vérité : c'était l'expression de son affection. Donc, Dray tenait toujours à lui.

— D'après le peu dont je me souviens, Dray, tu as bien failli les tuer la nuit dernière.

— Mon cher, je tenais juste à leur donner une leçon. Si j'avais voulu les tuer, ils seraient morts tous les deux.

— Tu les as frappés avec un instrument contondant.

— Oui, j'ai récupéré la matraque en acier qu'un des deux utilisait contre toi. Et je les ai marqués à vie.

— Comment ça?

— Je leur ai ouvert la tronche en deux. Ils iront à l'hôpital, mais aucun chirurgien esthétique ne sera jamais capable de réparer des dommages pareils. Ils resteront défigurés.

— Bon sang, Drago!

— Et tous les matins de leur putain de vie, chaque fois qu'ils se regarderont dans un putain de miroir, ils se rappelleront de moi. Et surtout de ce qu'ils ont essayé de te faire.

— Je ne te savais pas aussi vindicatif, Dray.

Pour être franc, ça plaisait à Spencer. Sans doute n'aurait-il pas eu les *cojones* d'agir ainsi, mais que Dray l'ait fait le rendait secrètement heureux.

— Envers ceux qui s'en prennent à toi, Spence, répondit Dray, je peux devenir un vrai serial killer.

Spencer esquissa un sourire. La chaleur dans son ventre gagna du terrain, envahissant tout son corps.

— Tu vas rester avec moi? demanda-t-il d'une petite voix.

— Oui. Je te l'ai déjà dit.

— Promis juré?

Dans un geste puéril, il leva son auriculaire, Dray y enroula le sien autour.

— Oui, espèce d'idiot.

Il secoua la tête et ajouta :

— Dors, maintenant, Captain Bisounours.

— D'accord, soupira Spencer.

Il sourit et ferma les yeux. Il s'envolait déjà sur un nuage rose quand il entendit la voix rauque et sensuelle de Dray à son oreille :

— Fais de beaux rêves.

QUAND SPENCER ouvrit les yeux, il fut aveuglé par une énorme boule cramoisie.

C'était le soleil. Il se couchait.

Waouh! Il avait donc dormi toute la journée. Il plissa les yeux pour ajuster sa vision et vit une silhouette affalée dans un fauteuil à droite à côté du lit.

Drago.

Il dormait dans un siège bien trop petit pour lui. Il avait bien besoin de se raser. Les poils sombres et hirsutes de ses joues lui donnaient l'air d'un pirate.

Drago était toujours là.

Le choc fit trembler Spencer.

Une vague de gratitude déferla dans son âme, ses eaux fraîches et libératrices agissant comme un flux cathartique. *Il est resté*. Ces mots étaient comme un soupir, une bénédiction, ils lui apportèrent une paix profonde. Drago avait pris soin de lui. Il était revenu, il l'avait secouru, il avait soigné ses blessures, il était resté avec lui.

Au fond de lui, Spencer avait été sûr que Dray profiterait de son sommeil drogué pour filer et disparaître, comme il en avait eu l'intention la nuit dernière.

En évoquant cette première évasion, Spencer reçut le rappel brutal de la mission qu'il avait accepté de remplir pour la CIA. C'était quand même incroyable que Drago parvienne avec tant d'aisance à le faire changer d'avis, à revenir sur une parole donnée, à contrevenir aux ordres reçus. Sous-estimer Drago était tellement facile! Sans doute était-ce ce qui expliquait son efficacité comme agent de terrain. Derrière le masque de bravade et d'enthousiasme faussement naïf se cachaient un esprit terriblement vif et un opérateur incroyablement qualifié.

Drago avait-il cherché à manipuler Spencer en l'emmenant au Mémorial du Grand Med? Cette sortie n'avait-elle eu pour but que d'atteindre Tel-Aviv et une zone toujours animée, même tard dans la nuit, afin de faciliter son évasion? Ce qu'il avait réussi à faire…

Ou Drago avait-il réellement voulu rappeler à Spencer ce qu'ils devaient aux victimes du bombardement? Essayait-il vraiment de le recruter pour l'aider à poursuivre Jabril Hamza?

De son expérience passée – et amèrement acquise –, Spencer savait que Drago avait toujours des plans tordus et que son processus de pensées était difficile à suivre. Avec Dray, rien n'était jamais ce qu'il paraissait en surface. Du coup, Spencer ne pouvait deviner ses intentions et les vraies raisons de sa présence ce soir dans cette chambre d'hôtel.

Il aurait adoré considérer que Drago exprimait ainsi ses sentiments pour lui.

Cet espoir faisait-il de lui un naïf?

Que devait-il faire à présent?

Oui, Drago lui avait sauvé la vie hier soir, oui, Spencer lui devait donc une sérieuse dette de gratitude. Et oui aussi, le fait que Drago soit resté à son chevet le rendait un peu amoureux. Mais cela suffisait-il pour se renier? Merde. Il avait accepté la mission de la CIA, il avait donc virtuellement donné sa parole d'honneur de remplir son rôle au mieux de ses compétences. Il était censé escorter Drago Thorpe aux États-Unis. Point final. C'était sa priorité. Ça devait l'être.

Éliminer Hamza serait très gratifiant personnellement parlant, d'accord, mais l'obéissance aux ordres était la force des armées. Spencer avait donc la responsabilité légale de remplir sa mission.

Et pourtant, il avait contracté une dette énorme envers Drago, une dette personnelle pour être revenu et lui avoir sauvé la vie.

Et merde! C'était un sacré dilemme!

Il avait la sensation qu'une frénétique partie ping-pong se jouait dans sa tête, la balle passant d'un camp à l'autre. Que décider? Arrêter Drago ou le laisser partir? Rembourser la dette ou l'ignorer en faveur du devoir à accomplir? Privilégier la vengeance ou l'honneur? Écouter sa tête ou son cœur?

La seule constante était son désir d'aider Drago. Mais comment? En le raccompagnant aux États-Unis afin de se justifier de fausses accusations ou en le laissant suivre son plan et prouver son innocence ici même, sur le terrain?

Peu habitué à une telle indécision, Spencer n'était pas content du tout. Au final, la seule décision qu'il se sentit capable de prendre fut de ne rien décider pour le moment. En attendant que ses idées s'éclaircissent, il devait s'assurer que Drago ne file pas.

Il quitta son lit avec des mouvements mesurés, lents et douloureux. Il alla jusqu'à son sac et en sortit des menottes. Il revint près de Drago et lui passa le bracelet au poignet.

Drago sursauta en entendant le cliquètement. Il ouvrit les yeux, vérifia ce qui se passait, puis jeta à Spencer un regard éberlué.

— Tu te fous de moi? Des menottes? Tu nous as menottés ensemble?

— Je ne peux pas te laisser filer, expliqua Spencer. Et je ne suis pas en état de te courir après.

Les yeux noirs de Drago étaient pleins d'amertume, la trahison semblait l'avoir frappé au cœur. Spencer détourna la tête, incapable de supporter cette accusation muette.

— Vraiment ? persifla Drago. Même après hier soir, tu ne me fais toujours pas confiance ? Qu'est-ce que je dois faire au juste ? M'immoler en criant ton nom ? Tu sais très bien que j'avais réussi à t'échapper la nuit dernière, pas vrai ? Rien ne m'obligeait à faire demi-tour pour te sauver la vie.

— Oui. Je sais.

— Et j'ai tenu parole – une fois de plus. Je suis resté auprès de toi pendant que tu dormais, assommé par les analgésiques.

— Oui. Je sais.

Spencer commençait à regretter son geste.

Drago lui jeta un regard lourd de mépris.

— En fait, je t'avais mal jugé, déclara-t-il, glacial. Pour la première fois, je suis heureux que tu m'aies planté il y a dix ans. Je m'en suis bien sorti, au fond. Je n'aurais jamais pu vivre avec un homme incapable de se fier à moi.

Sa déclaration était d'autant plus blessante qu'il parlait sans colère.

Bien plus que des regrets tardifs, Spencer avait désormais l'horrible sensation d'avoir tout gâché entre Dray et lui. Et pour couronner le tout, il avait une migraine terrible.

— Tu ne cesses de dire que je vais filer, Spencer, persifla Drago. Mais c'est toi qui ne cesses de fuir. Même ces derniers temps, depuis nos retrouvailles.

— Ce n'est pas vrai !

— Si, tu n'as pas fui physiquement, d'accord, mais tu refuses d'affronter ce qui existe entre nous.

— Ce qu'il y a entre nous… ce qu'il y *avait* entre nous est de l'histoire ancienne.

Avec une grimace douloureuse, Spencer s'assit au bord du lit et replaça ses jambes sur le matelas. La chaîne des menottes se tendit.

Il ajouta :

— Ce serait plus facile si tu venais t'asseoir à côté de moi.

Drago se leva avec une moue sarcastique.

— Bien sûr, je ne tiens surtout pas à handicaper ta mission !

Il s'assit à son tour sur le lit et Spencer s'écarta pour lui faire de la place.

— Après tout, insista Drago, la seule chose qui compte pour toi, c'est d'être un bon petit soldat. Tu te fous de ma réputation ou de ma carrière, tu te fous de rendre justice aux victimes du Grand Med.

— Ne dis pas de conneries.

— Je tire juste des conclusions évidentes au fait que tu viens de me menotter à toi.

Spencer n'avait fait que se lever et traverser la chambre, pourtant, il était épuisé, physiquement et émotionnellement, ses tempes battaient douloureusement, au rythme de son cœur. La chaleur corporelle de Drago était juste à portée de main et Spencer était tenté de s'en approcher, de humer l'odeur de sa peau, de presser le visage contre son flanc.

— Je suppose que tu as effacé tout ce que nous avons partagé autrefois, déclara Drago avec amertume.

Son ton démontrait qu'il se sentait trahi. Non seulement parce que Spencer prévoyait toujours de le rapatrier, mais aussi parce que Dray avait espéré ranimer les braises de leur ancienne relation.

Spencer y pensait aussi. Même s'il ne comprenait pas trop ce qui se passait. Et il était mort de peur. Tant que Dray et lui restaient dans les limbes, il pouvait continuer à jouer les autruches. Il ne tenait pas à affronter ce qui risquait de bouleverser sa vie à jamais ou à prendre une décision drastique. La vérité concernant lui et son avenir n'était pas un sujet à aborder sans mûre réflexion.

Il tenta de se justifier :

— Écoute, ne le prends pas personnellement. J'ai été chargé d'une mission, te faire revenir, je compte accomplir mon devoir.

— Mais oui, bien sûr, ton devoir, c'est tout ce qui t'intéresse, répliqua Dray avec hargne. Tu n'as rien écouté de mes arguments, tu sais pourtant que je dois prouver ne pas avoir tué Fayez Khoury avant de retourner aux États-Unis, sinon, personne ne se donnera la peine de mener cette enquête et je serai inculpé d'un meurtre que je n'ai pas commis. Mais ça, tu t'en fous !

— Nous tournons en rond, rétorqua Spencer. Je ne compte pas désobéir aux ordres pour une de tes lubies. Tu t'es embarqué dans une guérilla personnelle et tu voudrais que je t'aide à la mener. Je suis un soldat, j'obéis à ma hiérarchie.

— Tu n'es qu'un connard décérébré incapable de prendre une décision par toi-même. Ah, il est beau, le parfait GI Joe !

Spencer se sentit effleuré par un doute : et si Dray avait raison ?

Il tenta de bouger ses membres. Tout fonctionnait, il avait seulement mal partout. Grâce à l'entraînement qu'il avait reçu comme Navy SEAL, il était en excellente forme physique, il avait donc la capacité de se remettre vite, même après des coups aussi violents que ceux reçus la nuit dernière. De plus, il ne resterait pas longtemps handicapé par la douleur. Il avait largement été aussi meurtri à la fin de la *Hell Week*, « la semaine d'enfer » qui concluait toute admission aux Navy SEAL. Il allait en baver, mais il serait bientôt opérationnel.

— Sortons d'ici, déclara-t-il.

— Si tu le dis, répondit Drago.

Spencer tressaillit devant ce ton agressif et distant, comme si sa peau en était éraflée jusqu'au sang.

D'un autre côté, il méritait la colère de Drago. Il s'était comporté de façon lamentable. Pourquoi douter de Drago alors que le gars avait tenu parole et fait ses preuves, encore et encore ? Sans doute Spencer devrait-il le libérer, le laisser partir, lui donner une chance de prouver son innocence et de sauver sa carrière et sa vie…

Au même moment, Drago se leva. Son geste brusque souleva le bras gauche de Spencer et la douleur le traversa tout entier.

— Allez, bouge, aboya Drago. Je n'ai pas que ça à faire !

Seigneur ! Qu'il était exaspérant !

Spencer répondit d'un ton sec :

— Je compte t'emmener à l'aéroport et te mettre dans un jet militaire à destination de Washington, DC.

— On verra.

Lorsqu'ils quittèrent l'hôtel, Drago était maussade, mais au moins, il ne résistait pas. En arrivant au parking où la Land Rover était garée, Drago déclara amèrement :

— Au fait, tu m'as accusé d'avoir la tête dans le cul et de ne penser qu'à ma carrière, mais je tiens à souligner que tu fais exactement la même chose.

Spencer jeta un coup d'œil au seul homme qu'il ait aimé. Le seul homme qu'il ait quitté.

— Contrairement à toi, Dray, je n'ai que ma carrière dans ma vie.

Drago mit longtemps à répondre.

— En fait, tu ne me connais pas du tout, c'est ça ?

— Je te connais très bien.

— Tu crois ? À mon avis, tu m'as d'ores et déjà jugé et condamné parce que tu *crois* me connaître. Oui, ça paraît bien plus plausible. Et si je n'étais pas du tout celui que tu imagines, hein ?

— Tu ignores ce que je pense de toi, Drago.

— Je sais que tu me prends pour un menteur patenté incapable de tenir parole. Ce qui est totalement faux, je te le signale.

Dray disait-il vrai ? Spencer se serait-il à ce point trompé à son sujet ?

— Même autrefois, tu ne me connaissais pas, hein, Spencer ?

Alors que Spencer ouvrait la bouche pour répondre, Drago agita les menottes en disant :

— Après ce que tu viens de faire, je suis certain que, moi, je ne te connaissais pas non plus.

VII

MONTER DANS la Land Rover en étant menottés ensemble ne fut pas facile. Au final, Drago dut passer côté passager et enjamber la console centrale pour arriver sur le siège conducteur. Derrière lui, Spencer s'installa péniblement.

Drago gardait un silence inhabituel et Spencer réalisa vite que ce mutisme l'inquiétait au plus haut point. En temps normal, Dray aimait bavarder. Quand il se taisait, c'était que son formidable cerveau travaillait en exponentiel. Il était évident que dans les circonstances actuelles, il devait fomenter un plan d'évasion. Il considérait la trêve rompue, toutes les anciennes promesses devenant de ce fait caduques et non avenues. De ça, au moins, Spencer était certain.

— Où veux-tu aller, sale hypocrite ? aboya Drago.

Spencer plissa les yeux, bien que cette tension soit douloureuse : il avait tout le côté du visage enflé.

— Je vais devoir nous dégoter un avion et organiser notre plan de vol. Trouve-nous un hôtel près de l'aéroport. Un endroit discret où nous pourrons nous cacher jusqu'à notre départ.

Il détendit le bras gauche, toujours attaché au bras droit de Drago, pour permettre à son coéquipier de conduire et de passer les vitesses. Drago traversa Tel-Aviv et se gara devant un motel miteux, bien loin des tours rutilantes destinées aux touristes qu'ils avaient admirées la veille au soir.

Spencer se chargea de prendre une chambre, sans donner d'explications au réceptionniste concernant les menottes ou ses blessures au visage. Il savait très bien que le type se demandait in petto à quel jeu tordu s'adonnait ce couple de truands. Et il s'en fichait.

En vérité, il était si agacé qu'il ne se préoccupait même pas de ce que pouvait penser Drago.

Pour déverrouiller leur porte, il dut utiliser une clé à l'ancienne, en métal, attachée à un plot de plastique avec le numéro de la chambre. La pièce était étouffante et sentait le renfermé.

— Il y a un climatiseur, marmonna Drago. Allumons-le… en espérant qu'il fonctionne. Et je dois aller pisser. Comme je suis droitier, tu vas devoir m'assister.

Spencer fronça les sourcils. Il alla jusqu'au climatiseur et le mit en marche, puis il accompagna Drago dans la salle de bain.

— Je suis certain que tu es capable d'ouvrir ton pantalon et de tenir ta queue de la main gauche. Sinon, tant pis pour toi, pisse-toi dessus.

— Tu es devenu un vrai salaud à ce que je vois, félicitations !

Un vrai salaud? Spencer pesa ces mots pendant que Drago se soulageait, sans prêter attention au fait que son poignet gauche suivait le rythme des mouvements de son prisonnier.

Il n'avait pas l'impression d'être trop dur envers ses hommes, pourtant, préférant de loin les diriger en leur donnant un exemple à suivre et les encourager à répondre de leur plein gré en offrant le meilleur d'eux-mêmes. Il n'avait jamais eu à punir aucun des Navy SEAL sous ses ordres. Ses hommes l'admiraient et c'était réciproque. Il n'avait jamais eu à être «un vrai salaud» pour garder son équipe en main. En y réfléchissant, même si Spencer l'avait tenté, ça n'aurait pas marché, ni sur ses hommes ni sur Drago.

Il s'étendit sur le lit double et s'écarta prestement pour faire de la place à Drago. Tous deux étant grands et larges, leurs épaules se touchaient quand ils furent allongés côte à côte. Spencer éteignit la lampe de chevet alors que Drago allumait la télévision. La lumière jaune fut remplacée par le scintillement bleuté de l'écran.

En voyant Drago zapper de chaîne en chaîne, Spencer leva mentalement les yeux au ciel. Il était évident que Dray déconnait avec la télé uniquement pour l'énerver. Spencer aurait aimé dormir un peu avant de mettre Drago dans un avion pour Washington. Il n'avait aucune idée ce qui se passerait ensuite et ça n'était pas son problème. Pour le moment, sa priorité était de quitter son ex et de reprendre le fil de sa vie.

Sa vie, oui, justement, que serait-elle après ces retrouvailles ?

Parfois, *rarement*, Spencer se posait des questions. En ce moment, justement, il le faisait. Qu'allait-il devenir ? Il avait l'option de retourner dans son équipe SEAL, de finir ses vingt ans de service et de prendre tranquillement sa retraite. Il aimait ses hommes comme des frères… ou plutôt comme des enfants indisciplinés. Dans tous les cas, il les considérait comme sa famille.

Malheureusement, ça ne comblait pas le trou d'un cœur qui aspirait à une vraie vie de famille. Spencer rêvait d'un foyer où retourner après une mission à l'étranger, d'un conjoint qui l'accueillerait les bras ouverts, les yeux débordants d'amour...

Il se reprit avant que ce désir inassouvi lui coupe tous ses moyens et le plonge dans les affres d'une dépression latente.

Pour se changer les idées, pourquoi ne pas réfléchir à la suggestion de Drago : prendre des vacances. Peut-être en profiterait-il pour rencontrer quelqu'un et envisager une relation sérieuse. Et oui, dans ses fantasmes, ce quelqu'un ressemblait beaucoup à Drago Thorpe... en moins con et moins exaspérant.

Spencer chercha à s'imaginer en couple avec un clone de Dray version gentille : ils achèteraient une maison, ils créeraient un foyer...

Légalement, rien n'empêchait Spencer de rester chez les SEAL, même en étant marié à un homme, mais il n'avait aucune envie de s'y risquer. Être un pionnier, un militant prêt à tout risquer pour faire reconnaître les droits des homosexuels ou du mariage pour tous ne l'intéressait pas du tout. Jouer avec le feu, c'était le genre de Drago. Spencer, lui, n'aspirait qu'à une vie discrète, calme, sereine.

Une fois que ce gâchis serait derrière lui.

À ses côtés, Drago avait fermé les yeux, tout en gardant la télécommande dans la main gauche, hors de portée. L'enfoiré !

Spencer essaya de dormir, en vain. Le sommeil se refusait à lui. Énervé au-delà des mots par le doux ronflement de Drago, Spencer finit par mettre des oreillers derrière sa tête pour regarder la télévision, une émission de variétés en hébreu, une langue qu'il ne maîtrisait pas.

Bercé par les rires des participants et par la bande-son, Spencer reprit le fil de ses pensées.

Les accusations de Drago l'avaient plus touché qu'il n'aurait voulu l'admettre. Agissait-il vraiment comme il avait accusé Dray de le faire ? Donnait-il la priorité à sa carrière et à son honneur sans se soucier de ceux de Drago ? Pire encore, fuyait-il sa culpabilité quant à la catastrophe du Grand Med en refusant l'idée de traquer Jabril Hamza ?

Éliminer un terroriste d'une telle envergure était un attrait indéniable. Depuis dix ans, le fumier avait échappé à toutes les agences de renseignement du monde. En toute franchise, Spencer se fichait complètement de la notoriété et des distinctions que la mort d'Hamza lui procurerait, car il avait l'habitude d'être un héros de l'ombre. Et même, il préférait la discrétion.

Mais celui qui abattrait Hamza rendrait au monde un énorme service parce qu'un terroriste dans l'âme continuait à tuer jusqu'à son dernier souffle. Sur ce point-là, Drago avait totalement raison.

Dans son sommeil, Drago se tourna, faisant face à Spencer.

Sans pouvoir s'en empêcher, Spencer le dévisagea avidement. Il rêvait de ce visage depuis si longtemps ! Il avait aussi espéré avoir Drago dans son lit, dans sa vie. Il avait imaginé un avenir à deux, une rencontre fortuite, des retrouvailles, une seconde chance de former un vrai couple…

Mais jamais il n'avait pensé que ces retrouvailles auraient lieu pendant une arrestation, ou qu'il devrait menotter Drago et le remettre aux autorités – qui l'enverraient en cellule pendant très longtemps.

Et c'était mérité, non ? Drago avait tué un homme sans autorisation, il avait provoqué un incident international… Il irait donc en prison.

Bien sûr, il niait avoir tué Fayez Khoury dans ce bordel berlinois, mais la CIA n'était pas du genre à se tromper dans ses accusations. Si les patrons de Dray affirmaient qu'il avait appuyé sur la détente, c'était certainement la vérité. D'ailleurs, Spencer avait vu les photos, non ? Et Drago quittant précipitamment la scène du crime.

Que t'est-il arrivé, Dray ?

Autrefois, sous son aspect bourru et je-m'en-foutiste, Drago était un idéaliste, prêt à tout pour rendre le monde meilleur et plus sûr. Pourquoi avait-il déraillé ? Pourquoi avait-il perdu la foi ? Dix ans plus tôt, il avait eu les mêmes attentes que Spencer, c'était même l'une des principales raisons de leur entente si totale.

Ils étaient si jeunes alors, si confiants, si sûrs d'eux et de leurs compétences. Oui, ils se croyaient invincibles et capables de conquérir le monde. Jusqu'à ce que Jabril Hamza leur démontre le contraire. À tous les deux.

Rares étaient les personnes qui voyaient une majuscule à des valeurs comme Honnêteté ou Intégrité. Drago, lui, le faisait. Ou du moins, il l'avait fait, dix ans plus tôt. Qu'en était-il désormais ? Comment avait-il pu se perdre à ce point ?

Détendu, son visage paraissait aussi jeune qu'autrefois, le sommeil effaçant les rides creusées par la vie et les soucis. Les traits étaient ciselés, la mâchoire aussi dure qu'un bloc de granit, le nez un peu tordu suite à une vieille fracture. Les cheveux noirs tombaient en mèches ébouriffées sur la peau hâlée. Spencer fut tenté de les repousser pour dégager le front large et bombé. La bouche généreuse semblait prête à sourire, même endormie. Ou peut-être était-ce juste l'exubérance de Drago qui transparaissait ainsi.

D'ordinaire, les agents de la CIA étaient guindés, fades et ennuyeux, fantômes anonymes capables de se fondre dans le décor sans laisser de souvenir aux témoins. Drago était l'exception. Et quelque part, c'était un atout de plus dans son jeu : personne n'imaginait qu'un homme aussi bruyant et coloré était en fait un agent infiltré.

Drago avait avoué avoir gardé un œil sur lui au fil des années. En vérité, Spencer avait agi de la même façon. Drago Thorpe avait accompli une brillante carrière en tant qu'agent de terrain. L'Agence l'avait envoyé partout dans le monde affronter les problèmes les plus difficiles et son dossier était impeccable.

Un seul échec flagrant à son palmarès : cette mission en Israël, dix ans plus tôt, pour identifier la cible d'une cellule terroriste dirigée par Hamza.

Spencer portait la même tache noire sur sa carrière. Comme Drago, il s'efforçait depuis dix ans de vivre avec sa culpabilité, de compenser cet échec en accomplissant son travail avec rigueur. Lui aussi avait sillonné le monde et risqué sa vie. En y réfléchissant, il était étonnant que Drago et lui ne se soient pas croisés. Peut-être Drago l'avait-il délibérément évité ? Lui en tout cas avait évité Drago. Une fois, il était à Guam [20] avec son équipe SEAL lorsqu'il avait appris le passage de Drago et il s'était empressé d'emmener ses hommes manœuvrer dans la jungle. Une autre fois, ils s'étaient trouvés ensemble à la base aérienne de Bagram [21]. L'installation étant énorme, Spencer n'avait eu aucun problème à éviter une rencontre.

Malheureusement, le Destin avait un sens de l'humour tordu, et voilà Spencer au lit avec Drago Thorpe, le seul homme dont il restait obsédé.

La tentation devenait presque irrésistible : Spencer aurait voulu se pencher et embrasser ces lèvres renflées, humer l'odeur de son amant d'antan, se déshabiller et le prendre, ou peut-être se laisser prendre. Son fantasme était si vivace qu'il se mit à bander.

Il se raidit et contrôla ses pulsions. Du moins, il essaya. Sa queue était d'un autre avis, elle s'érigea pleinement, ses couilles devenant lourdes et douloureuses. Le besoin de saisir Drago et d'investir son corps était si fort que Spencer en tremblait. Il baissa les yeux sur son entrejambe. En temps normal, il se branlait sous la douche, mais la Veuve Poignet n'était qu'un assouvissement passager, rien à voir avec de vrais ébats.

---

20 Territoire insulaire américain de Micronésie situé dans la partie ouest de l'océan Pacifique.

21 Située en Afghanistan près de l'antique cité du même nom.

Et merde. Spencer était chaste depuis dix ans. Et la dernière fois qu'il avait fait l'amour, c'était avec Dray. C'était long dix ans de désirs réprimés, de fantasmes inassouvis, de rêves sans espoir…

Spencer avait tenté de se concentrer sur son travail.

Et maintenant, Drago était là, sur le lit à côté de lui. Si Spencer le lui demandait, Dray accepterait certainement une partie de jambes en l'air. Ce serait rapide, facile…

Il n'avait qu'à tendre la main, saisir l'entrejambe de Dray, le caresser, puis s'empaler sur ce membre érigé si épais, si délicieusement érotique.

Spencer lutta éperdument contre son envie de réveiller Drago pour le supplier de le baiser jusqu'à l'oubli.

Au fond, peut-être Drago avait-il raison. Peut-être qu'à force de ne penser qu'à son travail, Spencer était devenu coincé, amer et desséché. Peut-être que baiser lui remettrait les idées en place en le débarrassant de l'armure d'autodiscipline et d'abnégation derrière laquelle il s'était protégé toutes ces années.

Parfois, il avait l'impression d'être prisonnier d'une camisole de force émotionnelle dont seul Drago avait le pouvoir de le libérer.

Mais à quel prix ?

Spencer allait-il devoir sacrifier sa carrière ? Son amour-propre ? Son cœur ? Parce qu'il était sûr et certain qu'une fois encore, Drago lui briserait le cœur – par vengeance peut-être, pour ce qui s'était passé dix ans plus tôt.

Frustré, Spencer roula sur le dos et regarda le plafond, faisant mentalement la liste des innombrables raisons l'empêchant d'approcher Drago : ça ne lui apporterait que des ennuis !

Il s'endormit alors qu'il cataloguait les défauts de Dray : impulsif, téméraire, sauvage…

Ce qui faisait de lui un amant inoubliable.

VIII

SPENCER SE réveilla lentement. Il se sentait groggy et désorienté.

La lumière était trop forte, trop brillante. *Ferme les yeux.*

La migraine lui martelait le crâne, si forte que les vagues l'aveuglaient presque.

Il était aussi perclus de courbatures, comme s'il avait dormi dans une petite boîte. *Essaie de t'étirer.* Sauf que son corps ne répondait pas. Hein ?

Quelque chose n'allait pas.

Mais quoi ?

Pas de réponse.

Spencer essaya de raisonner, mais sans effet. Son cerveau était déconnecté, comme si tous ses composants s'étaient séparés les uns des autres et refusaient de communiquer. Chacun envoyait des signaux aléatoires, sans ordre ni logique.

Flottant dans les limbes, Spencer laissa les sensations couler autour de lui.

Un cliquètement régulier.

Une légère odeur de fumée de cigarette et de sueur.

Un balancement.

Le lit bougeait ?

Quand Spencer voulut soulever ses paupières, elles pesaient une tonne. À peine étaient-elles entrouvertes que la lumière lui perça douloureusement le cerveau. Il persista cependant et gagna un autre millimètre.

Quelqu'un se trouvait à côté de lui. Les joues hérissées de barbe brune, la peau hâlée. Bien sûr. Drago ! Il somnolait sur le lit.

Spencer s'agita davantage. Des bribes de souvenirs lui revenaient : ils étaient allés ensemble visiter le Mémorial du Grand Med ; ils s'étaient disputés. Des menottes ! Il avait menotté Dray. Ensuite, il s'était endormi à ses côtés.

Spencer vit alors une fenêtre au-delà de Drago. Une fenêtre qui n'aurait pas dû se trouver là. Et cette banquette en face de lui. C'était quoi ce b…

Une évidence lui vint alors : il n'était pas dans une chambre de motel, mais dans un wagon de train. Il en fut catastrophé.

— Qu'est-ce que tu as fait ? haleta-t-il.

Oh merde, il parvenait à peine à parler tellement sa gorge était sèche. Drago lui sourit.

— C'est duraille ces drogues, pas vrai ?

— Quoi ? Qu'est-ce que tu racontes ? Qu'est-ce que tu as fait ?

— Du calme, ta migraine finira par passer. Si je me souviens bien, il m'a fallu une demi-heure pour me remettre de tes bons soins. On n'a pas idée de trimbaler des saloperies pareilles dans une petite seringue !

Quoi ? Spencer avait le cerveau trop embrumé pour comprendre… et c'était pourtant à sa portée, ce qui le frustrait terriblement.

Prenant pitié de lui, Drago expliqua :

— J'ai attendu que tu t'endormes au motel. Puis j'ai récupéré la seringue que tu gardais dans ta poche et je t'ai injecté ce qu'il y avait dedans. Tu es resté inconscient assez longtemps pour que je demande à un ami de passer. Il nous a conduits en avion jusqu'à Prague et il m'a aidé à te faire monter dans ce train.

— *Quoi ?*

— Œil pour œil, migraine pour migraine, c'est le karma, mon pote !

— Espèce d'enfoiré !

Spencer fut très tenté de se jeter sur Drago pour le boxer, mais dans son état, ça n'était pas une bonne idée. Sans doute Drago se sentirait-il tenu de le droguer une fois encore. S'il était resté inconscient trente-six heures, Drago avait certainement fouillé ses affaires et trouvé sa réserve de sédatifs. Et il les avait utilisés depuis lors, parce qu'une seule dose n'aurait pas suffi.

Drago avait certainement une seringue dans la poche, prête à servir en cas de besoin. C'était ce que Spencer ferait à sa place. C'était ce qu'il *avait fait* lors de leurs retrouvailles dans le désert.

Spencer était agité d'émotions contradictoires, parmi lesquelles se trouvaient le chagrin et le respect de son adversaire, bien que ce soit à contrecœur.

— Où sommes-nous ? demanda-t-il, résigné.

Drago regarda par la fenêtre.

— En Allemagne. Nous arriverons à Berlin d'ici deux heures. Je tenais à te réveiller avant d'arriver parce que les Allemands ne seront pas aussi faciles à corrompre que les Tchèques. Ils ont très facilement accepté de détourner la tête pendant que je te traînais inconscient jusque dans notre compartiment.

Spencer tenta de s'asseoir, mais son corps restait peu coopératif. Un cliquètement métallique attira son attention, il baissa les yeux et vit que son poignet était menotté à l'accoudoir central.

Et bien entendu, Drago avait récupéré la clé des menottes dans la poche de Spencer en lui piquant sa seringue. Et merde !

— Pourquoi Berlin ? marmonna-t-il.

Il se jugeait très con d'avoir laissé Drago le mettre dans cette position ridicule.

— Je veux retourner dans ce bordel et voir si je peux découvrir le véritable meurtrier de Fayez Khoury. Sinon, je me contenterai de te prouver que je n'ai tué personne et que ce mandat d'amener est de la pure foutaise.

— Tu dois apprendre à lâcher prise, *mi amigo*.

— Je n'ai pas tué Khoury, bon sang !

Spencer ne répondit pas, ce qui énerva Drago.

— Pourquoi refuses-tu de me croire, Spence ?

Spencer soupira.

— Que je te crois ou pas n'y change rien, tes patrons sont certains de ta culpabilité, c'est tout ce qui compte pour le moment.

— Aide-moi à prouver mon innocence, alors.

— Pourquoi le devrais-je ? Tu m'as drogué, kidnappé, fait traverser la moitié de l'Europe et menotté à un siège de train.

— Merci pour le récapitulatif, persifla Drago avec ironie. Quant à ta question « pourquoi le devrais-je », aurais-tu déjà oublié que je t'ai sauvé la vie ? Ou que nous étions amants autrefois. Ou que je t'ai aimé ?

Spencer en resta sans voix. *Attends un peu. Quoi ?*

Drago l'avait aimé ?

Il en eut le cerveau court-circuité.

Sans paraître le remarquer, Drago enchaîna :

— Tu pourrais aussi être concerné par le fait de prévenir une erreur judiciaire, non ? Je pensais qu'un bon petit soldat dans ton genre se préoccupait de ce genre de choses. Je me suis trompé, c'est ça ? Tu n'en as rien à branler ? Oh, excuse-moi, c'est vrai, tu m'as déjà donné la réponse : il n'y a que ta précieuse carrière qui compte pour toi. Et tu es prêt à écraser au rouleau compresseur tous les obstacles qui se dressent sur son chemin, moi y compris !

Spencer se hérissa, outré par cette caricature que Drago dessinait de lui.

Mais déjà, Drago changeait d'angle d'attaque :

— Tu sais, j'ai vraiment cru que je comptais pour toi, il y a dix ans. Nous n'étions pas seulement amants, Spence, nous étions aussi amis. Je te faisais confiance.

Spencer croisa son regard.

— Pourquoi devrais-je te croire après ça ?

Il secoua son poignet menotté.

Drago le toisa.

— Parce que tu m'as fait la même chose et malgré ça, je t'ai cru, je t'ai fait confiance. Quand je donne ma parole, connard, je la tiens !

Spencer était de plus en plus perdu. Que diable était-il censé faire ? Comment croire Drago, menteur de métier, agent infiltré, espion formé à l'art de la tromperie ?

— Comment veux-tu que je te fasse confiance ? cria-t-il, frustré au-delà des mots. Je connais ta formation ! Je sais de quoi tu es capable !

— Au travail, peut-être, riposta Drago. Mais comme je m'évertue en vain à te le répéter, je suis capable de séparer ma vie privée de ma vie professionnelle ! Pourquoi es-tu infichu de le comprendre ?

— Parce que tu ne l'as pas fait il y a dix ans !

— Les gens changent ! tonna Drago.

Il prit le temps de se calmer avant d'enchaîner :

— Moi, en tout cas, j'ai changé. Pas toi, apparemment, et c'est pour ça que tu refuses de me croire : tu es incapable d'avoir une vie personnelle en dehors de ton travail, c'est ça ?

Spencer avait la sensation de tourner en rond, c'était la même conversation, encore et encore.

Il répondit d'un ton las :

— Je n'ai pas de vie personnelle, c'est exact. Je n'ai donc pas à la tenir séparée de ma vie professionnelle.

Seigneur, c'était pathétique ! Il avait honte de s'entendre parler comme ça !

— Je vais te proposer la trêve que tu m'avais offerte, dit lentement Drago. Je t'enlèverai ces menottes si tu me donnes ta parole de ne pas chercher à t'évader avant d'avoir visité le bordel de Berlin. J'ignore encore si je trouverai là-bas de quoi me disculper, mais je dois au moins tenter le coup.

Spencer hésita bien plus longtemps que Drago l'avait fait dans la même situation. La loi était de son côté. Il avait un ordre de mission signé par la CIA, il n'avait aucune raison tangible de faire confiance à Drago. Pourtant…

Il y avait quelque chose entre eux, quelque chose de très fort, c'était lié au passé, oui, mais également au présent. Et Drago avait toujours été franc envers lui. Il agissait parfois comme un connard impulsif et arrogant, d'accord, mais il était franc.

Et si Spencer avait du mal à lui faire confiance, c'était plus lié à ses blocages personnels qu'à Drago.

Spencer soupira et hocha la tête :

— D'accord, j'accepte ta trêve. Je te signale quand même que je compte toujours accomplir ma mission et te ramener au bercail.

— Même si je te prouve mon innocence de manière concluante ? insista Drago avec un air de défi.

— Dans ce cas, en te ramenant, je donnerai aussi tes preuves à Langley et tu t'en serviras pour lever l'accusation qui pèse sur toi.

— Allez, Spencer. Tu sais très bien que ça ne se passe jamais aussi facilement. Cette affaire pue le coup monté et je resterai en prison, innocent ou pas. Tu comptes vraiment entrer dans le jeu de mes ennemis ?

— Oh, un coup monté, vraiment ? persifla Spencer.

Drago ne cacha pas sa colère. Il ouvrit la bouche, la referma et respira plusieurs fois.

Ce fut d'une voix étonnamment calme qu'il jeta :

— Je n'ai pas tué Fayez Khoury. Pourtant, quelqu'un s'est donné beaucoup de mal pour accumuler les preuves contre moi. Dis-moi un peu, Sherlock, pourquoi cet acharnement ? On cherche à m'arrêter, c'est évident. Ne serait-ce pas que je m'approche un peu trop de quelque chose… ou plutôt de quelqu'un ?

— Si tu suggères que ça vient de Jabril Hamza, c'est drôlement tiré par les cheveux, protesta Spencer.

Drago haussa les épaules.

— Ça fait des années que je le traque. J'ai cru lui mettre la main dessus dans le désert… et un missile est arrivé. J'étais proche, Spencer. Vraiment proche. J'aurais pu l'avoir.

Que le terroriste s'en prenne à Dray n'était pas aussi fou qu'il y paraissait : Hamza avait un large filet d'informateurs. Pourquoi n'aurait-il pas aussi une taupe dans le Renseignement américain ? De plus, le terroriste, de nature sournoise et vindicative, était connu pour éliminer la moindre menace.

Spencer tenta de raisonner de façon sensée.

— Comment Hamza aurait-il pu planter des preuves contre toi auprès de Khoury ?

— Il a dû apprendre que je connaissais sa présence dans ce bordel. Merde, c'est même peut-être lui qui m'a fait passer cette info. Ensuite, il a attendu mon arrivée, il m'a laissé entrer, puis il a tué Khoury. En y réfléchissant, la police est arrivée sur les lieux sacrément vite, je ne serais pas étonné qu'elle ait été prévenue avant le meurtre ! J'ai eu à peine le temps de filer.

Il était convaincant. Mais c'était justement le problème avec Drago : il *savait* se montrer convaincant.

— Comment comptes-tu prouver que tu n'y es pour rien ? demanda Spencer sans conviction.

— Je n'en ai aucune idée, reconnut Drago. Je sais juste que je dois essayer. C'est ma seule chance.

Il croisa le regard de Spencer et ajouta :

— Si tu étais accusé d'un crime que tu n'as pas commis, un crime susceptible de ruiner ta vie, ne chercherais-tu pas désespérément à prouver ton innocence ?

Spencer soupira.

— Si, bien sûr.

— Merci, Spencer.

La sobriété de cette gratitude émut davantage Spencer que toutes les paroles prononcées par Drago depuis leurs retrouvailles dans le désert.

Drago venait de laisser tomber le masque de bravade derrière lequel il se cachait constamment, et Spencer avait senti son inquiétude, sa peur et sa tension. Le plus étrange était que ces émotions sincères le rassuraient davantage que les arguments logiques.

Le silence retomba dans le compartiment, où seul régnait le cliquètement spasmodique des essieux. Le train continuait à rouler. Il finit par ralentir en approchant de la périphérie de Berlin. Le ciel était bas, avec de lourds nuages gris et une fine brume qui humidifiait l'air.

Quand le train entra en gare dans un grand crissement de freins, Spencer agita ses menottes.

— Tu comptes me libérer ? marmonna-t-il.

— Oh. Excuse-moi.

Avec un sourire, Drago sortit la clé de sa poche et ouvrit le bracelet.

Spencer se frotta le poignet et le fixa d'un œil noir.

— Ça te plaît de m'avoir rendu la monnaie de ma pièce, hein ?

— Oui. Ce n'est pas souvent que le grand Spencer Newman se fait avoir comme un bleu.

— Qu'est-ce que tu racontes ?

Drago récupéra les sacs polochons du compartiment à bagages avant de répondre.

— Tu es devenu une légende chez les Navy SEAL, tu sais !

Spencer récupéra un des sacs, mais quand il voulut le passer sur son épaule blessée, il grinça des dents et changea la bandoulière de côté.

— C'est quoi ces conneries, Dray ?

Drago s'empara des deux sacs qui restaient et se tourna vers lui.

— Ne fais pas semblant d'ignorer ta réputation. Tu es l'Homme de Glace, le perfectionniste dévoué à la Justice, à la Vérité et aux Valeurs américaines.

— Et alors ? s'étonna Spencer. Que reproches-tu à tout ça ?

Drago eut un sourire sardonique.

— Rien, rien du tout, mais ta perfection fait de l'ombre aux simples mortels. Nous nous sentons tout petits par rapport à toi !

Spencer ricana.

— Tu as aussi établi ta réputation, Dray. Tu es le super espion de la CIA, le grand fixateur que l'Agence envoie dès qu'un problème insoluble se présente dans les coins les plus chauds du globe !

— Si nous sommes tous les deux aussi bons, comment est-il possible que nous ayons à ce point foiré il y a dix ans ? marmonna Drago, redevenu sérieux.

Spencer se demanda s'il évoquait leur mission d'arrêter Jabril Hamza ou leur relation personnelle ? Il n'aurait su le dire. D'ailleurs, c'était sans importance. Dans les deux cas, sa réponse était identique.

— Je n'ai aucune idée, reconnut-il, la mine sombre.

— Si je peux te prouver que je n'ai pas tué Khoury, accepteras-tu de m'aider à retrouver Hamza ?

— Un pas à la fois, Drago.

— Hé, c'est un progrès ! Pour une fois, tu n'as pas refusé d'emblée !

Spencer secoua la tête et suivit Drago hors du train. Le quai sentait la graisse et l'ozone. En manœuvrant son sac dans la porte étroite, Spencer réalisa quelque chose.

— Tu m'as laissé le sac le plus lourd, enfoiré !

Les armes à l'intérieur étaient enveloppées de façon à ne pas cliqueter les unes contre les autres, mais avec les munitions en plus, le poids total du sac dépassait les trente-cinq kilos.

Drago se contenta de rire.

— Bien entendu. Mon but était de te ralentir. Je te trouve un tantinet trop pressé pour me juger coupable et me coller au trou. Viens par là, un taxi nous attend.

Drago était sur son terrain à Berlin, il connaissait toutes les capitales européennes. Les SEAL, eux, opéraient dans des endroits moins peuplés, dans des pays ravagés par la guerre et la violence. Spencer suivit Drago et l'écouta donner une adresse au chauffeur dans un allemand décent.

Une fois assis sur la banquette arrière du taxi, Spencer demanda :

— Combien de langues parles-tu au juste, Dray ?

Dix ans plus tôt, il avait admiré l'aisance avec laquelle Dray absorbait de nouvelles langues, une vraie éponge.

Drago haussa les épaules.

— Six ou sept, je crois. Je n'ai jamais compté. En fonction de l'endroit où je travaille, je me débrouille assez vite avec le dialecte local, mais ensuite, je l'oublie tout aussi vite. Inutile de m'encombrer l'esprit

C'était un don incroyable ! Et un excellent atout pour un espion.

Drago ajouta :

— J'ai demandé au chauffeur de prendre la route touristique pour atteindre notre destination. Admire le panorama, Spence, découvre ce que Berlin a de plus beau. Tu as davantage l'habitude de travailler dans la boue des tranchées.

Spencer se renfrogna. Pourtant, Drago n'avait pas tort.

Le taxi traversa le Tiergarten, immense parc du centre-ville, puis suivit la Strasse des 17 Juni, nommée pour commémorer l'échec du soulèvement est-allemand de 1953. La rue débouchait à l'ouest de la porte de Brandebourg, puis tournait autour d'un mémorial à piliers. Ils s'engagèrent ensuite dans l'avenue Unter den Tilleul, bordée d'arbres sur la gauche. Ils se dirigèrent vers l'est et passèrent devant d'immenses bâtiments gouvernementaux qui dataient de la Guerre froide. De là, ils prirent plein sud jusqu'à un quartier résidentiel.

À l'approche de Friedrichshain, un vieux quartier âgé de l'ancien secteur russe, les maisons devinrent plus sombres et les espaces verts disparurent. Les murs étaient couverts de graffitis colorés qui leur donnaient une ambiance bohème.

Le taxi s'arrêta devant une rangée de maisons en briques qui semblaient antérieures aux deux Guerres mondiales et avaient échappé aux tagueurs. Pendant que Drago payait la course, Spencer sortit le premier et repéra des traces de balles dans les vieilles façades. Il espéra qu'elles dataient d'il y a longtemps.

Drago lui désigna un escalier extérieur. Ils l'empruntèrent ensemble. Drago sortit une clé et ouvrit la porte d'entrée.

— Une autre maison sûre ? murmura Spencer.

— Celle-ci m'appartient.

Le hall d'entrée évoquait une grandeur passée et une autre époque, mais la maison d'origine avait visiblement été séparée en plusieurs appartements. Spencer suivit Drago dans un imposant escalier en acajou jusqu'au second. Il découvrit ensuite un appartement tout droit sorti de l'ère stalinienne.

Il regarda autour de lui, tout était sombre, triste, stérile.

— Pour un gay, tes goûts en décoration d'intérieur sont totalement merdiques, déclara-t-il.

Drago arqua un sourcil sardonique.

— Que penseraient mes locataires si leur propriétaire vivait ici dans une splendeur ostentatoire ? En plus, je ne suis presque jamais là. Je paie un employé pour récupérer les loyers et générer les travaux nécessaires.

Spencer ne cacha pas sa surprise.

— Pourquoi avoir investi dans un bidonville ?

— En fait, mes locataires sont tous du troisième âge. Je ne leur facture qu'un loyer minimum – la moitié à peine de ce que je pourrais toucher – et j'insiste pour que mon gérant et sa femme prennent bien soin d'eux, vérifient qu'ils aient de quoi manger, fassent les courses, les conduisent à leurs rendez-vous médicaux, des choses comme ça.

Sidéré, Spencer cligna des yeux.

— Ah. C'est sympa de ta part.

Drago haussa les épaules.

— Financièrement, ça ne me coûte rien, ça rapporte même un peu et j'ai un endroit où séjourner sans laisser de traces de mon passage. Mieux encore, mes locataires sont d'une totale loyauté à mon égard. Si on venait leur poser des questions à mon sujet, ils jureraient tous ne rien savoir sur moi, sinon ne pas me connaître.

— Je vois. C'est bien monté.

— J'ai plusieurs propriétés du même genre à travers le monde. En soi, aucune n'a rien de spécial, mais au total, c'est un bon investissement pour ma retraite. Je suis bien obligé d'y penser, il faudra que je raccroche un jour ou l'autre. L'espionnage, c'est pour les jeunes. Plus le temps passe, plus ça prend les nerfs.

Spencer ricana sans cacher son scepticisme. Drago avait des nerfs d'acier. Il n'avait jamais rencontré d'agent plus calme face au danger.

— Tu n'es pas encore cacochyme, Dray.

Drago haussa les épaules.

— Peut-être, mais j'ai une date de péremption, comme toi, comme tout le monde.

— J'essaie de ne pas y penser, marmonna Spencer.

Il se donnait encore cinq années sur le terrain, ensuite, sans doute serait-il relégué à un travail de bureau. Ses supérieurs semblaient s'attendre à ce qu'il reste pour encadrer les SEAL ou les former. Spencer avait d'autres projets. Oh, il aimait son travail et ses hommes, mais il rêvait d'un autre type de famille. S'il restait dans la Navy, il aurait toujours des horaires fous, des convocations abruptes, des déploiements et de longues absences, ce qui l'empêcherait certainement d'envisager le mariage et les enfants. Parce que tant qu'à avoir une famille, Spencer prévoyait d'en profiter à temps plein.

Il fut arraché à ses pensées par la voix de Drago qui sortait, un peu étouffée, d'un placard de la cuisine.

— Tu veux une tasse de thé ? J'ai peur que nous soyons encore condamnés aux boîtes de conserve.

— Un thé, oui, volontiers. Et j'aimerais prendre un analgésique dans mon sac, si tu n'y vois pas d'inconvénient. J'ai une migraine carabinée… comme toi quand tu t'es réveillé après que je t'ai drogué.

— Vas-y.

Drago s'activa près d'un énorme samovar à l'ancienne posé sur un buffet. Quelques minutes plus tard, il posait devant Spencer une tasse de thé fumante. Ils burent en silence et peu à peu, la tension entre eux s'apaisa. Merde, constata Spencer, il ne parvenait pas à rester en colère contre Dray. Avec tant de charme, de passion pour la vie en général et cette conviction inébranlable de réussir à prouver son innocence, il était difficile de ne pas le croire.

Reprendre le dessus, voler les sédatifs et kidnapper son kidnappeur, ça avait été un mouvement habile de la part de Drago. Spencer ne pouvait lui reprocher d'avoir agi ainsi. Il aurait dû l'anticiper, mais il avait oublié à quel point Dray était intelligent et ingénieux. Ce qui ne faisait qu'ajouter à sa séduction, bien sûr.

C'était comme autrefois, se dit alors Spencer, quand ils vivaient ensemble dans un petit appartement donnant sur celui qu'occupaient Jabril Hamza et ses hommes. Ils s'étaient relayés pour regarder par la fenêtre tandis que l'autre se reposait. Ils avaient mangé ensemble, parlé ensemble, spéculé sur leur future carrière. Merde, ils avaient même évoqué leurs rêves les plus secrets : être un jour autorisés à avoir un partenaire à long terme. À l'époque, on ne parlait pas du mariage pour tous, ni l'un ni l'autre n'osait espérer un conjoint et des enfants.

Même aujourd'hui, Spencer ne s'autorisait pas à y penser. Pas tant qu'il était en service actif et que son orientation sexuelle était un secret bien caché. Était-il tenté de quitter l'Armée pour chercher le bonheur ? Eh bien, oui, il y pensait de plus en plus. Mais avec qui ? Il ne pouvait nouer de relation sérieuse tant qu'il était un Navy SEAL. Avoir une vie personnelle restait donc pour lui totalement hypothétique.

En relevant les yeux, Spencer lut les mêmes réminiscences dans les yeux de Drago. Lui aussi évoquait leur première opération ensemble. Pensait-il également à ce qui s'était passé entre eux sur le plan personnel ? Comme la nuit où il avait démontré à Spencer ce qu'était réellement le sexe avec un autre homme ?

Ces deux mois avaient été les plus beaux de sa vie… avant de se transformer en cauchemar.

— Quel est le plan, maintenant que je suis ton prisonnier ? demanda Spencer d'un ton ironique.

— Nous allons attendre la nuit pour sortir. Avant, le bordel est fermé. Nous devrons y entrer le plus discrètement possible. Pour passer le temps, je pensais te déshabiller, t'oindre d'huile et voir où ça nous mène.

Voilà. Spencer avait la réponse à la question qu'il s'était posée : oui, Drago pensait bel et bien au passé et à leurs ébats sexuels.

Spencer déglutit péniblement.

— C'est impossible, haleta-t-il.

— Pourquoi ? Personne ne le saura, si ça compte tellement pour toi. Il n'y a que toi et moi dans cet appartement. J'ai trouvé très excitant d'être menotté à toi. Ça m'a donné des tas d'idées lubriques. Ne me dis pas que tu n'as pas eu quelques fantasmes coquins de ton côté ?

Spencer ouvrit la bouche pour le nier, mais le mensonge ne sortit pas.

Drago eut un sourire entendu.

— C'est bien ce que je pensais, reprit-il. Tu ne m'as pas répondu la dernière fois, mais maintenant, dis-moi la vérité, Spence. As-tu baisé ces dix dernières années ?

— Un gars ?

— Quelqu'un. Je te vois mal baiser une fille pour cacher ton homosexualité, mais qui sait ? Alors ?

— Ça ne te regarde pas.

Drago hocha la tête.

— Donc, non. Pas de sexe. Comment diable as-tu réussi à ne pas devenir dingue ?

— Je ne comprends pas… je me concentre sur mon travail…

— Arrête tes conneries ! coupa Drago. J'ai couché avec toi, mon pote, tu sembles l'oublier. Tu n'as rien d'un moine et tu n'as aucune attirance pour la chasteté. Ta libido est parmi les plus incendiaires que j'aie connues. Comment as-tu survécu à une décennie de privations ? Je n'aurais pas tenu six mois.

— Alors, après notre séparation, tu as sauté sur tous ceux que tu as croisés ? demanda Spencer avec aigreur.

— En fait, pas du tout. J'ai moi aussi un travail assez exigeant, au cas où tu ne l'aurais pas remarqué, et je me déplace beaucoup. Mais je ne suis certainement pas resté chaste pendant dix ans.

Quand Drago se leva pour rapporter les tasses vides dans l'évier de cuisine, Spencer s'installa dans le vieux canapé, très grand avec des coussins très durs. Incroyable, mais même les meubles de l'ère stalinienne étaient rigides et inconfortables !

Dray revint vers lui. Spencer essaya de ne pas le regarder, de ne pas admirer ce corps souple et musclé, la grâce féline de la démarche, l'assurance d'un homme à l'aise dans sa peau. Si seulement il parvenait un jour à être en paix avec lui-même, avec sa nature !

Drago se laissa tomber à côté de lui avec un grognement.

— Si tu veux mon avis, tu vis constamment au bord de l'implosion.

— Quoi ? Que veux-tu dire ?

D'un geste aussi preste qu'inattendu, Drago posa la main sur la fermeture éclair de Spencer. Instantanément, sa queue se mit au garde-à-vous. Jamais il n'avait connu d'érection aussi prompte. Le sang se rua dans son membre comme les eaux d'un barrage à la digue rompue.

— Ben dis donc ! souffla Drago. C'est du rapide ! Comment peux-tu le supporter ?

Sans répondre, Spencer repoussa la main de Drago, gêné de la violence de sa réaction physique.

Drago insista :

— Tu es sûr de refuser mon aide ? J'adorerais te tailler une pipe. D'après mes souvenirs, tu as un goût délicieux, crémeux, onctueux et acidulé. Comme une glace au cheesecake. En plus, j'aimerais me faire pardonner de t'avoir drogué et traîné jusqu'en Allemagne.

Agité d'un désir frénétique, Spencer serra les dents pour réprimer un gémissement.

— Et comment suis-je censé me faire pardonner de t'avoir drogué et traîné jusqu'en Jordanie ?

Drago eut un sourire égrillard.

— Je trouverai quelque chose, promit-il.

— N'as-tu rien appris de notre échec il y a dix ans ? La distraction ne nous apportera rien de bon !

— Rien de *bon*, tu es sûr ? susurra Drago d'une voix que le désir enrouait.

— Ne fais pas ça ! cria Spencer.

Trop tard. Drago bougea à la vitesse de l'éclair, sans lui laisser le temps de réagir. Il se jucha sur ses genoux, face à lui, le cul pressé sur son érection. Bordel, que c'était bon !

Drago bandait lui aussi. D'un mouvement lent, envoûtant, il frotta son sexe érigé contre celui de Spencer. En même temps, il posa les bras sur ses épaules et demanda avec ironie :

— Ne fais pas quoi, Spence ? Si tu as des envies particulières, parle, je jure de faire tout mon possible pour les réaliser.

Spencer avait le front moite. Pourtant, il s'entêta :

— Nous ne pouvons pas faire ça !

— Bien sûr que si.

— Nous ne *devrions* pas, bredouilla Spencer.

— Peut-être. Mais ça ne veut pas dire que nous n'allons pas le faire. Ni toi ni moi ne pouvons résister à ce qui existe entre nous, tu le sais bien.

— Il n'y a rien entre nous ! grinça Spencer, désespéré.

Drago se contenta de secouer la tête.

— Je n'ai jamais vu quelqu'un mentir aussi mal ! N'essaie pas de jouer au poker, tu y perdrais ta chemise ! Tu te trahis de mille façons : tu n'arrêtes pas de me zieuter quand tu penses que je ne le remarque pas, tu transpires, tu frissonnes.

— Lâche-moi !

Spencer tenta d'arracher Drago de ses genoux, en vain. D'abord, Dray était grand et lourd, ensuite, il connaissait tous les mouvements pour lutter contre Spencer. Pire, il s'attendait à ce baroud d'honneur, il s'y était même préparé.

Spencer abandonna et tenta une autre tactique. Il toisa Drago d'un regard sévère et fit appel à sa raison :

— Sois sérieux, Drago. Nous avons tous deux une carrière et une réputation à protéger. Nous ne pouvons prendre le risque de tout perdre pour une partie de jambes en l'air !

— Pourquoi pas ?

— Parce que nous ne sommes plus de jeunes excités, mais des adultes ! s'énerva Spencer.

— Et d'après toi, les adultes n'ont pas le droit de baiser et de profiter de la vie ?

Spencer serra les dents.

— Les adultes sont censés être capables de contrôler leurs pulsions sexuelles.

À sa grande surprise, Drago afficha un air très grave et le fixa intensément.

— Ce qui existe entre nous n'a jamais été que du sexe, déclara-t-il avec une totale conviction. C'était bien plus compliqué. Tu avais des sentiments pour moi, j'en avais pour toi.

Une fois encore, Spencer ouvrit la bouche pour nier, mais Drago ne lui en laissa pas le temps. C'était tout aussi bien, d'ailleurs, parce que Drago disait vrai.

— Tu as été lâche, Spence, tu t'es enfui, ce qui a transformé notre relation en un problème irrésolu, inassouvi, un véritable gâchis. C'est resté en nous une plaie purulente. Je ne sais pas ce qui s'est passé de ton côté, Spence, mais je te garantis que ton souvenir a sacrément fait merder ma vie sexuelle ces dix dernières années. Rien n'a été pareil pour moi depuis ce matin où je me suis réveillé seul dans le lit, parce que tu t'étais barré. Vas-y. Nie que tu es resté tout aussi marqué !

— Je... ils... non.... Bon, d'accord, je n'ai pas oublié et ma vie sexuelle a été inexistante.

Merde. Il ne pouvait pas mentir à Drago. Pas sur un sujet pareil. Il avait passé trop de temps à ressasser sa décision épidermique, à regretter d'avoir quitté Drago de cette façon, à prier un Dieu auquel il ne croyait plus pour une seconde chance afin de tout réparer. Et maintenant, quand sa prière était exaucée, il ne savait plus quoi faire ou quoi dire, il était paralysé.

— J'étais jeune, marmonna-t-il. Inexpérimenté, dépassé.

— Par quoi, Spence?

Spencer secoua la tête sans répondre.

Drago insista :

— Ne me dis pas qu'un SEAL est incapable d'admettre ses sentiments amoureux? C'est de la pure connerie, tu sais. Je veux bien comprendre que sur le terrain, tu es censé te concentrer sur ta mission, parce que c'est la même chose pour un agent d'infiltration. Nous ne pouvons nous permettre d'avoir peur, de sombrer dans la paranoïa ou de nous inquiéter sur ce qui se passe à la maison. Mais ce soir, nous sommes tous les deux dans une maison sûre, sans balles qui sifflent sur nos têtes, alors, je ne vois pas ce qui nous retient. Il faut que tu vives, mon pote. Parle-moi. Explique-moi ce que tu ressens.

— Tu as fini?

Drago ne sourit pas.

— Non, Spence, loin de là. Tu dois te détendre et pas qu'un peu, *beaucoup!* Ces dix dernières années t'ont rendu très bizarre. Tu es tellement bridé que je crains une implosion.

Spencer chercha encore à déloger Drago de ses genoux.

— N'importe quoi! Je vais très bien!

— Foutaises. Tu as changé, mais pas au point de me tromper. Tu ne vas pas bien du tout. Tu es le genre d'homme qui a besoin pour être heureux d'avoir un foyer et une famille. Je ne comprends pas pourquoi tu t'es fourré dans le crâne que tu devais choisir entre ta vie personnelle et ta carrière. C'est débile.

— Non, pas du tout. Le jour où j'aurai une famille, je veux faire les choses bien.

— C'est une excuse. Beaucoup de SEAL ont des familles et s'en sortent très bien.

— Pas moi!

Drago roula des yeux.

— Tu es vraiment obtus. Comment réussis-tu à si bien t'occuper de tes hommes sans jamais faire attention à toi? Comprends-tu au moins le sens de la formule «prendre soin de soi»?

— Je ne vois pas en quoi mon choix de ne pas baiser tout ce qui passe indique une incapacité à prendre soin de moi.

Drago s'agita sur les genoux de Spencer.

— Non, mais écoute-toi ! *Mon choix de ne pas baiser tout ce qui passe*, répéta-t-il en imitant la voix de Spencer. Mon cul, oui ! Tu as la trouille de faire un coming-out pendant que tu es en service actif.

— Et alors ? protesta Spencer. Pourquoi rendre mon travail plus difficile encore qu'il l'est déjà ?

— Parce qu'être vraiment toi-même serait peut-être bon pour ta santé mentale !

— Aux dernières nouvelles, tu n'es pas psychologue !

— Admets au moins que tu as peur de ce qui peut arriver entre nous si tu baisses ta garde.

Peur ? Spencer pesa sa réponse. Drago disait-il vrai ? Non, la peur ne faisait pas partie des émotions que les Navy SEAL étaient entraînés à reconnaître. Ou s'ils la reconnaissaient, ils apprenaient vite à l'occulter.

— Aurais-tu oublié ce qui s'est passé sur la plage de Tel-Aviv, Dray ? Voilà ce que je risque quand je baisse ma garde.

— C'était un hasard. Personne ne va jaillir de sous le lit pour tenter de te tuer si tu baises avec moi.

Spencer se figea. Drago se tut enfin et le fixa longuement, comme pour le défier d'affronter sa peur.

À contrecœur, Spencer reconnut :

— D'accord, il est possible que j'aie un peu sous-estimé ce qui existe entre nous.

— *Un peu* ? répéta Drago. Tu crois que ça valait la peine de nier tes sentiments ? De vivre tout seul, sans amis qui connaissent ta vraie nature ? Ta vie est vide, Spence, c'est un désert.

Non !

— C'est faux, j'ai mon travail, des objectifs, un avenir.

— Génial ! Tu t'es sacrifié pour ta carrière, tu as réussi professionnellement, tu peux être fier de toi. Mais je vois le prix que ça t'a coûté, émotionnellement parlant. Tu es devenu… tout sec à l'intérieur. Tu as perdu l'étincelle qui vibrait en toi autrefois.

Spencer le dévisagea, atterré. Ainsi, il aurait perdu son énergie vitale, une pièce essentielle de son être – sinon de son âme ? Il fouilla son cœur, cherchant une réponse. Quelle importance après tout ce temps ? Le passé était révolu, le ressasser n'amenait rien de bon. Si Spencer avait perdu toute une décennie de relations potentielles, rien ne les lui rendrait jamais.

— J'ai l'impression que tu es déjà à moitié mort, Spence, marmonna Drago. C'est insupportable.

— Arrête ! Je t'ai déjà dit que j'allais très bien.

— Non, je ne crois pas. Tu es vivant et plus ou moins fonctionnel. Pourtant, tu n'aurais pas dû t'endormir avec une seringue hypodermique dans la poche. Je m'inquiète pour toi.

— C'est inutile, je vais très bien, grinça Spencer, exaspéré.

Drago lui tapota la joue, ses doigts glissant ensuite le long du cou jusqu'à l'endroit où le pouls battait.

— Répète-le tant que tu voudras, mon chou, ça reste des foutaises. Je m'inquiète pour toi.

Sur ces paroles prononcées d'une voix très basse, Dray s'écarta et quitta les genoux de Spencer. Ses yeux étaient tristes et résignés.

Spencer le regarda passer dans la cuisine, ouvrir le frigo et en sortir une bière. Drago l'ouvrit, jeta la capsule dans la poubelle et en sirota une gorgée.

Une fois encore, Spencer se posait la question : Dray avait-il raison ? Spencer avait-il à ce point changé ? Était-ce irrémédiable ?

Il voulait bien admettre qu'il était parfois sexuellement – et émotionnellement – frustré, mais ça ne le rendait pas inapte à gérer son équipe et à mener à bien une opération. Il savait compartimenter comme tout un chacun.

Oui, mais là, il parlait de Drago.

Comment gérer son attirance alors que les émotions bouillonnaient en lui comme une irruption imminente de lave brûlante et dévastatrice ?

Spencer devait trouver un moyen. D'une manière ou d'une autre, il le fallait. Mais comment diable bloquer un volcan sur le point d'exploser ?

IX

DRAGO SE retira dans la chambre pour y dormir. Il ne revint qu'après la tombée de la nuit. Spencer avait sorti quelques boîtes de conserve et préparé un dîner sur la table de la cuisine. Drago récupéra une boîte de spaghettis aux boulettes de viande qu'il avala machinalement, trop distrait par Spencer assis en face de lui, silencieux et songeur, pour penser à ce qu'il mangeait.

Drago avait-il une fois encore trop tiré sur la corde ?

Le problème était que Spencer avait besoin d'un bon coup de pied au cul pour réévaluer sa vie et revoir ses options. Deux malfrats mécontents des résultats d'une précédente opération venaient de chercher à le tuer, merde quoi ! Il était probablement temps pour Spencer de changer de travail.

Bien sûr, si Drago l'annonçait à Spencer de cette façon, il ne ferait que le buter. Il refuserait alors de quitter l'Armée, préférant mourir à son poste plutôt qu'admettre sa faiblesse.

Il devait y avoir un autre moyen de convaincre Spencer de quitter les Navy SEAL et le diriger vers une carrière plus sûre, où il ne risquait pas de prendre une balle dans le dos.

Malheureusement, Drago n'avait pas d'idées.

Dix ans plus tôt, il s'était amèrement reproché d'avoir fait fuir Spencer et l'angoisse de refaire la même erreur le rendait nerveux. Au moins, il avait mûri au cours des dix dernières années, il n'était plus aussi prompt à s'emporter, il savait même se montrer patient quand son objectif le méritait.

Qu'attendait-il de Spencer au juste ? En principe, Drago ne cherchait pas de relation permanente, mais si Spencer le lui proposait, serait-il capable de refuser et de s'en aller ? Après tout, il n'avait aucune chance de retrouver un autre Spencer. Il le savait. Ça faisait dix ans qu'il cherchait… en vain.

— Tu as fini de manger ? s'enquit-il.

Spencer se contenta d'un bref signe de tête.

Génial. Il refusait de lui parler.

— Si on veut surveiller le bordel avant l'arrivée de la clientèle, déclara calmement Drago, il va falloir bouger.

Spencer se leva, attendant manifestement des instructions.

— Tu comptes rester silencieux longtemps ? C'est totalement puéril de ta part de bouder !

— Je ne boude pas, je me conforme à ton plan, c'est toi qui as tout organisé, si je ne m'abuse.

— Ah, oui, bien sûr ! Le parfait petit soldat obéissant aux ordres !

Spencer leva les yeux au ciel, sans prendre la peine de répondre.

Passant le premier, Drago quitta son appartement et descendit jusqu'au sous-sol de la maison. On se serait cru dans un donjon ! L'endroit, sombre et humide, puait encore le charbon qui avait alimenté la chaudière jusqu'à la chute du mur de Berlin et l'introduction du chauffage moderne dans le quartier. Drago alla chercher une clé cachée dans une encoche, puis il se dirigea vers l'autre côté.

En arrivant à l'endroit le plus sombre de la cave, il marmonna :

— Attention à ta tête.

Il se baissa pour passer sous de vieux tuyaux et fouilla dans l'ombre, ses mains disparaissant dans l'obscurité. Après quelques tâtonnements, il finit par tomber sur le vieux cadenas qu'il cherchait. Il y introduisit la clé et le déverrouilla. Il tenta ensuite d'ouvrir la porte en fonte d'un coup d'épaule.

Les gonds rouillés résistèrent, aussi Spencer avança-t-il pour l'aider à pousser. Drago sentit le souffle de Spencer sur sa nuque, il en eut la chair de poule et un frisson de plaisir descendit le long de sa colonne vertébrale.

Seigneur, il n'en revenait pas de l'effet que Spencer avait sur lui ! En temps normal, Drago se flattait de toujours rester calme et concentré. Mais à proximité de Spencer, il perdait ces magnifiques atouts.

Soudain nerveux, il jeta :

— On va y aller ensemble à trois. Un. Deux. Trois.

Sous leurs deux poids cumulés, la porte finit par céder. La rouille s'étant détachée, Drago parvint à refermer derrière eux. L'obscurité les enveloppa, totale, asphyxiante.

La voix désincarnée de Spencer murmura :

— Tu aurais dû me dire d'emporter les lunettes à vision nocturne.

— Tu n'aimes pas être aveugle, hein ? Dûment noté.

— Je peux très bien me débrouiller dans le noir.

— Je parie que tu dis ça à tous tes amants.

— Je te l'ai déjà dit : je n'ai pas d'amants quand je travaille.

Sauf toi. L'implication pesa lourdement dans le noir. Drago était l'exception à la règle de Spencer s'interdisant toute relation. Lui seul avait percé la forteresse de solitude.

Lui seul avait valu de prendre ce risque énorme.

Un élan de chaleur traversa Drago. Soudain, l'obscurité prit une qualité magique, comme si Spencer et lui avaient quitté le monde réel pour atterrir dans un royaume mystique de pure sensation.

Drago tendit la main vers l'endroit où il avait entendu la voix de Spencer. Ses doigts effleurèrent un cou, une peau chaude et vivante. Drago sentit le sursaut de Spencer, puis la tension qui lui raidissait les muscles et les tendons.

— Qu'est-ce que tu fais ? haleta Spencer.

— Je t'ai fait peur ?

— Non !

— Tu en es sûr, Captain Courage ?

— Tu m'as surpris, c'est tout. Je n'ai pas eu peur.

Drago trouva la nuque de Spencer et, du pouce, il le caressa juste derrière l'oreille. Il se rapprocha aussi, assez près pour que sa poitrine effleure presque celle de Spencer.

— Tu n'as pas peur, tu en es certain ? susurra-t-il.

À sa profonde surprise, Spence prit alors son visage en coupe et l'attira vers lui. Sidéré, Drago reconnut ne pas avoir prévu ce geste. Il cessa d'y penser quand des lèvres chaudes et fermes se posèrent sur les siennes. Sous le choc, il ouvrit la bouche. Spencer en profita pour introduire sa langue et approfondir le baiser. Se reprenant, Drago devint à son tour l'agresseur, sa langue se frottant à celle de Spencer, chacun d'eux tentant de contrôler leur étreinte.

Puis Spencer pencha la tête et Drago fit la même chose, en sens inverse. Cette fois, ils ne luttaient plus, ils étaient enfin accordés. Le baiser devint chaud, sensuel. Leurs deux langues se caressaient. Friction, succion. Leurs bouches s'emboîtaient et deux amants s'embrassaient avidement. Spencer avait un goût de pêche, c'était parfait, comme au bon vieux temps. Lorsque tout entre eux était si bien synchronisé.

Drago respira un grand coup et sa poitrine frotta contre celle de Spencer, qui respirait avec difficulté. D'un même élan, leurs corps se pressèrent l'un contre l'autre et Drago reconnut les contacts familiers de la boucle de ceinture de Spencer et de son arme, dans le harnais, sous le bras gauche.

L'obscurité rendait les autres sensations encore plus intenses, Drago ne pensait plus qu'à la bouche qui dévorait la sienne. Quand il sentit les lèvres de Spencer sourire, il sourit à son tour. Oui. C'était bien agréable.

106

Mieux qu'agréable, en fait, c'était génial.

Ils avaient été séparés bien trop longtemps !

Pourquoi n'avaient-ils pas tenté de se retrouver plus tôt, au fait ? À l'heure actuelle, Drago ne trouvait plus aucune excuse à ce long délai.

Ils frottèrent leurs bas-ventres l'un contre l'autre, réveillant leurs érections.

Drago grogna entre ses dents :

— Putain ! Comme j'aimerais te déshabiller et te baiser sans attendre.

Il soupira et ajouta à contrecœur :

— Mais je dois prouver mon innocence.

— Tant que tu es convaincu que je n'ai pas peur, je suis d'accord pour continuer, répliqua Spencer.

Continuer *quoi* ? aurait voulu demander Drago. Continuer à s'embrasser ? À baiser comme des lapins dans le noir ? À reprendre la mission prévue ce soir ?

Avec un peu de bol, les trois à la fois.

Il recula à regret.

— Nous n'aurons pas besoin d'appareil de vision nocturne. Nous sommes seuls, nous pouvons donc allumer nos lampes de poche.

— D'accord.

Drago entendit un bruissement de tissu, puis Spencer alluma sa lampe. Dans le faisceau lumineux, Drago nota les joues enflammées. Ah, cette peau claire était une vraie traîtresse ! pensa-t-il, ravi que son teint bronzé cache mieux son émoi. Merde, il avait du mal à respirer.

Il se détourna avant d'oublier son projet de restaurer sa réputation pour baiser Spencer sans attendre.

Pendant qu'il comptait dans sa tête et essayait de calmer son pouls erratique et de retrouver un rythme de respiration normal, Drago tâtonna dans le coin de la pièce et trouva la lourde barre d'acier qu'il avait cachée là en établissant cette issue de secours. Il la positionna dans les supports métalliques qu'il avait soudés de chaque côté de la porte, technique ancienne, mais efficace pour bloquer le passage.

Ensuite, il sortit sa lampe et l'alluma, la pointant devant eux. Un tunnel en brique, bas et voûté, construit à l'époque de l'Empire allemand s'étendait dans l'obscurité.

— Joli, murmura Spencer.

— Il servait à livrer du charbon dans les années 1800. Plus tard, à l'époque soviétique, il a permis aux résidents d'éviter la police secrète. Il reste d'une grande utilité dans notre cas précis. Allons-y.

Il s'engagea rapidement dans le passage sous la rue et évita les divers embranchements qui menaient aux sous-sols des maisons voisines. Il resta dans la voie principale jusqu'à une intersection.

— C'est là, indiqua-t-il, que je perdrais d'éventuels poursuivants.

— C'est un joli montage, reconnut Spencer. Et moi qui me croyais le seul obsédé par ce genre de préparatifs !

— Toujours prêt, hein ? ricana Drago. Personnellement, je n'ai rien d'un boy-scout, tout ce qui m'intéresse, c'est de rester en vie. Et dans mon métier, ça veut dire prévoir des plans d'évasion en cas d'urgence.

— Je sais, déclara Spencer. C'est pareil pour moi.

Ils échangèrent un sourire complice.

Bon sang, jura Drago en sentant son pouls s'emballer de nouveau.

Concentre-toi. Il devait prouver ne pas avoir tué Fayez Khoury. Alors, Spencer serait pour plus tard…

À l'intersection, Drago continua tout droit et le tunnel s'élargit. Le sol était désormais strié d'anciennes voies ferrées en acier. Drago se mit à courir et Spencer le suivit facilement. Ils continuèrent à ce rythme pendant un kilomètre et demi environ, puis Drago vira dans un tunnel latéral non balisé. Quelques mètres plus loin, ils se trouvèrent devant un escalier. Drago monta les marches deux par deux et tapa un code numérique, un panneau s'ouvrit au ras du sol, sans faire de bruit.

L'un derrière l'autre, ils se hissèrent hors du trou et émergèrent dans une ruelle étroite, ouverte à chaque extrémité.

En regardant Drago remettre le couvercle en place, Spencer s'étonna :

— D'où vient ce truc, merde ? La serrure est moderne et d'une haute technologie, les gonds sont magnétiques, l'escalier est récent !

— La police secrète est-allemande a découvert ces tunnels à la fin des années 1970. Ils ont construit cette sortie au début des années 80. J'ai trouvé dommage de ne pas l'entretenir, je suis contre le gaspillage.

Spencer secoua la tête.

— Je te savais un bon espion, mais là, putain, tu m'impressionnes !

Drago haussa les épaules.

— Après ton départ, il ne me restait rien d'autre que mon métier.

Il prit conscience de ses paroles en sentant Spencer se figer derrière lui. Et merde ! Il aurait dû la boucler. En plus, ça ne lui ressemblait pas d'être aussi imprudent. Spencer réussissait à lui faire perdre ses moyens !

Pour revenir à la mission – et distraire l'attention de Spencer –, Drago tendit le bras.

— Le bordel est juste devant.

Il avança d'un pas faussement tranquille jusqu'à l'immeuble situé en face de leur cible. Avec un peu de chance, l'appartement qu'il avait utilisé quinze jours plus tôt pour surveiller le bordel serait encore inoccupé. Arrivé devant la porte en question, Drago frappa et attendit un moment. Quand il n'obtint aucune réponse, il sortit de sa poche un attirail de crochetage et inséra une des languettes métalliques dans la serrure.

L'appareil ronronna doucement et la serrure céda en quelques secondes. Spencer et Drago pénétrèrent dans l'appartement désert. Drago regarda autour de lui. Apparemment, rien n'avait bougé depuis son dernier passage, il n'y avait toujours pas de meubles et d'anciens déchets jonchaient le sol.

Néanmoins, Spencer passa en mode SEAL et, d'un signe de la main, il ordonna à Drago de ne pas bouger. Drago obtempéra et laissa Spencer s'assurer par lui-même que l'endroit était vide.

— Clair, murmura Spencer une minute plus tard.

Drago avança vers la fenêtre d'où, caché dans l'ombre, il regarda le bâtiment crasseux de l'autre côté de la rue. L'immeuble en béton ressemblait aux autres, eux aussi construits après-guerre dans cette partie de la ville.

Spencer prit position de l'autre côté de la fenêtre et garda la parfaite immobilité et l'attention d'un agent entraîné.

Après cinq minutes d'un silence pesant, il déclara soudain :

— Il ne te restait rien d'autre que ton métier ?

Drago grimaça. Il était coincé. Il allait devoir se montrer franc.

— C'est quelque chose que j'ai appris de toi, déclara-t-il. Tant qu'à faire un travail, autant le faire bien, autant devenir le meilleur possible.

— C'est ce que mon père disait toujours, chuchota Spencer.

Drago esquissa une moue amère.

— Mon vieux me disait plutôt un truc du genre : si tu sabotes le boulot, je te tanne le cul.

Il sentit le regard de Spencer se poser sur lui.

— C'est étrange, marmonna Spencer. Nous sommes nés dans des familles très différentes et pourtant nous voici aujourd'hui au même endroit, aussi bien physiquement et métaphoriquement.

— Parle pour toi. Moi, je dois me casser le cul à te convaincre de ne pas laisser mes patrons m'arrêter et me jeter en prison pour les prochaines décennies.

— Vois le bon côté des choses, Dray : tu n'as pas à tes trousses des malfrats qui cherchent à te faire la peau.

Drago secoua la tête, l'air sinistre.

— C'est loin d'être prouvé. La CIA me veut, mort ou vif. Pas mal d'agents compromis reviennent à Langley dans une boîte en sapin.

Cette fois, Spencer ne répondit pas. Il reporta son attention sur l'immeuble de l'autre côté de la rue.

Drago fit de même.

Une étrange sensation de déjà-vu le déstabilisait. Dix ans plus tôt, il avait accompli la même mission avec le même homme. Aujourd'hui, le bâtiment était allemand au lieu d'être israélien, d'accord, mais c'était la même immobilité ponctuée de plaisanteries pour rester alerte.

À son œil exercé, des indices indiquaient que le bordel différait des bâtiments voisins : les barreaux qui protégeaient les fenêtres étaient plus épais, les rideaux tirés ne laissaient passer aucune lumière, ou, plus important encore, aucune ombre. Et rien qu'en regardant les vitres des fenêtres du rez-de-chaussée, Drago savait qu'elles étaient à double vitrage et anti-balles.

— Ce bâtiment est fortifié, déclara Spencer. Il ne sera pas facile d'y entrer.

— Cher ami SEAL, les explosifs ne sont pas la seule façon de forcer une porte ! Nous allons tout simplement frapper comme des clients civilisés.

Spencer grogna.

— *Civilisés* ? Ça fait à peine deux minutes que je suis là et je peux déjà te dire le quartier est dangereux. Je doute qu'une personne décente s'y aventure, surtout de nuit.

Drago haussa les épaules.

— La clientèle de Madame Eva ne prétend nullement à la décence.

Derrière ces fortifications se trouvait l'une des maisons closes les plus connues de Berlin. Et à l'intérieur, quelqu'un savait ce qui était réellement arrivé à Fayez Khoury, Drago en était certain. Ce quelqu'un pourrait donc témoigner qu'il n'était pas le tueur.

Spencer et Drago restèrent plusieurs heures à leurs postes, regardant les hommes approcher de la porte d'entrée, y frapper et se glisser à l'intérieur. Quand le flot des arrivées se tarit, Drago marmonna :

— Bon, ça se calme, on dirait. C'est à notre tour d'entrer en scène.

Un soir de semaine, il était peu probable que d'autres clients se présentent aussi tard.

Spencer hocha la tête. Sous l'œil intéressé de Drago, une sorte d'énergie électrique sembla l'envelopper un instant, puis disparut. Et Spencer devint d'un calme absolu : un agent des Forces Spéciales qui partait en mission.

Drago avait également senti la décharge d'adrénaline enflammer ses veines. Lui aussi était prêt.

Ils se ressemblaient tellement, Spencer et lui !

— Allez, Spence ! Il est temps de prouver mon innocence !

— Après toi.

Drago hocha la tête pour marquer la concession de Spencer de le laisser passer le premier. Leader de nature, le Navy SEAL avait plutôt tendance à prendre le contrôle d'une opération.

Drago quitta l'appartement et descendit l'escalier rapidement et en silence. Spencer restait dans son sillage. Une fois dehors, Drago vérifia la rue dans les deux sens. Personne. Il traversa l'asphalte défoncé d'un pas rapide et pressa la sonnette du bordel.

Spencer et lui se retrouvèrent alors dans *l'Enfer* de Dante.

Les murs étaient noirs, les lumières rouges, l'air empestait le sperme et la sueur, l'ambiance était sinistre. Une femme d'âge moyen, boudinée dans une robe noire et vulgaire, avança vers eux. Tentait-elle de poser pour Madame Satan ? C'était d'un mauvais goût parfait.

— Mes chéris, roucoula-t-elle. Bienvenue. Comment pouvons-nous réaliser vos fantasmes les plus fous ?

Waouh ! Ce soir, ils étaient accueillis par la propriétaire en personne. À son dernier passage, Drago avait eu affaire à un homme qui ressemblait à un videur professionnel et agissait comme tel.

Madame Eva avait un accent si lourd et nasillard qu'elle avait tout d'une oie. Drago se surprit à retenir un rire hystérique. Nom d'un chien ! Il était un agent de la CIA, spécialisé dans la traque des terroristes les plus recherchés de la planète. Il se trouvait là ce soir pour prouver ne pas être un assassin. Il n'y avait *vraiment pas* de quoi rire !

Au même moment, la mère maquerelle tourna les talons et se dandina dans le couloir, agitant d'avant en arrière son énorme popotin serré dans le fourreau noir, il ne lui manquait que des plumes pour compléter l'image d'une grosse volaille de basse-cour. Drago jeta un coup d'œil à Spencer et vit frémir sa belle bouche. Il sourit avec humour avant de se souvenir de la raison de leur présence.

Merde. Concentre-toi.

Depuis quand s'amusait-il pendant une opération ? Depuis qu'il s'était remis à travailler avec Spencer, apparemment.

— Qu'est-ce qui vous ferait plaisir, mes mignons ? cacarda Madame Eva. Une jolie fille bien propre pour chacun ? À moins que vous préfériez partager ? J'ai une nouvelle vierge qui ne demande qu'à apprendre.

Sans oser regarder Spencer de peur d'éclater de rire, Drago répondit :

— Baiser à trois, oui, ça me plaît.

— Parfait ! Nous avons de quoi vous satisfaire, bien sûr ! Je vous envoie une charmante petite à initier. Ça vous va ? Elle est vierge, alors, ménagez-la, surtout la première fois. Ne me l'abîmez pas, surtout !

Madame Eva continua à bavasser un moment, puis elle changea de ton pour dire :

— Bien entendu, nous exigeons un paiement d'avance et en espèces. Nous acceptons les euros, les livres, les dollars ou les roubles.

Drago sortit de sa poche un gros rouleau d'euros qui fit baver la mère maquerelle.

— Combien pour deux heures, sans caméra ?

Elle secoua la tête.

— Ah, non, désolée. Les caméras sont destinées aux filles, c'est pour garantir leur sécurité.

Tu parles, Charles ! Ce qui t'intéresse surtout, c'est de faire chanter tes clients.

— Bon, tant pis, déclara Drago.

Il empocha son argent et tourna la tête vers la porte d'entrée. Madame Eva le rattrapa prestement.

— Je suis prête à faire une exception pour vous, monsieur, minauda-t-elle, contre un petit supplément, bien entendu.

Le prix qu'elle annonça était le double du plus exotique des divertissements proposés par la maison. Sans paraître le remarquer, Drago se mit à compter les billets.

— La fille s'appelle Thalia, déclara la mère maquerelle. Comme je vous le disais, elle est inexpérimentée, aussi soyez patients avec elle.

Drago n'écoutait plus. Le discours, bien rodé, était destiné à les exciter davantage, Spencer et lui, afin qu'ils se jettent sur la prostituée comme des taureaux en rut sans remarquer s'être fait refiler une fausse vierge. Le but de la maquerelle était qu'ils baisent vite et se tirent plus vite encore afin que Thalia puisse continuer cette nuit à faire rentrer du fric dans les caisses.

Drago fut soudain très tenté de nettoyer à grande eau la sinistre dépravation qui imbibait cet endroit. La bouche amère, il suivit Madame Eva jusqu'à l'étage. *Pense à ta mission,* s'admonesta-t-il. D'abord, prouver son innocence. Ensuite, trouver une piste, n'importe laquelle, indiquant qui avait tué Khoury et pourquoi. Enfin, convaincre Spencer de continuer à l'aider à suivre cette foutue piste.

Thalia paraissait avoir quatorze ans. Elle avait d'énormes yeux faussement effrayés, des hanches minces et de longs membres graciles qui évoquaient un poulain nouveau-né. Drago lui donna vingt et un ans bien sonnés, mais elle était certainement anorexique et plutôt bonne actrice. Elle devait engranger des milliers de dollars par semaine pour la grosse dondon.

En découvrant la fille qui leur était destinée, Spencer émit un râle étranglé. Sans doute la croyait-il mineure et innocente. Était-il naïf à ce point ?

La porte se referma, les enfermant dans une chambre décorée de dentelle blanche et de rubans roses. Putain ! Qui pouvait être assez tordu pour prendre son pied à violer une (fausse) gamine à peine pubère dans une chambre de gosse ?

Drago fixa un moment le lit, puis détermina le coin de la pièce où il aurait placé une caméra. Et oui, elle était bien là, au ras du plafond, cachée par le papier peint à fleurs roses.

— Tu aimes le chewing-gum, Thalia ?

La prostituée fronça les sourcils, puis elle reprit son rôle et hocha gaiement la tête. Drago sortit un paquet et lui en offrit une tablette. Il en prit un autre et mâcha un moment. Il tira ensuite un banc au coin de la chambre et colla son chewing-gum imbibé de salive dans l'œilleton de la caméra.

La fille se précipita vers lui, mais Spencer l'attrapa par le bras et l'arrêta net.

— Ne vous inquiétez pas, déclara-t-il. Nous ne vous ferons aucun mal. C'est promis.

Oubliant complètement son rôle de jeune vierge effarouchée, Thalia aboya d'un ton sec :

— Désolée, les mecs, mais je ne travaille pas sans filet. Si vous voulez baiser, enlevez ce chewing-gum !

Drago redescendit de son banc.

— Aucune importance, nous ne comptions pas te baiser.

Spencer enchaîna avec un sourire :

— Désolé, chérie, mais vous n'êtes pas *du tout* notre type !

Drago ressortit sa liasse de billets et compta une somme supérieure à celle qu'il avait donnée à la maquerelle. La fille le surveillait, fascinée, les yeux brillants de convoitise.

— Si tu veux gagner tout ce fric, enchaîna Drago, il va nous falloir deux choses, ma poulette. Pour commencer, je veux savoir si Lena est toujours au dernier étage dans la dernière chambre de droite. Ensuite, tu devras convaincre le caméraman de ne pas dire à la patronne que nous avons quitté cette pièce. Si tu m'obéis sans discuter, je te donnerai trois cents euros de plus.

Elle hocha la tête avec empressement et tendit la main.

Drago l'étudia avec attention.

— Attention, Thalia, prévint-il, ne cherche pas à me doubler.

— Je ne ferais jamais…

— Si, bien sûr, mais tu le paierais très cher. Je t'assure que nous saurons te retrouver, mon ami et moi.

Du coin de l'œil, Drago vit Spencer devenir dur et froid, le regard létal. Putain, qu'il était bandant ! Drago appréciait ses différentes facettes, le physique de tombeur, le côté GI Joe, et par-dessus tout, le dur à cuire des Forces Spéciales.

Thalia hésita et son regard passa d'un homme à l'autre.

— Juste une chose, murmura-t-elle. Vous ne comptez pas faire de mal à Lena ?

Spencer répondit le premier :

— Non, vous avez ma parole, elle ne risque rien.

Drago admira sa parfaite sincérité : c'était totalement convaincant. Thalia hocha la tête et se détendit.

— Si tu nous aides, nous te paierons bien, déclara Drago. Si tu déconnes, ça finira mal pour toi. C'est aussi simple que ça.

C'était un langage que Thalia comprenait. Elle le considéra, ses grands yeux de biche pleins de compréhension et de respect.

— D'accord, souffla-t-elle. Oui, Lena est toujours au même endroit. Je connais un chemin discret. Je peux vous y conduire.

— Où est Madame Eva ?

— Au rez-de-chaussée. Elle a un bureau à droite de la grande porte.

Parfait. Spencer et lui ne risquaient donc pas de tomber sur elle. Drago tendit l'argent à la fille.

— C'est un plaisir de traiter avec toi, Thalia. Et si tu veux mon avis, tu es bien trop douée pour traîner dans un bouge pareil. Avec ce que je t'ai donné, tu as de quoi prendre un billet d'avion pour Tokyo ou New York. D'un côté ou de l'autre, tu ferais fortune avec ton look de femme-enfant. Les brindilles dans ton genre, c'est très recherché chez les mannequins.

L'air pensif, elle se laissa tomber sur le lit et fit grincer les ressorts. Elle poussa en même temps un miaulement surpris. Drago sourit. Ravie, la fille continua son numéro, gémissant de plus belle comme une vierge affolée par son initiation imminente. C'était très bien joué !

Quand Drago posa la main sur la poignée de la porte, Spencer murmura d'une voix à peine audible :

— Y a-t-il des caméras dans les couloirs ?

— Non ! gémit Thalia.

Compris. Les caméras étaient exclusivement réservées aux chambres.

Thalia les rejoignit et leur fit traverser le couloir jusqu'à une cage d'escalier, étroite et crasseuse : l'escalier de service était réservé au personnel.

Thalia pointa du doigt.

— Allez jusqu'au dernier étage. Quand vous arriverez sur le palier, Lena sera à la première porte à gauche.

— Et toi, où vas-tu ?

— Je descends au sous-sol payer le vigile qui contrôle les caméras, ensuite, je me barre. J'attendrai dehors pour toucher le reste de mon argent. Et merci.

— Si je n'ai pas l'occasion de te le dire plus tard, je te souhaite bonne chance, gamine.

Sur ces mots, Drago décolla, suivi de Spencer. Ils montèrent l'escalier avec vélocité et en silence. Peu après, Drago s'arrêtait devant la porte de Lena.

Déjà vu. Il était venu dans cette même pièce trois semaines plus tôt, une arme à la main, avec l'intention d'interroger et de tuer l'occupant. À peine entré, il avait trouvé dans la chambre un cadavre baignant dans son sang et une fille terrifiée recroquevillée sous le lit. Il n'avait eu que deux secondes pour étudier la scène avant d'entendre les sirènes qui hurlaient devant la maison. Pour échapper à la police, il avait dû sauter par la fenêtre et dévaler l'escalier de secours. Ça avait été ric-rac.

Spencer lui tapota l'épaule pour indiquer qu'il était prêt à entrer.

Sans frapper, Drago ouvrit la porte et se glissa à l'intérieur, Spencer sur ses talons.

Une lampe était allumée, sa lumière tamisée par une écharpe rouge drapée autour de l'abat-jour. Une jeune fille étendue sur le lit ronflait en sourdine. Drago longea le mur et arriva au coin de la pièce, il grimpa sur une table et colla un autre chewing-gum sur l'œilleton de la caméra.

Ensuite seulement, Spencer avança jusqu'au lit et bâillonna la jeune fille de sa main. Affolée, elle se réveilla en sursaut en se débattant contre lui.

— Chut, marmonna Spencer dans un allemand décent. Je ne vous veux aucun mal. Vous ne risquez rien.

La fille s'affaissa et les regarda avec effroi.

À voix basse, Drago indiqua :

— C'est Thalia qui nous envoie te parler.

Il sortit sa liasse d'euros et la mit sous le nez de la fille.

— Si mon ami retire sa main, j'aimerais que tu répondes à mes questions, Lena, d'accord ? Je suis prêt à te payer pour ça.

Il sortit plusieurs gros billets et fit un signe à Spencer. Une fois libérée, la fille s'assit dans son lit. Elle portait un débardeur usé, élimé par le lavage, d'où pointaient ses épaules osseuses. Bien que moins jolie que Thalia, elle avait le même aspect famélique et éthéré.

— Qui êtes-vous ? demanda-t-elle d'une voix très basse.

Drago s'accorda à son volume, supposant que Lena savait comment échapper à la caméra espion.

— Des amis, répondit-il. Nous voulons te parler de Fayez Khoury. Ou plutôt, de sa mort.

Les yeux écarquillés de terreur, Lena secoua vivement la tête, indiquant sans mot dire qu'elle ne voulait pas en parler. Spencer soupira et s'assit à côté d'elle sur le bord du lit. D'un geste discret, il conseilla à Drago de reculer.

Drago obtempéra, les sourcils froncés. À quoi jouait Spencer ? Caché dans l'ombre, il écouta la conversation entre Spencer et Lena.

— Tu parles anglais, Lena ? demanda Spencer à mi-voix.

— Oui.

Spencer afficha un grand sourire bon enfant.

— Dieu merci ! Mon allemand est assez limité. Tu me rappelles beaucoup ma petite sœur. Elle a à peu près ton âge.

Il continua un moment, inventant des anecdotes sur sa sœur et les folies qu'elle accomplissait constamment. Elle prenait des risques stupides et s'attirait des ennuis, et ensuite, vers qui se tournait-elle pour lui sauver la mise ? Son frère aîné.

Peu à peu, Lena se détendit et afficha un sourire timide.

— Je veux t'aider, Lena, déclara Spencer. Nous avons donné une grosse somme à ton amie Thalia, assez pour quitter Berlin et s'envoler vers la ville de son choix. Veux-tu le faire aussi ? Tu pourrais rentrer chez toi ou partir avec Thalia.

En voyant les yeux de la fille briller, Drago approcha et déposa dans la main que Spencer tendait vers lui l'équivalent en euros de deux mille dollars.

Spencer montra l'argent à Léna.

— Je veux savoir ce qui s'est passé la nuit où Khoury est mort.

Elle se tordit les mains, l'air méfiant.

— Pourquoi ? Il était votre ami ?

Spencer secoua la tête.

— Certainement pas ! L'homme qui m'accompagne était venu le tuer cette nuit-là, mais quelqu'un d'autre s'en est chargé avant lui.

— Bien fait ! cracha Lena. C'était un porc !

Drago cligna des yeux, surpris d'entendre tant de venin dans sa voix. Spencer adressa à la fille un sourire encourageant.

Confiante, elle leva les yeux vers lui.

— Fayez venait ici chaque fois qu'il passait à Berlin, déclara-t-elle. Il avait des dents pourries et il sentait mauvais !

— Il ne t'embêtera plus jamais, déclara Spencer, calmement. Parle-nous de son meurtre.

Elle hocha la tête.

— Il était euh… couché sur moi quand un homme est entré, il a mis son arme sur la nuque de Fayez et lui a dit de se lever. Ils ont parlé un moment, puis l'homme lui a tiré dessus. Fayez est tombé juste là, indiqua-t-elle en pointant le sol. La tache de sang est cachée par le tapis. Le tueur est ressorti par la porte, il a couru dans le couloir. Moi, j'étais cachée sous le lit. Je suis sortie vérifier si Fayez était vivant.

— Et ?

— Il était mort, précisa-t-elle avec un frisson. Après, j'ai entendu des pas, alors, je suis retournée sous le lit. Un autre homme est entré, il a regardé Fayez, puis il est sorti par la fenêtre. Je n'ai pas vu son visage.

— Comment sais-tu que ce n'était pas le tueur qui revenait ? s'enquit Spencer.

— Oh, non. Celui qui a tiré sur Fayez avait une barbe noire. L'homme qui est sorti par la fenêtre n'avait pas de barbe.

Bingo ! Drago eut du mal à cacher son triomphe. C'était la preuve qu'il n'était pas le tueur. Sous l'effet du soulagement, il manqua tomber à genoux. Il dut se retenir à la commode à côté de lui. Quand le pire de son vertige disparut, il jeta à Spencer un coup d'œil inquiet. Alors, allait-il enfin le croire ?

Je t'en supplie, Spence, ne me déçois pas encore une fois !

Spencer se contenta de lui adresser un regard assorti d'un bref signe de tête, avant de reporter son attention sur la fille.

Drago, perplexe, chercha la signification de ce hochement de tête. Était-ce pour dire : «*d'accord, tu n'as pas tué Khoury*» ou «*j'écoute, mais je ne suis pas encore totalement convaincu*» ?

L'agonie le déchira. Désormais, tout dépendait de ce moment. Sa vie. Sa carrière. Sa liberté. Son avenir. Leur futur à Spence et lui.

Quoi ? Il avait déraillé ? Quel futur ?

— De quoi Fayez et son tueur ont-ils parlé ? demanda Spencer.

Drago reporta son attention sur la conversation.

— Je ne sais pas, répondit Lena. Je n'ai pas compris.

— Est-ce qu'ils semblaient se connaître ?

— Oui. Fayez a paru très surpris de voir l'homme. Et il…

Quand elle hésita, Spencer insista :

— Quoi ?

— Il semblait avoir peur de lui.

— Pas étonnant, vu que cet homme pointait une arme sur lui.

Elle secoua la tête.

— Non. C'était plutôt qu'il trouvait cet homme… important.

À nouveau, Spencer chercha le regard de Drago et un échange muet passa entre eux. *Non. Sûrement pas.* Il ne pouvait s'agir de Jabril Hamza, l'ancien chef de Khoury. Pourquoi le terroriste aurait-il pris le risque de réapparaître pour tuer lui-même Khoury ?

Dommage de ne pas savoir ce que les deux hommes s'étaient dit avant la mort de Khoury !

Quittant sa position, Drago demanda d'un ton pressant :

— Lena ? Sais-tu si la conversation a été enregistrée ?

Il désigna le coin où la caméra était installée.

La fille secoua la tête.

— Oui, mais Eva a détruit *toutes* les bandes. Elle a dit qu'elle ne pouvait pas risquer d'exposer ses clients de cette façon. Elle était furieuse d'ailleurs. Je pense qu'elle fait chanter certaines personnes.

Et merde.

De ce ton calme qui semblait rassurer Lena, Spencer demanda :

— Pourrais-tu encore nous décrire le tueur, Lena ? Nous essayons de le retrouver avant qu'il ne nous fasse du tort.

— Il avait des cheveux noirs et la peau foncée, comme Khoury. Il était plus mince que lui et portait un costume. C'est tout ce que j'ai vu, parce que dès que Fayez s'est levé, je me suis cachée sous le lit. Du coup, je n'ai pas vu grand-chose.

— Tu as très bien agi, la complimenta Spencer.

Elle pencha la tête.

— Ah, si, ajouta-t-elle timidement. Je me rappelle un truc… ça pourrait vous aider.

— Je t'écoute.

Quittant le lit, la fille s'accroupit, loin du champ de la caméra. Elle ahana en tentant de soulever une latte du plancher avec une lime à ongles. Drago, qui surveillait ses moindres faits et gestes, s'empressa d'approcher pour l'aider.

Ses doigts plus forts soulevèrent la planche sans difficulté. La fille fouilla à l'intérieur de sa cachette et en sortit un sac en plastique, un sac de courses.

— Voilà, dit-elle en le lui tendant. Vous pouvez le prendre.

Drago ouvrit le sac et regarda avec incrédulité ce qu'il contenait.

— C'était à Khoury ?

Elle hocha la tête et se releva. Il fit comme elle et lui remit quelques centaines d'euros complémentaires. Son rouleau de billets avait bien diminué quand il le rangea dans sa poche.

— Lena, merci, tu nous as été d'une grande aide. Dis-moi, sais-tu comment nous pourrions sortir discrètement de la maison ?

Une fois encore, elle hocha la tête, attrapa sous le lit un sac de sport et y fourra à la hâte quelques vêtements et des articles de toilette.

Drago jeta un coup d'œil à Spencer.

— Vérifie le couloir.

Spencer s'approcha de la porte et l'ouvrit.

— Clair, murmura-t-il.

En supposant que Thalia ait bien payé le gardien, ils pouvaient filer sans problème.

— Reste derrière moi, marmonna Spencer à la fille.

Il s'élança le premier, efficace et silencieux. Lena le suivit comme son ombre et Drago ferma la marche.

Quand ils sortirent du bordel, Thalia attendait dans l'ombre. Drago lui remit le reste de la récompense promise. Les deux filles le remercièrent d'un signe de la tête avant de disparaître dans la nuit.

Drago partit dans la direction opposée, vers une rue de bars et de sex-shops. Une fois dans une zone bien éclairée, entouré de fêtards et de noctambules, il demanda à Spencer :

— Y a-t-il des drones ou des satellites qui nous observent ce soir ?

— Pas à ma connaissance. L'opération de ton rapatriement n'a pas beaucoup de support logistique. En fait, il n'y avait que cinq personnes au débriefing, moi y compris : le grand patron, un spécialiste de l'Extrême-Orient, un technicien et mon responsable.

— Ton responsable, c'était Charles Favian ?

— Oui.

Drago poussa un soupir de soulagement.

— Parfait. Chaz m'aurait prévenu si j'étais surveillé.

— Tu en es sûr ? demanda Spencer sèchement.

— Oui, merde.

Spencer pinça les lèvres. Oh, oh, serait-il jaloux ? Drago cacha sa profonde satisfaction.

— Qu'y a-t-il dans ce sac qu'elle t'a donné ? demanda Spencer.

— Un téléphone portable et un portefeuille. Avec un peu de chance, ils appartenaient à Fayez.

— Tu te fous de moi, c'est ça ?

Drago sourit.

— Pas du tout ! Ton numéro de grand frère a été très efficace. Bravo ! Super idée !

— Hé, ce n'était qu'une pauvre gosse effrayée !

Drago ricana.

— Une gosse ? Elle a vingt-cinq ans et elle est pute depuis au moins dix ans.

— Tu es fou ?

— Je n'arrive pas à comprendre qu'en étant aussi naïf, tu ne te sois pas déjà fait tuer vingt fois ! Nous vivons dans un monde difficile, mon vieux. Et les filles subissent souvent le pire.

Spencer fronça les sourcils.

— Je suis peut-être vivant parce que j'ai su garder la foi dans la décence du genre humain. Je me demande plutôt comment tu as réussi à rester fonctionnel sans être écrasé par le poids de ton cynisme !

— Je *sais* que mon cynisme m'a aidé à survivre. Je ne crois personne, je ne me fie à personne et je ne dépends de personne. Voilà.

— C'est valable aussi pour moi ? demanda Spencer.

Il paraissait choqué.

Drago secoua la tête.

— Tu as vraiment besoin de poser la question ?

— Oui.

— Spencer, je miserais ma vie sur toi. Merde, je l'ai déjà fait. Au fait, maintenant que tu me sais innocent, es-tu prêt à m'aider ?

— Pas ici, aboya Spencer.

Drago utilisa une application de son téléphone portable pour appeler un taxi. Peu après, le chauffeur les déposait à quelques rues de l'appartement de Drago.

Drago attendit le départ du taxi pour entraîner Spencer dans une autre ruelle où il ouvrit un autre couvercle donnant sur un autre accès du tunnel. Cette fois, l'ouverture fut moins sophistiquée et les deux hommes durent unir leurs forces pour soulever le rondeau métallique. Ensuite, ils eurent à descendre une échelle en acier. Drago s'occupa de refermer la trappe avant de rejoindre Spencer qui l'attendait au bas des échelons.

L'eau de pluie dégouttait lentement du béton visqueux. Drago avança sans hésitation, heureux de savoir qu'il ne laissait aucune trace derrière lui. Quelques centaines de mètres plus loin, à un croisement, ils trouvèrent un sol sec et purent progresser plus vite. Dix minutes plus tard, ils arrivaient dans le sous-sol de la maison de Drago, puis à son appartement.

Spencer fut le premier à rompre le silence.

— Dray, je pense que tu as un problème.

— J'en ai plusieurs en ce moment, répondit Drago du tac au tac.

Spencer secoua la tête.

— Aurais-tu un ennemi à la CIA ?

— C'est une question étrange.

— J'ai réfléchi à ce que tu m'as dit tout à l'heure. Pourquoi un drone te surveillait-il la nuit de la mort de Fayed ? Je présume que tu n'avais pas annoncé à ton superviseur que tu comptais t'introduire dans ce bordel pour tuer sans en avoir reçu l'ordre ?

— Effectivement, convint Drago. Je n'avais prévenu personne.

— Dans ce cas, comment la CIA a-t-elle su où envoyer son drone ? Étais-tu impliqué dans une opération sensible qui nécessitait un appui aérien rapproché ?

Drago fronça les sourcils.

— Non. Je ne faisais qu'une surveillance de routine concernant des Russes actifs à Berlin.

— Alors, pourquoi la CIA a-t-elle permis qu'un de ses précieux drones des Renseignements soit dévié sur toi cette nuit-là ?

— Je n'en ai aucune idée.

— Aurais-tu donné un indice quelconque impliquant que tu envisageais une opération d'importance cette nuit-là ? insista Spencer.

Drago secoua la tête.

— Non, au contraire, j'ai pris soin de rester le plus normal possible. Je communiquais avec l'Agence par SMS sécurisés afin d'éviter qu'une éventuelle analyse vocale révèle que j'étais stressé.

Spencer avait le visage très grave.

— Dans ce cas, Dray, je réitère ma question : as-tu un ennemi à la CIA ? Quelqu'un qui cherche à te faire tomber ?

— Pas que je sache, répondit Drago.

Il parlait lentement, mais dans sa tête, les pensées tournaient à la vitesse de la lumière. Il avait eu des doutes, d'accord, et voilà que l'analyse de Spencer confirmait ses pires soupçons : il était victime d'un coup monté.

Mais qui pouvait savoir à l'avance que Khoury allait se faire assassiner ? Et comment son ennemi sans visage s'était-il arrangé pour que Drago se trouve à l'heure dite sur la scène de crime ?

Un froid glacial hérissa les cheveux sur sa nuque.

La mine sombre, Drago leva les yeux vers Spencer.

— Alors, que vas-tu faire ? M'aider, oui ou non ?

X

SPENCER SCRUTA le visage de Drago, marqué d'horreur et d'inquiétude. Non, décida-t-il, Dray ne simulait pas. Même si un agent infiltré était entraîné à mentir, Spencer connaissait son ancien amant : Drago était bel et bien sous le choc d'apprendre qu'il s'était fait piéger par un des siens, un membre de la CIA.

Maintenant, que devait faire Spencer ? Il admettait désormais que Drago n'avait pas tué Fayez Khoury. Pire encore, quelqu'un de Langley s'en était chargé pour le faire accuser. Si Spencer remplissait sa mission et remettait Drago aux mains de la CIA, le manipulateur anonyme pourrait sans peine éliminer définitivement l'agent qu'il avait en ligne de mire.

— Je me demande ce qu'on a manqué… déclara Drago pensivement.

La question étant rhétorique, Spencer n'y répondit pas. Une forte sensation du genre « nous-y-revoilà » l'envahit soudain. Dix ans plus tôt, le groupe dirigé par Jabril Hamza avait été si calme, si discret, que Drago et Spencer avaient été leurrés par un faux sentiment de sécurité. Ils n'avaient reçu aucun indice indiquant que les terroristes en étaient aux étapes finales d'un plan odieux destiné à massacrer plus d'un millier de personnes.

Ou avaient-ils raté les signes révélateurs, trop préoccupés par la relation qui flambait entre eux ? Au fil des années, Spencer n'avait cessé de se poser la question en boucle : *je me demande ce qu'on a manqué*. Et voilà qu'aujourd'hui, Drago et lui se retrouvaient dans la même situation. Cette fois, pas question de se laisser distraire, pas question de commettre une autre erreur aux conséquences dramatiques.

Oui, Drago était une terrible distraction. Oui, Spencer envisageait de l'entraîner dans un lit – toutes les minutes pendant qu'il était conscient. Oui, il adorerait reprendre leur relation là où elle s'était arrêtée dix ans plus tôt. Mais c'était impossible !

Une chose au moins était claire désormais : il ne ramènerait pas Drago à Langley. Du moins, pas avant d'avoir compris ce qui se tramait à l'Agence et pas avant d'avoir une preuve plus solide que la déposition d'une jeune prostituée pour attester de l'innocence de Drago dans le meurtre de Khoury.

Pendant que Spencer interrogeait Lena, il avait déchiffré son langage corporel, il était donc certain qu'elle avait dit la vérité. Malheureusement, son témoignage ne suffirait pas à convaincre Langley. Pour espérer faire annuler le mandat d'amener visant Drago, il leur fallait davantage.

Alors même si Spencer était très tenté de baiser Drago sur toutes les surfaces planes de cet appartement, il n'avait pas l'option d'y céder pour le moment. Leur priorité était d'œuvrer ensemble pour restaurer la réputation professionnelle de Dray. Mieux encore, ils en profiteraient pour tenter d'éliminer Jabril Hamza une bonne fois pour toutes.

S'ils réussissaient, ce serait du beau travail !

Drago sortit deux bières du réfrigérateur et en passa une à Spencer avant de s'attabler dans la cuisine.

Il regarda Spencer et demanda :

— Veux-tu regarder ce que nous pouvons tirer du téléphone et du portefeuille de Fayez ?

— Oui. Bien sûr.

Il s'assit en face de Drago et comprit immédiatement que c'était une erreur tactique. L'enthousiasme de Drago étant contagieux, Spencer risquait de se laisser entraîner dans une aventure rocambolesque… et Dieu seul savait où ça le mènerait. En fait, Spencer savait parfaitement qu'il accepterait n'importe quoi dans l'espoir de rester un peu plus longtemps en compagnie de Dray. Et une fois encore, des victimes innocentes pouvaient le payer de leur vie, Spencer le pressentait avec certitude.

Il releva les yeux en entendant Drago jurer entre ses dents.

— Quoi ?

— Le téléphone est protégé par un mot de passe, annonça Dray, écœuré.

— Rien d'étonnant. Ne connais-tu personne à Berlin susceptible de le craquer ? Le seul hacker en qui j'ai confiance se trouve actuellement en Afghanistan.

— Oui, je peux passer quelques coups de fil à mes contacts, admit Drago à contrecœur, mais ça prendra du temps et nous n'en avons guère. Je ne veux pas finir en prison !

Il n'en dit pas plus, mais Spencer comprit le message : même si lui ne ramenait pas Drago à Langley, la CIA enverrait bientôt d'autres agents à ses trousses. Et vu le contexte, certains n'hésiteraient pas à tirer à vue. En fait, il était même probable que très bientôt, Spencer serait lui aussi soumis à un mandat d'amener.

Spencer attrapa le portefeuille et en vida le contenu sur la table de la cuisine. Il souleva une carte plastifiée et déclara :

— C'est un permis de conduire français. La carte bancaire est également au nom d'une banque française. Nous pouvons donc en déduire que Fayez a passé un moment en France.

Drago fouilla l'argent et les reçus de carte bleue.

— Regarde ! Ça vient d'un pressing ! En principe, il devrait habiter à proximité.

Spencer se pencha pour lire.

— Nous avons aussi le numéro de téléphone : 33, c'est l'indicatif international de la France et 1, ça indique un numéro parisien.

Drago fronça les sourcils.

— Oh, tu crois le permis de conduire authentique ? Dans ce cas, l'adresse l'est également. Ce serait tellement idiot !

Spencer sourit.

— Un terroriste n'est pas forcément prudent ou intelligent, tu sais. Ces gens-là commettent parfois des erreurs de débutants.

Drago ricana.

— C'est vrai, mais une bourde pareille, c'est quand même énorme.

— Peut-être Fayed était-il assez arrogant pour croire qu'il ne se ferait jamais prendre.

— Quel con ! déclara Drago avec mépris. D'un autre côté, choisir Paris comme port d'attache n'est pas si bête. Il y a là-bas une très importante communauté moyenne-orientale, Khoury n'aurait eu aucun mal à se fondre dans la masse.

— C'est exact. Bon, revenons à nos moutons. D'après Lena, un homme que Fayed connaissait est venu le voir et l'a tué peu avant que tu fasses ton apparition. Si j'ai bien compris, le tueur n'est resté dans la pièce qu'une minute ou deux avant de tirer. Quand tu es arrivé, quelle taille avait la flaque de sang autour du corps ?

Drago fouilla sa mémoire.

— Elle n'était pas très grande. Je dirais trente centimètres environ autour de la tête.

— Il est donc mort peu avant ton arrivée. En principe, les blessures à la tête saignent beaucoup. D'après moi, le tueur a attendu que tu entres dans le bordel pour tirer.

Drago le fixa.

— Merde ! Je n'avais pas pensé à ça.

— Dray, tu t'es fait joliment piéger. Tu ne vois vraiment pas qui a pu monter un coup pareil contre toi ?

— Eva ! s'exclama Drago. Elle était sûrement impliquée ! Nous devons retourner la voir.

— Ce serait inutile, coupa Spencer, elle est partie depuis longtemps. Je parierais même qu'elle a filé juste après nous avoir enfermés dans la chambre de Thalia. Soit elle t'a reconnu, soit elle t'a entendu interroger Thalia. Dans tous les cas, elle s'est mise à l'abri. Ce qui expliquerait aussi pourquoi les deux filles sont sorties aussi facilement.

— Bravo, déclara Drago, admiratif. Tu ferais un excellent espion, Spence.

— Non merci. Je déteste les mensonges et les faux-semblants.

Drago se raidit.

— Je ne mens pas en disant que j'ai besoin de ton aide, souffla-t-il. Je suis trop impliqué dans cette histoire pour y voir clair.

Une fois encore, Spencer sentit le dilemme flasher devant lui. Que choisir ? Le devoir ou l'honneur ? L'amitié ou son pays ? Accomplir sa mission ou y renoncer ? Obéir aux ordres ou pas ? Il renâcla soudain. Se rebeller contre l'autorité allait à l'encontre de sa formation, de sa foi, des instincts qu'il portait dans le cœur, dans les tripes. Mais il avait entendu l'accent de la vérité dans le récit que Lena leur avait relaté du meurtre. Elle n'aurait pas pu inventer un second homme entrant dans la chambre et s'enfuyant par la fenêtre. Or, son récit correspondait aux dires de Drago : il était bien arrivé après la mort de Khoury.

Spencer croyait en l'innocence de Drago.

En revanche, le timing de ce meurtre continuait à le turlupiner. Spencer sentait qu'il lui manquait des informations pour comprendre ce qui s'était réellement passé.

Et Drago était une pièce maîtresse de cette machination.

Maintenant que Spencer avait enfin retrouvé son amour d'antan, il ne supportait pas l'idée de le perdre.

Assez ! s'admonesta-t-il.

Il ne pouvait laisser ses sentiments personnels influencer sa décision. Pourtant, comment faire autrement quand Drago était assis devant lui, l'air si vulnérable que Spencer mourrait d'envie de l'embrasser ? Il se voyait parfaitement se pencher à travers la table et poser ses lèvres sur celles de Dray, sa langue cherchant la sienne…

Pour résister à la tentation qui le prenait aux tripes, il ferma les yeux et inspira un grand coup. *Réfléchis.*

Spencer connaissait Dray. Sous sa désinvolture d'espion cynique, Drago cachait un solide patriotisme et une totale loyauté. C'était un homme honorable, il servait son pays au mieux de ses capacités, il donnerait sa vie pour lui.

Il était donc injuste que Drago Thorpe serve de bouc émissaire à une magouille interne à la CIA. De quoi s'agissait-il ? se demanda encore Spencer. La réponse la plus évidente était qu'il y avait une taupe au plus haut niveau. Ou un agent double. Ou n'était-ce qu'une lutte d'influence, une affaire qui impliquait la politique, intérieure ou extérieure, ou des compromissions à couvrir ? Quoi qu'il en soit, c'était mauvais, il fallait épurer la situation. Pour ça, une seule option : découvrir le coupable, le dénoncer publiquement et le faire payer.

Spencer croisa le regard sombre et inquiet de Drago.

— Oui, répondit-il enfin. Je vais t'aider.

De soulagement, Drago s'affaissa sur sa chaise. Waouh ! Spencer comprit alors que Dray avait été infiniment plus stressé qu'il ne l'avait laissé paraître. Il s'adressa une note mentale : *ne jamais jouer au poker contre Dray.* Il se ferait plumer.

— Merci, Spencer.

— De rien.

Spencer se pencha en avant pour ajouter :

— Il y a cependant un petit problème. J'ai déjà signalé à Langley t'avoir mis la main dessus. Puisque nous ne monterons pas dans le prochain avion pour les USA, ils vont vite se douter qu'il y a un os. Il va donc falloir que nous disparaissions tous les deux.

— Oui.

— As-tu un traqueur magnétique, Dray ? Tous les SEAL en portent un sous l'omoplate. Je ne peux pas atteindre le mien tout seul, tu vas devoir me l'extraire.

Drago grimaça.

— Oui, je sais. Et tu feras pareil pour moi. J'ai aussi un traqueur sous la peau.

— Tu as une trousse de premiers soins, je présume ?

Dray se leva.

— Bien sûr, avec un scalpel et de la crème antibiotique.

— Et aussi un anesthésiant local, j'espère ?

— J'en déduis que tu n'es pas maso, railla Drago.

Spencer lui jeta un œil noir.

— Continue à dire des conneries ! Je prends des notes et tu me paieras tout ça en bloc le jour où je te pilonnerai le cul !

Drago afficha un grand sourire.

— Sans blague ? C'est censé être une menace ? Tu me fais bander !

Spencer arqua un sourcil.

— Je ne menace jamais, mais je tiens toujours mes promesses.

Drago déglutit, sa gorge bougea, ses yeux sombres flamboyèrent.

Mentalement, Spencer se traitait de tous les noms. Merde. S'il devait travailler avec Drago, ce n'était pas le moment de céder à la tentation. Il avait payé trop cher cette erreur dix ans plus tôt.

La gorge serrée, il déclara sèchement :

— Au boulot. Nous devons extirper nos traqueurs et gérer notre matériel électronique.

Peu après, Drago revint avec la trousse de soins, effectivement très complète. Spencer enfila des gants chirurgicaux, il stérilisa et engourdit une petite zone située sous l'omoplate de Drago et y pratiqua une petite incision. Il en sortit le traqueur, petit objet ovale qui ressemblait à un comprimé de médicament. Il pressa une compresse sur l'entaille et attendit que le saignement s'atténue, puis il posa un pansement. Drago était désormais prêt, au cas où ils devraient filer en courant – ou baiser comme des lapins.

Arrête !

Puis ce fut au tour de Spencer de rester immobile pendant que Drago répétait la procédure sur son dos. Quelques minutes plus tard, son traqueur rejoignait celui de Drago dans une soucoupe en porcelaine posée sur la table.

— Qu'est-ce qu'on en fait ? demanda Spencer. On les détruit ?

Drago secoua la tête.

— Non, mieux vaut brouiller les pistes. Nous allons les déposer dans un véhicule en mouvement. Si mon traqueur devient noir, la CIA risque d'envoyer une équipe me descendre.

Drago passa ensuite dans l'autre pièce. De sa place à la table de cuisine, Spencer le vit ouvrir un petit coffre dissimulé dans un mur. Drago revint et posa sur la table une poignée de petits emballages plastifiés.

— Voici de nouvelles cartes SIM pour nos téléphones.

Spencer sortit ses deux téléphones portables, le personnel et le professionnel. Il désactiva le logiciel de suivi intégré, puis en sortit les cartes SIM, les remplaça par celles que Drago avait rapportées. Il leur fallut plus longtemps pour démonter leurs ordinateurs portables et accéder aux puces des cartes mères, mais ils finirent par les déposer près des anciennes cartes SIM.

— Tu as du papier d'alu ? demanda Spencer.

— Oui.

Drago rapporta de la cuisine un rouleau neuf. Lui et Spencer en enveloppèrent les puces et les cartes SIM, qui furent ensuite cachées dans un compartiment secret à l'intérieur de la ceinture utilitaire du Navy SEAL.

— Quel dommage que tu aies abandonné le Land Rover ! se plaignit Spencer. Il nous aurait bien servi.

Drago sourit.

— Je te devais bien ça ! Tu avais abandonné ma Jeep dans le désert.

— Nous devons trouver une voiture à acheter dans le coin. Tu connais quelqu'un ?

Drago hocha la tête.

— Oui. Il s'agit d'une charmante vieille dame qui possède un magasin de fleurs au bas de la rue. Si je lui propose pour sa vieille camionnette Volkswagen de quoi acheter un véhicule en meilleur état, je te garantis qu'elle va sauter sur l'occasion.

Ils passèrent le reste de la soirée à trier leur équipement pour remplir deux grands sacs polochons. Ils gardèrent l'essentiel de leurs appareils de surveillance, des armes de différents calibres pour chacun d'eux et un important stock de munitions. Étant donné qu'ils se rendaient à Paris, ils laissèrent derrière eux le matériel de survie dans le désert.

Par chance, une fleuriste commençait ses livraisons de fleurs fraîches bien avant l'aube et, comme Drago l'avait annoncé, la vieille dame accepta sans se faire prier de leur céder son vieux tacot au triple de sa valeur à l'Argus. Avant de partir, Drago et Spencer déposèrent discrètement leurs traqueurs sous la banquette d'un taxi et, à 6 heures, ils quittaient la banlieue de Berlin et prenaient l'A2 en direction du sud-ouest.

La camionnette était vieille et inconfortable, et l'odeur forte annonçait une fuite d'huile, mais rien de tout ça n'attirerait l'attention d'un éventuel poursuiveur. Comme tout bon espion, Drago gardait une importante réserve d'argent, aussi leurs frais de voyage étaient-ils amplement couverts. Désormais, les deux hommes devaient rester cachés et ne plus apparaître sur aucun radar.

Pour ne rien arranger, Spencer souffrait encore des suites des coups reçus à Tel-Aviv. Bien sûr, il restait opérationnel et savait occulter la douleur, mais ça ne rendait pas sa situation moins inconfortable.

Une fois passée la frontière belge, ils prirent l'*Autobahn* et une voie rapide en direction de Reims, ville française située à deux heures de Paris, à l'est, où ils comptaient s'arrêter pour la nuit. Spencer choisit un hôtel bas de gamme et demanda deux chambres. Si Dray leva ostensiblement un sourcil, il s'abstint de faire une réflexion sarcastique. En son for intérieur, Spencer lui en fut grandement reconnaissant.

Il trouva son lit bosselé et solitaire. Il aurait de loin préféré s'endormir à côté de Dray, mais il savait avoir agi pour le mieux. Il luttait déjà constamment contre son ancienne addiction, aussi tentante et dangereuse que le chant des sirènes.

Il dormit peu et mal, ce qui ne le surprit pas. Il se réveilla d'une humeur de chien et courbaturé de la tête aux pieds.

Le voyage reprit. En milieu de matinée, alors que la banlieue parisienne s'étalait devant eux, Spencer demanda :

— Aurais-tu par hasard une maison à Paris ?

— Non, l'immobilier y est bien trop cher pour que je puisse investir aussi grand. J'ai dû me contenter d'un modeste appartement.

Sidéré, Spencer secoua la tête. Il n'aurait jamais imaginé Drago à la tête d'un vaste empire immobilier et encore moins sous les traits d'un astucieux investisseur.

Ils arrivèrent dans le centre de Paris, avec la tour Eiffel s'élevant à l'horizon vers l'ouest et les blanches coupoles du Sacré-Cœur à l'est. Fasciné par tant de sites inoubliables, Spencer se dévissait le cou pour essayer de tout regarder à la fois : les ponts sur la Seine, l'Obélisque égyptien de la place de la Concorde, non loin de l'endroit où Louis XVI et Marie-Antoinette avaient été décapités, l'Opéra de Paris, le Louvre et la majestueuse cathédrale Notre-Dame, cernée d'échafaudages depuis le terrible incendie qui l'avait en partie détruite.

Heureusement, Drago, lui, restait attentif. Il regardait le plus souvent dans son rétroviseur et prenait la précaution de changer souvent de route afin de détecter d'éventuels poursuivants. Spencer, bien trop occupé à admirer la capitale française, ne lui était d'aucune aide.

Puis Drago emprunta la célèbre avenue des Champs-Élysées et Spencer resta bouche bée devant les si célèbres maisons de haute couture qui s'alignaient les unes à côté des autres. Devant eux se dressait l'Arc de

Triomphe. Sur la place de l'Étoile, la circulation était de la folie pure, c'était à se demander comment toutes les voitures imbriquées dans ce carrousel où se rejoignaient douze grands boulevards haussmanniens ne se télescopaient pas. Tétanisé d'horreur, Spencer s'accrocha si fort au tableau de bord que ses jointures blanchirent.

— Le truc, commenta Drago avec un grand calme, c'est de foncer droit devant sans se laisser distraire. Ça fait peur aux autres. En fait, plus on est inconscient, plus on passe vite. J'avoue qu'avoir entre les mains un véhicule dont je me fiche complètement qu'il finisse à la casse est aussi un atout.

Ce beau discours ne l'empêcha pas de faire des furieux appels de phares à d'autres conducteurs, ou même de sortir une fois ou deux le poing par la fenêtre. Une fois sorti de la place, Drago s'engagea dans un quartier bien plus calme et tout à fait élégant.

Peu après, Spencer découvrait le « modeste » appartement de Drago, un spacieux trois pièces, somptueusement meublé d'antiquités Louis XV. L'immeuble était situé dans le 6ème arrondissement, à deux rues du boulevard Saint-Germain, un des quartiers les plus prestigieux de Paris. Même Spencer le savait.

Éberlué, il ne put s'empêcher de demander :

— Si tu as les moyens de payer des biens immobiliers de ce genre, Dray, pourquoi continues-tu à travailler pour le gouvernement ? D'après ce que j'en sais, les fédéraux sont aussi mal payés que les soldats.

À son habitude, Dray haussa les épaules.

— Tu sais comme moi que tu pourrais te faire dans les quatre cents mille dollars par an en travaillant pour une boîte de sécurité privée. Et pourtant, tu restes dans la Navy, pas vrai ? Moi, j'aime croire en ce que je fais.

C'était une excellente raison.

— J'ai déjà envisagé de quitter la Navy, déclara Spencer.

Drago lui jeta un regard sceptique.

— Toi ? Renoncer à ta précieuse carrière ? Ça me laisse sur le cul, je l'avoue. Tu dois avoir encore plus envie de baiser que je le pensais.

Sans relever la pique, Spencer demanda :

— Où veux-tu que je mette mon matos ? J'ai peur d'abîmer tes affaires, tout est si magnifique !

Drago eut un geste négligent.

— Les beaux meubles et les jolis objets sont faits pour être utilisés, pas pour rester en vitrine. Choisis une des deux chambres. Je vais vérifier ce que ma gérante nous a laissé dans la cuisine. Je l'ai appelée hier pour lui demander de remplir le garde-manger et le frigo.

— Que c'est domestique et bourgeois ! persifla Spencer. Ça casse un peu notre image de baroudeurs, tu ne crois pas ?

Drago ricana.

— Si les soldats adorent vivre à la dure dans la boue des tranchées, les espions, eux, savent apprécier les bonnes choses de la vie : la bouffe, le sexe, le luxe.

— Peuh ! Je sais très bien que tu as eu ta part de missions dans les coins les plus pourris, riposta Spencer.

Drago sourit.

— C'est vrai, mais ça me donne encore plus envie de profiter d'un répit quand il est possible, même quand je suis en mission, Spence.

Peu après, Spencer émergea de sa chambre et entendit Drago parler dans un français rapide : il était au téléphone.

Drago raccrocha et rejoignit Spencer dans la cuisine.

— Voilà, annonça-t-il. J'ai appelé le numéro du pressing que nous avons trouvé dans le portefeuille de Khoury. J'ai l'adresse et je compte m'entretenir avec les employés. Tu viens avec moi ? Avec un peu de bol, ils reconnaîtront Khoury. Ils pourront aussi nous confirmer si l'adresse de son permis de conduire est bien la sienne.

— Allons-y.

Spencer était déterminé à conclure cette mission au plus vite. Ça vaudrait mieux pour tout le monde. Il se sentait tendu, sans trop savoir pourquoi. Était-ce dû à la perspective de devoir quitter Drago ou à celle de rester encore un moment en sa compagnie ?

Ils empruntèrent le métro pour traverser Paris et sortirent du réseau souterrain dans un quartier très différent. En fait, ils auraient pu se croire de retour au Moyen-Orient, dans une zone de taudis.

— Comment diable une telle pauvreté peut-elle côtoyer des endroits aussi luxueux que celui où tu résides ? s'étonna Spencer.

— Ça crée pas mal de jalousies et de tensions, répondit Drago. Reste tout près de moi. Moi, je me fonds dans la population locale, pas toi. Rien qu'à te voir, ils savent que tu es un étranger. Dans d'autres quartiers de Paris, mon look exotique attirerait les regards méfiants, toi, le viking, tu aurais toutes les femmes à tes trousses.

Spencer réprima un frisson d'horreur.

— Non, merci.

— C'était un compliment, mon frère. Les Parisiennes sont réputées pour mettre la barre très haut.

Plus ils s'enfonçaient dans le dédale des rues, plus la pauvreté était agressive et la population étrangère. Aucun des gens qui traînaient dehors ne s'exprimait en français. Les trottoirs et les caniveaux étaient encombrés de déchets et une sinistre ambiance de frustration et de désespoir pesait sur la foule. Malgré les contusions qu'il gardait des coups reçus sur la plage de Tel-Aviv, Spencer marchait d'un pas souple, aux aguets, prêts à réagir à une éventuelle menace.

— Voici le pressing, annonça Drago.

Ils entrèrent l'un derrière l'autre. La boutique était étroite, avec un comptoir sur toute sa largeur. Une femme à l'air épuisé leva la tête en entendant tinter la clochette de la porte. Elle plissa les yeux et les examina avec attention, une lueur dans le regard.

Spencer devina qu'elle appréciait ce qu'elle voyait : deux hommes en pleine maturité.

— Puis-je vous aider ? demanda la femme en français, mais avec un lourd accent.

Drago répondit en arabe :

— Je l'espère, madame. J'ai appris que Fayez Khoury était client de ce pressing. J'espère qu'il n'habite pas trop loin d'ici. Je suis à Paris pour quelques jours et j'aimerais passer le voir, pour lui faire une surprise.

— Ah, monsieur Khoury ! Je ne connais pas son adresse exacte, mais il vient toujours à pied nous porter ses vêtements à dégraisser. Demandez aux autres commerçants de la rue, ils en sauront peut-être davantage.

— Ou alors, je vais marcher dans la rue en criant son nom, lança Drago, taquin. Il finira peut-être par m'entendre et me répondre.

La femme secoua la tête et baissa la voix :

— Oh, non, monsieur, ne faites pas ça. Les flics traînent partout, en civil. Si vous vous faites remarquer, ils vont vous sauter dessus et vous arrêter. Ils sont aussi teigneux que des termites !

Drago fit une grimace et sortit une insulte que Spencer ne comprit pas. La femme, elle, se mit à rire.

— Les flics « sous couverture » sont assis au bar à l'angle de la rue, occupés à boire du café. Et ils s'imaginent que personne ne va les remarquer. *Les porcs !* cracha-t-elle avec mépris.

Certaines lois étaient universelles, décida Spencer. Les Forces de l'Ordre étaient manifestement honnies et insultées partout où elles tentaient d'intervenir.

Drago roula des yeux.

— Merci de votre charmant accueil, chère madame. Je vous remercie de votre aide.

Il s'inclina, la main sur le cœur. La femme minauda et se trémoussa en les regardant quitter le pressing.

Une fois dans la rue, Spencer demanda :

— Puisque le café hanté par les flics français est sur notre droite, je présume que nous filons à gauche ?

— Pas du tout, répondit Drago. Je compte aller prendre un café et repérer les infiltrés. De cette façon, nous connaîtrons leurs visages.

— C'est audacieux.

— C'est inattendu, répliqua Drago. Donc, ça ne peut que troubler l'adversaire.

— Exact.

Peu après, ils s'installaient dans le petit café, à une table du fond. Spencer ne mit que cinq secondes à dénicher les « infiltrés ». Dans une population miséreuse à la peau sombre, ils étaient à la fois trop pâles et trop bien habillés. À travers la fenêtre, ils fouillaient le carrefour.

Spencer était atterré.

— Bon sang ! Suis-je aussi visible quand je vais au Moyen-Orient ?

— Oui, mais toi au moins, tu sais éviter de te faire remarquer. Ces deux idiots pourraient aussi bien afficher leurs badges.

— Merci de ne pas m'assimiler à eux, grommela Spencer.

Drago ricana.

— Tu as vraiment du mal à accepter un compliment, Spence ! La plupart des soldats américains marchent tout raides, comme s'ils avaient un balai dans le cul, et ils sont facilement arrogants quand ils pénètrent dans un endroit, agissant comme s'ils étaient les maîtres des lieux. Pire encore, ils ont les cheveux trop courts et dégoulinent d'autosatisfaction.

— Tu exagères ! protesta Spencer. Nous ne sommes pas tous comme ça.

Sans répondre, Drago arqua un sourcil sardonique.

— D'accord, concéda Spencer, certains soldats sont très cons. Mais ce n'est pas le cas des SEAL.

— Je sais. On vous apprend à vous fondre dans la population locale pendant votre entraînement.

Spencer hocha la tête.

— Oui, et il est rare qu'un SEAL sorte de formation sans que son ego en ait pris un sacré coup dans l'aile.

— Tu n'es pas si arrogant que ça, reconnut Drago. La plupart du temps, tu es même supportable.

Spencer ne put résister à répondre :

— C'est pour ça qu'à Berlin, tu as grimpé sur mes genoux.

D'un geste spontané, Drago posa la main sur la sienne.

Spencer sursauta. Il eut un mal fou à résister à sa première impulsion : arracher sa main à celle de Dray. Un soldat en uniforme avait l'interdiction formelle de manifester en public son affection. En vérité, Spencer s'était également conditionné à ne jamais toucher autrui, en public ou ailleurs. Ça faisait dix ans qu'il évitait de prendre le moindre risque.

Drago murmura d'une voix apaisante :

— Ne t'inquiète pas. Au Moyen-Orient, les hommes sont beaucoup plus tactiles et ma main sur la tienne n'éveillera aucune réaction homophobe.

Néanmoins, Spencer fut soulagé que Drago lève la main et réclame au serveur deux autres cafés. Rassuré, Spencer s'autorisa enfin à respirer : il n'avait plus à craindre que le ciel lui tombe sur la tête. Effectivement, la foudre ne l'avait pas frappé.

Pas encore. Et il ne devait pas s'habituer à de telles exhibitions publiques de la part de Drago. Il devait rester concentré, éviter les distractions, éviter les tentations. D'autant plus qu'il se sentait aspiré par ce vortex si délicieux… et si dangereux.

— Combien de temps allons-nous rester assis ici à boire du café ? demanda-t-il à voix basse.

— Jusqu'au départ des flics. Je ne veux pas qu'ils nous voient quadriller le quartier.

Spencer commença à s'affoler.

— Nous risquons d'y passer toute la journée !

— Et alors ? riposta Drago. Tu as plus urgent à faire ?

Spencer soupira.

— Non. Si tout avait marché comme prévu, je serais en ce moment même en train de t'embarquer dans un avion.

— N'y pense plus, sinon, tu vas finir par faire une dépression.

— Sûrement pas ! grogna Spencer.

Drago eut un sourire démoniaque.

— Pourquoi pas ? Tu es toujours si nerveux quand je suis à proximité.

— J'admets que tu as cet effet sur moi.

— Merci.

Spencer fronça les sourcils.

— Ce n'était pas un compliment ! Tu me rends dingue, Dray, complètement dingo.

— Et alors ? Je t'échauffe aussi le sang, ce qui est excellent pour ta santé.

— Arrête de flirter, Dray. Tu n'en as plus besoin. J'ai déjà accepté de t'aider à découvrir ce qu'Hamza mijote.

Dray recula pour s'adosser dans son siège. Son regard s'était durci.

— Tu me prends pour qui ? Tu crois vraiment que j'aurais acheté ton aide avec du sexe ?

Spencer ouvrit la bouche pour répondre, puis il la referma et prit le temps de réfléchir. Pourquoi avait-il lancé cette accusation injuste ?

— Désolé, Dray, dit-il enfin. Je ne sais pas pourquoi j'ai dit ça, c'était très con de ma part.

Dray haussa les épaules.

— Pour que tu réagisses comme ça, je présume que tu travailles avec de parfaits connards.

— Non ! Je ne te laisserai pas insulter mes hommes, ce sont des gars très bien, ce sont mes frères, la seule famille que j'ai.

Le regard de Dray devint encore plus sombre, plus sérieux. Et quand il parla, Spencer eut la sensation qu'il choisissait ses mots avec soin.

— La fraternité des soldats, c'est bien gentil, Spence, mais je doute que ça se compare à une vraie famille, celle que chaque homme crée pour lui-même. En fait, je commence à comprendre pourquoi tu envisages de quitter la Navy. Si tu veux, je peux te trouver du boulot à la CIA ou te donner d'excellentes références pour des boîtes privées.

— Quoi ? Pourquoi cherches-tu à me faire démissionner ?

Dray le regarda fixement.

— Parce que d'après moi, tu peux faire mieux.

— Tu es fou ? Sais-tu au moins la difficulté qu'il y a à atteindre… le niveau que j'ai ? Chaque année, des centaines de personnes échouent à entrer dans les SEAL !

— Ça ne change rien, je maintiens ce que j'ai dit.

— Que vois-tu de « mieux » que ce que je fais actuellement ?

Dray se pencha en avant et murmura :

— J'aimerais te voir heureux.

— Je te l'ai déjà dit, je n'ai pas besoin d'une psychanalyse !

Drago sourit.

— Tu sais pourtant que j'ai raison, Captain Rationnel.

— Va te faire foutre !

— D'accord. Tu viens avec moi ?

— Arrête, aboya Spencer.

Surpris par la violence de son ton, Dray pencha la tête.

— Qu'est-ce qui ne va pas ?

— Je ne peux pas, répliqua Spence. Nous avons déjà commis cette erreur jadis et des centaines de gens sont morts. Je veux que nous restions concentrés sur le travail à accomplir sans tout gâcher une fois encore. Je ne peux pas, Dray. Pas comme ça. Pas pendant que nous travaillons.

XI

Drago ne bougea pas. Rien ne changea sur son visage, dans son expression. Rien ne montra à quel point les paroles de Spencer lui faisaient mal. Et pourtant, merde, il était à l'agonie. Le rejet de Spencer avait été pour lui comme un couteau dans les tripes. Une lame rouillée qui déchirait douloureusement ses entrailles.

Pire encore, Drago savait que Spencer n'avait pas tort.

— Merci, marmonna-t-il. Grâce à toi, je me sens à la fois très con et totalement irresponsable.

Spencer avança la main vers la sienne, un geste sans doute involontaire.

— Excuse-moi, je…

Drago secoua la tête.

— Non. Ne t'excuse pas, tu ne ferais qu'aggraver la situation. Je suis très con, restons-en là.

Spencer soupira.

— Ne dis pas ça, tu n'es pas con, c'est moi qui… j'ai du mal à rester concentré en ta présence.

Drago refusa de se laisser amadouer.

— C'est censé être un compliment?

Spencer soupira encore.

— Oui, je crois. Tu es tellement fascinant, tellement passionné par tout ce que tu entreprends, je suis dépassé, je ne peux penser qu'à toi. C'est la vérité, je te le jure.

— En clair, si j'étais plus banal, ça ne te gênerait pas qu'on baise comme des lapins?

Spencer lui lança un regard noir.

Drago leva les mains.

— Je voulais juste savoir.

— Les flics s'en vont, murmura Spencer.

Quel enfoiré! Il esquivait délibérément le sujet! Ainsi, il ne tenait pas à creuser la question? Soudain, Drago se sentit plus guilleret, parce que l'attitude de Spencer lui semblait d'excellent augure pour le futur de leur relation.

138

Le *quoi?* Merde! Il allait où, là? Depuis quand envisageait-il une relation sérieuse avec Spencer? Une vraie relation, qui plus est, avec amour réciproque et tout le tralala. Drago n'arrivait pas à comprendre que de telles idées lui soient entrées dans le crâne et pire encore, aient pris racine. Il était comme le Téflon : rien ni personne n'accrochait sur lui.

Du coin de la bouche, Spencer ajouta :

— La voie est libre.

Il se leva et déposa de l'argent sur la table.

Par la fenêtre, Drago regarda les deux flics s'en aller. Une fois qu'ils eurent tourné au coin de la rue, Spencer et Drago quittèrent à leur tour le café.

— Où allons-nous? demanda Spencer.

— Interroger les magasins de bouffe. Tout le monde fait des courses.

Ce fut à la boulangerie – oui, les Français avaient des boutiques qui se spécialisaient dans la vente du pain – qu'ils apprirent que Fayez Khoury habitait juste en face.

L'immeuble, vieux et décrépi, datait de peu après la Seconde Guerre mondiale. Drago et Spencer poussèrent la porte d'entrée. Le hall était sombre et étroit, le plâtre des murs s'écaillait et la cage d'escalier sentait l'urine.

Deux minutes plus tard, un jeune dégingandé puant le cannabis entrait à son tour dans l'immeuble. Drago lui demanda où habitait M. Khoury.

— Au dernier étage. S'il est là.

— D'autres personnes vivent ici? s'enquit Spencer.

Le jeune lui jeta un coup d'œil méfiant.

— Vous êtes flic?

— Non, sûrement pas, répondit Spencer. Je cherche juste de l'herbe.

Bien joué, pensa Dragon, un peu surpris de cette prompte réaction. En plus, Spencer avait vu juste : le gosse était un toxico qui cherchait sa dose.

Le jeune disparut dans un appartement du rez-de-chaussée, ce qui laissa Spencer et Drago libres d'explorer le bâtiment essentiellement désert à cette heure. Ils comprirent vite que pas mal de dealers opéraient dans diverses parties du vieil immeuble. Quelques addicts dormaient ici et là, cuvant l'opium ingurgité la nuit dernière.

Spencer et Drago retournèrent à la porte d'entrée et, l'air de rien, contournèrent l'immeuble. Un vieil escalier de secours rouillé était plaqué au mur de derrière.

— Jamais nous ne réussirons à monter discrètement, fit remarquer Spencer.

— On reviendra ce soir, d'accord ?

— Oui, avec un gros bidon de lubrifiant.

Vers minuit, quand ils se retrouvèrent au pied de l'escalier en question, ils constatèrent immédiatement que son aspect merdique était trompeur. En vérité, la structure était solide et en parfait état. Aussitôt, Drago sentit son instinct s'éveiller.

— Laisse-moi passer le premier, souffla Spencer. J'ai l'habitude d'entrer en force et d'éliminer les ennemis.

Drago hocha la tête.

— Une fois à l'intérieur, ajouta Spencer sur le même ton, je prendrai à droite. Toi, tu vérifieras les pièces du côté gauche.

Une fois encore, Drago acquiesça en silence. Si la CIA et les Navy SEAL avaient des protocoles de formation différents, certaines bases de travail restaient les mêmes dans toutes les forces armées américaines, sinon mondiales. La priorité était que deux soldats alliés ne se tirent pas mutuellement dessus. Ni Spencer ni Drago n'étaient armés ce soir, car bien trop d'espaces publics parisiens intégraient désormais des détecteurs de métal, mais le principe général restait le même. Chacun d'eux fouillerait une partie de l'appartement tout en protégeant les arrières de l'autre.

Une fois au sommet de l'escalier de secours, Spencer scruta longuement l'intérieur de l'appartement du dernier étage. Il resta immobile deux bonnes minutes.

— Rien ne bouge, mima-t-il enfin.

Drago insinua une fine bande métallique sous le cadre de la fenêtre jusqu'au loquet intérieur. Quelques minutes plus tard, la serrure cédait. Drago recula et observa Spencer opérer : il huila les côtés de la fenêtre et la souleva avec précaution.

Il n'y avait pas d'écran. Spencer se faufila à l'intérieur en silence. Il avança lentement, vérifiant chacun de ses pas pour éviter de faire grincer le plancher. Après avoir regardé autour de lui, il leva la main et partit sur la droite.

Drago entra à son tour, appréciant l'effet euphorisant de l'adrénaline qui courait dans son organisme. Parfois, il aimait vraiment son boulot ! Il expira lentement et régla avec méthode ses pensées pour garder le calme et la concentration que ce genre de tâche exigeait.

Il étudia la moitié gauche de la pièce : une kitchenette dans le coin ; devant, une table branlante et encombrée de foutoir. Une porte sur la gauche donnait probablement sur un placard ou un garde-manger. Drago avança comme Spencer l'avait fait, d'un pas souple et silencieux. Il se colla le dos au mur à côté de la porte avant de l'ouvrir.

Aucune réaction. Il jeta un œil prudent. Il avait vu juste, la pièce était un placard-garde-manger. Il ne perdit pas de temps à fouiller l'espace, mais se promit de le faire avant de quitter les lieux.

Spencer était arrivé devant la porte de la chambre principale. Drago le rejoignit et, d'un signe, indiqua qu'il était prêt. Spencer se plaqua à la cloison avant de tendre la main et de tourner la poignée. À peine la porte ouverte, il se précipita à l'intérieur, plié en deux, et s'esquiva sur la droite. Drago fit pareil, côté gauche. Accroupi, il fouilla du regard l'espace devant lui : un lit, une commode, une porte fermée – la salle de bains, sans doute. Il attendit, aux aguets, pendant que Spencer vérifiait un placard de son côté et sous le lit. Ensuite, Spencer leva le pouce – « clair ». Drago ouvrit la porte de salle de bain : minuscule et vide. Il retourna dans la chambre, sortit un appareil électronique et chercha d'éventuels mouchards dans tout l'appartement. Ce ne fut pas très long, il ne trouva rien.

— Tout est clair, annonça-t-il.

— Bien, répondit Spencer. On peut se livrer à une fouille approfondie.

— Oui, mais restons prudents. N'oublie pas que Khoury était un terroriste, qui sait ce qu'il a laissé ici ?

Spencer paraissait pensif.

— Si j'étais un membre de sa cellule et que j'avais appris sa mort, j'aurais installé des caméras, au cas où son meurtrier vienne fouiner.

— Mec, lança Drago, tu penses vraiment comme un espion. Tu es sûr qu'un changement de carrière ne te tente pas ?

Spencer se contenta de lever les yeux au ciel.

Ils prirent leur temps pour passer au crible l'appartement de Khoury dans ses moindres recoins, anxieux de trouver l'indice d'une activité terroriste ou une information susceptible de les mener à Jabril Hamza.

Une heure plus tard, Drago ferma le dernier tiroir de la cuisine avant de se redresser.

— Rien.

— Pareil pour moi, répondit Spencer.

— Tu ne trouves pas étrange qu'il n'y ait même pas un Coran ?

Surpris, Spencer regarda autour de lui.

— Peut-être en avait-il un, peut-être l'a-t-il emporté avec lui à Berlin. D'un autre côté, il n'y a pas de tapis de prière. Crois-tu qu'il avait perdu la foi ?

Drago secoua la tête.

— Non, ces terroristes sont tous des fanatiques prêts à tuer et à mourir pour leur foi. On a manqué un truc.

Spencer hocha la tête.

— Je suis d'accord. Mais quoi ?

Drago réfléchit à voix haute :

— Il y a dix ans, Fayed Khoury faisait partie d'une bande de terroristes. Je doute qu'il ait été du genre à virer « loup solitaire » sur le tard. Il avait donc des contacts, sinon des amis.

— Oui, le toxico qu'on a croisé tout à l'heure le connaissait de vue. Khoury n'était donc pas un ermite.

— Dans ce cas, où est son *Qur'an* ? insista Drago.

— Au bordel de Berlin, là où il est mort, répéta Spencer.

Drago secoua la tête

— Non, sinon, Lena l'aurait récupéré en même temps que son téléphone portable et son portefeuille.

Saisi d'une idée, il regarda autour de lui et compara mentalement les dimensions de l'appartement à celles du bâtiment.

— À quoi penses-tu, Dray ? s'enquit Spencer. J'entends les rouages de son cerveau tourner à toute allure.

— Il doit y avoir une cachette, une pièce secrète, peut-être.

Spencer le fixa une seconde ou deux, puis ils déclarèrent en même temps :

— Le placard de la cuisine !

Ils y retournèrent et, maintenant qu'ils savaient où chercher, ils réalisèrent vite que la paroi du fond n'allait pas tout à fait jusqu'au mur.

— Allons-nous devoir vider les étagères ? demanda Spencer.

Drago fronça les sourcils.

— Elles sont très remplies, ça ne va pas être évident de tout laisser dans le même état. Prenons des photos pour avoir un modèle exact.

— Je doute que Fayez se soit astreint à cette corvée chaque fois qu'il avait à entrer dans sa pièce secrète, rétorqua Spencer. Il doit y avoir une porte cachée, un panneau coulissant, des charnières… quelque chose qui fasse pivoter les étagères.

L'espace étant mesuré, ils étaient serrés l'un contre l'autre, surtout quand ils refermèrent la porte sur eux pour allumer le plafonnier afin de mieux voir ce qu'ils faisaient.

Très vite, Spencer marmonna :

— Je l'ai ! Il y a une charnière ici.

Drago s'accroupit pour chercher la charnière correspondante sous l'étagère du bas.

— Oui, j'ai la seconde, annonça-t-il. Il ne nous reste plus qu'à trouver le loquet.

Ils mirent plus longtemps avant de tomber sur un morceau de bois monté sur un ressort. Quand Drago le pressa, l'étagère pivota vers eux.

La cachette de Khoury était une petite pièce d'un mètre de large sur deux de long. Des coupures de journaux, des cartes et des plans étaient collés sur les murs. Sur la table, il y avait deux ordinateurs portables et une douzaine de téléphones bon marché.

— Nom de Dieu ! souffla Spencer.

Drago fronça les sourcils.

— Pourquoi Hamza n'a-t-il pas envoyé un de ses sbires chercher tout ça après la mort de Fayez ?

— Il ignore peut-être où vivait Khoury. Ou alors, Khoury n'a parlé à personne de sa cachette. Pourquoi compliquer les choses, Dray ? C'est un cadeau du ciel, accepte-le !

Drago acquiesça.

— Un cadeau ? Oui, c'est même un coup de maître ! Donne-moi une taie d'oreiller, veux-tu ? Nous allons emporter tout ça et le confier aux spécialistes de la maison qui se chargeront de tout décortiquer. En attendant, je vais photographier les murs.

Il mit plus d'une heure à quadriller la totalité de la pièce secrète de Fayez en images de bonne qualité. Voilà qui prouvait au moins que Fayed avait été un terroriste actif, sinon un des principaux planificateurs de sa cellule. Drago avait reconnu une demi-douzaine de cibles potentielles réparties dans diverses capitales mondiales et chacune avait été étudiée avec soin. Les dossiers étaient complets, bourrés de notes, de documents et d'informations.

Quand il eut terminé, ils embarquèrent les dossiers et les téléphones portables, gardant les ordinateurs pour la fin. Ce fut Spencer qui se pencha pour débrancher le premier.

Drago perçut un léger sifflement. En journée, le son se serait sans doute perdu dans le bruit ambiant de la rue, mais la nuit était noire et le silence complet.

— Merde ! souffla Drago. L'endroit était piégé ! Filons !

Il s'empara d'un des ordinateurs et tourna les talons, Spencer prit le second et le suivit. Dans la cuisine, ils perçurent une odeur de gaz.

— Attention, ça risque d'exploser !

Ils se ruèrent vers la porte d'entrée et dévalèrent l'escalier en hurlant des « fuite de gaz, ça va sauter ! » pour évacuer les autres appartements.

Ils entendirent derrière eux des pas précités indiquant que leurs appels avaient été entendus et compris. Avec un peu de chance, tout le monde sortirait à temps. De toute façon, ils n'avaient pas le temps de s'en assurer.

Ils étaient en train de pousser les résidents pour les faire quitter l'immeuble – et vu que beaucoup étaient shootés à mort, ça n'était pas facile –, quand l'explosion eut lieu au-dessus de leurs têtes.

Un grondement semblable à celui du tonnerre dévala la cage de l'escalier.

— Dépêchez-vous ! hurla Spencer par-dessus son épaule.

Drago sortit de justesse, il était encore sur le seuil quand le souffle de l'explosion le percuta dans le dos, le projetant en avant et l'assourdissant. Il tomba à plat ventre et une vague de chaleur torride passa sur lui. Il se redressa d'un bond et chercha frénétiquement Spencer.

Il le vit à quelques pas, à quatre pattes. Lui aussi tentait de se relever. Drago courut vers lui, le prit par le bras et l'entraîna. Ils partirent en courant et ne s'arrêtèrent pas avant d'avoir atteint le bout de la rue.

— Avons-nous réussi à avertir tout le monde ? demanda Spencer, le souffle court.

— Je crois.

Tout en parlant, Drago sortit son téléphone et composa le 18, ce qui, en France, était la ligne directe des pompiers. Il rapporta une odeur de gaz et une explosion, et donna le nom de la rue dans laquelle il se trouvait.

Dès qu'il raccrocha, lui et Spencer s'éloignèrent du lieu de l'incendie. Déjà, les gens sortaient dans les rues et commençaient à s'agglutiner. Une sirène s'entendait dans le lointain.

— On reprend le métro ? demanda Spencer.

— Négatif. Il y a trop de caméras de surveillance. Mieux vaut marcher un moment. Plus loin, nous prendrons un taxi.

— D'accord, murmura Spencer, c'est toi l'expert.

Ils errèrent pendant deux heures avant d'être certains de n'être pas suivis. Pendant ce temps, ils parvinrent également à éviter les caméras urbaines.

Il était tard quand ils arrivèrent enfin à l'appartement de Drago et purent en refermer la porte sur eux.

Avec un soupir de soulagement, Spencer tendit la main vers l'interrupteur. D'instinct, Drago l'empêcha d'allumer, il posa aussi le doigt sur sa bouche et sortit son appareil électronique. En voyant Spencer lever les yeux au ciel, il comprit que son ex le jugeait parano.

Peut-être, mais mieux valait être parano que mort. Drago avait été bien formé, il ne baissait jamais sa garde, même quand il était fatigué, il veillait à maintenir sa routine de sécurité personnelle.

Il traversait le salon quand il se figea.

Et merde !

L'aiguille de son détecteur s'agitait frénétiquement, indiquant la présence d'un mouchard. Sidéré, Drago vérifia une seconde fois. Il avança jusqu'à la fenêtre, dont il ferma complètement les rideaux. Son scanner désignait le mince haut-parleur monté sur le téléviseur à écran plat. D'après l'agitation de l'aiguille, il y avait quelque chose à l'intérieur. Sans lever le couvercle, Drago ne pouvait deviner s'il s'agissait d'une caméra ou d'un simple micro, mais il avait vérifié son appartement en arrivant tout à l'heure – et il n'y avait rien.

Donc, quelqu'un était passé au cours des dernières heures.

Qui était au courant de sa présence à Paris ? Comment l'ennemi avait-il pu entrer sans se faire repérer par le gérant de l'immeuble ? Installer des mouchards prenait du temps ! L'intrus avait dû arriver juste après leur départ, à Spencer et à lui. Bordel, de *qui* s'agissait-il ?

L'esprit tourbillonnant et les tripes nouées, Drago passa dans sa cuisine et brancha la cafetière. En même temps, il étudia subrepticement les lieux.

L'aiguille de son détecteur désigna le panneau électronique du four.

Les fumiers !

Drago découvrit d'autres mouchards dans les deux chambres. Abandonnant la suite de sa quête, puisque de toute évidence tout l'appartement avait été soigneusement compromis, il déclara d'une voix normale :

— Je suis crevé, Spence, je vais me coucher.

Spencer leva la taie d'oreiller qui contenait leur butin de ce soir.

— Tu ne veux pas regarder...

Drago s'empressa de lui couper la parole :

145

— … la télé? Non, il est trop tard. Et finalement, je n'ai pas faim. Le frigo est plein, alors si tu veux un encas, ne te gêne pas. Moi, j'ai trop sommeil.

Spencer fronça les sourcils. Cependant, il suivit le scénario.

— Euh… d'accord. Dors bien, alors.

— Je vais d'abord m'offrir une longue douche très chaude, déclara Drago avec lassitude. Nous sommes restés trop longtemps au gymnase, je suis à moitié mort. J'espère que la chaleur dissipera mes courbatures!

— Euh… j'espère aussi. Je vais faire comme toi et aller au lit.

Drago s'engagea dans le couloir, il dépassa sa chambre et entra dans celle de Spencer. D'un geste de la main, il indiqua à Spencer de le suivre. Il passa dans la salle de bain attenante et ouvrit à fond le robinet d'eau chaude de la douche. Il attendit un moment que la vapeur monte dans la pièce carrelée.

Ensuite seulement, il se tourna vers Spencer, qui l'avait suivi, tenant toujours à la main la taie d'oreiller remplie du matériel récupéré chez Khoury. Drago s'assit par terre, loin des miroirs, et chuchota :

— Il y a des mouchards partout dans l'appartement. Nous devons partir.

— Et nos sacs?

— Il va falloir les abandonner. Ils sont compromis.

Spencer hésita, puis il acquiesça sombrement.

— J'ignore s'il s'agit de micros ou de caméras, chuchota Drago. Nous allons devoir traverser la chambre en rampant et emprunter l'échelle incendie.

— Je n'ai pas envie de ramper, protesta Spencer. Pourquoi ne pas sortir par la fenêtre de la salle de bain et de là, rejoindre l'escalier de secours?

Drago réfléchit un instant.

— Casse-gueule, mais faisable.

Spencer hocha la tête.

— Attendons que les miroirs soient embués, ça devrait également troubler l'objectif de la caméra espion. Nous sortirons à ce moment-là.

Spencer passa le premier. Une fois sur le rebord de la fenêtre, il sauta souplement le mètre cinquante de vide qui le séparait de l'échelle incendie. Un vrai chimpanzé, pensa Drago.

Drago coupa l'eau avant de se hisser à son tour sur la corniche. Une fois arrivé là, il hésita. Il n'en avait jamais parlé à Spencer – et ce n'était certainement pas le moment d'aborder la question –, mais il était comme qui dirait sujet au vertige. Il prit une grande inspiration et se lança en avant. Son pied ripa sur le rebord étroit, coupant une bonne partie de son élan. Merde, il allait rater son saut et se casser la gueule ! Il ne serait pas joli à voir après une chute de cinq étages et un atterrissage sur le trottoir !

Une main solide le rattrapa par le poignet et manqua lui déboîter l'omoplate. Drago atterrit avec force sur l'échelle métallique, son torse subissant le plus gros de l'impact. De sa main libre, il s'accrocha aux barreaux. Ensuite, il passa la jambe sur la balustrade et se remit d'aplomb.

Putain ! C'était passé près ! Il avait le cœur qui battait le tam-tam et des étoiles devant les yeux.

— Tu sais, soupira Spencer, tu n'es pas obligé de faire le mariolc pour rendre ma vie plus excitante.

— Crois-moi, cette fois, je n'ai pas délibérément déconné.

Un peu calmé, Drago dévala l'escalier de secours.

En arrivant sur le trottoir, Spencer demanda :

— Et maintenant, on fait quoi ?

— On se planque !

XII

SPENCER REGARDA autour de lui. Ils étaient dans le sous-sol crasseux d'un vieil immeuble de bureaux situé dans l'un des pires bidonvilles de Paris, pas très loin de chez Khoury, en fait. Même la police évitait ce genre d'endroits ! Elle s'y faisait tout de suite repérer et très mal recevoir.

En ce moment, Spencer aurait donné cher pour avoir son équipe de Navy SEAL avec lui. Il mettrait des hommes en sentinelles, organiserait les rotations, enverrait des scouts surveiller la rue et placerait des tireurs d'élite de l'autre côté de la rue. Là au moins, il se sentirait en sécurité.

Mais il était seul avec Drago et ne pouvait compter que sur l'obscurité de cette cachette pour sauver leurs peaux.

Les murs de ciment étaient noirs de moisissure et de crasse et le sol en béton d'une humidité suspecte. Il y avait aussi un lit avec un matelas nu, une table, deux chaises en bois, un lavabo et des toilettes. Pas de fenêtre. Et pas de ventilation.

— Bon sang ! jura Spencer. J'ai vu des prisons mieux que ça.

Il s'assit sur le bord du lit et grimaça. Les ressorts étaient épiques.

— J'ai vu des chambres de torture mieux que ça, rétorqua Drago.

Spencer préféra changer de sujet :

— Bon, nous n'avons plus de matériel, plus d'armes, plus de renforts et plus de piste. Alors, on fait quoi ?

— Si, si, des pistes, nous en avons, contra Drago. Il faut juste les suivre.

Il désigna la taie d'oreiller posée sur la table, toujours remplie d'ordinateurs portables et de téléphones à carte prépayée.

Il ajouta ensuite :

— Et pour le matériel et les armes, on trouve tout ce qu'on veut à Paris, à condition d'y mettre le prix.

— Nous n'avons plus d'argent !

— Mais si, j'ai toujours des fonds à ma disposition.

Spencer haussa les sourcils.

— C'est une bonne nouvelle

— Nous allons attendre demain matin, à l'heure où les gares sont bondées, pour récupérer l'argent que j'ai caché dans un casier.

Spencer hocha la tête pour marquer son appréciation.

— Tu es prévoyant et tu as toujours un plan B en cas d'urgence. Tu serais un excellent opérateur, tu sais !

— Merci.

Drago se leva et avança vers l'interrupteur qui gérait l'ampoule nue pendue au plafond.

— Nous ferions mieux de dormir pendant que nous le pouvons, déclara-t-il. Prends le lit.

— Non, il est pour toi.

— Non, c'est toi qui t'es pris une branlée il y a quelques jours. Tu n'es pas encore totalement remis. Prends le lit.

Spencer soupira.

— Et si on le partageait ?

La main de Drago se figea sur l'interrupteur.

— Tu es sérieux ?

Spencer croisa le regard sombre et intense de Dray.

— Oui.

Gloups. La dernière chose qu'il vit avant que la pièce soit plongée dans la pénombre fut l'éclat qui fit flamboyer les yeux noirs.

Tout habillé, Spencer s'étendit sur le lit et roula sur lui-même, face au mur, pour laisser à Drago une place pour dormir. Le lit bougea et le matelas se creusa sous le poids de Drago. Raidi, Spencer lutta contre cette double attraction de la gravité… et du désir.

Le lit s'immobilisa.

Dans l'obscurité, Spencer demanda :

— À ton avis, qui a posé ces mouchards chez toi ? Qui connaissait l'existence de cet appartement ?

— La CIA. Personne d'autre n'était au courant.

— Qui à la CIA ? insista Spencer. Je doute que tout le monde ait accès au détail de tes investissements immobiliers.

— Ce n'est pas le cas, bien entendu, grinça Drago.

— C'est quelqu'un qui savait que tu comptais séjourner à Paris.

— Et ce quelqu'un a aussi dû nous surveiller, car il est entré dès que nous sommes sortis. Ces mouchards ont été posés pendant que nous étions occupés à fouiller l'appartement de Khoury.

— Crois-tu que nous ayons été suivis en allant chez lui ?

— Je commence à me poser des questions.

La voix de Drago était lourde, préoccupée.

— Qui nous aurait suivis ? insista Spencer. Et pourquoi ?

— Ce sont de bonnes questions.

— Peut-être ont-ils envoyé quelqu'un d'autre t'arrêter, suggéra Spencer.

— Ça n'explique pas comment cet agent a pu nous retrouver. Nous nous sommes débarrassés de nos traqueurs et de nos cartes SIM.

— Nous ont-ils suivis depuis Berlin ? Ou même Tel-Aviv ?

Le lit bougea, comme si Drago se retournait vers lui. Spencer frémit de la tête aux pieds, intensément conscient de la proximité de son ex.

— Si nous avons été suivis depuis l'Israël, déclara Dray, il est possible que la cible ait été toi, plutôt que moi.

Spencer rétorqua aussitôt :

— Les petits copains des deux malfrats que tu as défigurés avaient de quoi nous en vouloir, c'est vrai, mais je doute qu'ils soient assez puissants ou organisés pour venir jusqu'à Paris poser des mouchards chez toi. Nous tirer dans le dos serait davantage leur style.

— Ah ! J'adore la façon de raisonner des soldats ! C'est tellement néandertalien !

— N'importe quoi ! Je ne suis pas un homme des cavernes !

— Qu'est-ce que j'en sais ? Il y a des années que je n'ai pas eu droit au côté le plus primitif de ta nature. Si tu veux te foutre à poil et libérer tes instincts enfouis, j'aurai de meilleurs atouts pour en juger.

Nu. Avec Drago. Maintenant. Tout de suite. Dans le noir.

Rien qu'en y pensant, Spencer se sentait effectivement redevenir un homme des temps primitifs. À condition, bien sûr, que les Néandertaliens aient pensé en phrases courtes – sinon en mots – et en images lubriques.

Spencer eut un violent sursaut en sentant une main se poser sur lui.

— Hé, ça va ? murmura Drago. Mon intention n'était pas de te coller un infarctus.

— Je suis un peu tendu, reconnut Spencer. Il m'arrive assez rarement d'échapper à une explosion pour découvrir juste après que quelqu'un censé être de notre côté tient à me surveiller. En principe, nous devrions pouvoir faire confiance aux gentils.

— Ouvre les yeux, Spencer, nous ne sommes pas toujours les « gentils » de la scène mondiale.

Spencer soupira.

— Là n'est pas la question, tu sais très bien ce que je voulais dire. En mission, je compte toujours sur le soutien des autres soldats américains, même sur celui des autres agents. Le coup de poignard dans le dos, c'est une nouveauté pour moi, une nouveauté désagréable.

Drago soupira.

— Que tu es naïf! Bienvenue dans mon monde, Captain Joli-Cœur.

Spencer ne protesta pas en sentant la main de Drago glisser autour de sa taille. Dray dut considérer qu'il s'agissait d'une ouverture, car il pressa ensuite son corps le long du dos de Spencer.

Oh seigneur! Cette position! Ils étaient corps à corps, Drago et lui. C'était tellement bon! La respiration de Spencer accéléra d'un coup, sans qu'il puisse s'en empêcher.

Drago ne s'arrêta pas là. Sa main s'étala sur le ventre de Spencer avant de glisser plus bas, lentement, très lentement. Spencer se demanda si des abdos humains pouvaient se transformer en pierre, parce qu'il avait la nette sensation que c'était le cas des siens.

— Qu'est-ce que tu fais? haleta-t-il.

La main s'immobilisa.

— Il y a quelques années, je t'aurais répondu : je cherche à te séduire. J'aurais attrapé ta queue, je l'aurais caressée jusqu'à ce que tu exploses. Ensuite, j'aurais lubrifié ton cul pour y planter ma queue si profond que le goût de mon sperme serait remonté jusque dans ta gorge.

Oh, putain! Spencer entendait le bruit de son souffle, si fort, si rapide.

— Et maintenant, tu réponds quoi? bredouilla-t-il.

Drago se retira par étape : sa main d'abord, ensuite son bras, puis tout son corps. Quand le lit bougea sous son poids, Spencer devina que Dray lui tournait le dos.

Quand la réponse vint enfin, la voix de Drago résonnait bizarrement, comme s'il parlait en serrant les dents.

— Maintenant, j'ai mûri, je sais être patient quand le jeu en vaut la chandelle. Tu as toujours été timide pour exprimer ta sexualité. Sur ce plan-là, tu n'as pas changé. C'était toujours moi qui devais faire le premier pas. Et tu y tenais beaucoup, comme ça, tu ne te sentais pas tenu d'assumer la responsabilité de tes actes. Je t'ai baisé de multiples façons, mais je ne suis pas certain d'avoir jamais baisé *avec* toi. Tu t'accrochais à ton rôle de l'innocent débauché contre son gré.

— Ce n'est pas vrai!

151

— Si, c'était vrai il y a dix ans et ça l'est encore aujourd'hui. Sinon, tu m'aurais déjà sauté dessus. Ton seul geste spontané a été ce baiser que nous avons échangé à Berlin avant d'emprunter le tunnel à charbon. Et je suis certain que depuis, tu t'es voué aux gémonies chaque fois que tu y as repensé.

Spencer ouvrit la bouche pour le nier, puis il se reprit : Drago disait vrai – d'une certaine façon. Spencer s'en était beaucoup voulu d'avoir perdu le contrôle de ses émotions.

— Je vais être franc avec toi, Spence, enchaîna Drago. Je te veux. Je te voulais jadis. Je te veux toujours. À ma mort, je te voudrai encore. Mais ça me gonfle d'être le bouc émissaire à qui tu reproches tes épanchements. Nous sommes adultes tous les deux, tu es donc en âge d'assumer tes désirs. Si tu veux baiser avec moi, d'accord, je suis partant, mais c'est à toi de faire le premier pas. Ce sera un acte que tu auras décidé parce que tu en as envie, pas parce que tu cèdes à un vil séducteur.

Spencer roula sur lui-même et fixa l'obscurité, là où devait se trouver le dos de Drago.

— Waouh ! Quel ultimatum ! railla-t-il. Combien de temps as-tu mis pour préparer ton discours ?

— Tu es vexé, anxieux, effrayé, mais ça n'est pas une raison pour t'en prendre à moi. Tu es au-dessus de ces mesquineries.

Spencer se tut, ulcéré. Puis il s'interrogea : était-il possible que Dray ait raison ? Spencer refusait-il d'accepter ses désirs ? S'en prenait-il à Dray par peur plutôt que par colère ? Putain, le relationnel était sacrément compliqué !

— Ma vie était plus simple avant que je te rencontre, marmonna-t-il.

— De quelle rencontre parles-tu au juste ? Il y a dix ans ou aujourd'hui ?

— Les deux, répondit Spencer avec amertume.

Dans le noir, Drago eut un petit rire.

— Ne tire pas une tronche pareille ! Je suis l'homme qu'il te faut, c'est comme ça, je n'y peux rien. Crois-moi, j'ai souvent souhaité que ce ne soit pas le cas.

Spencer ne put se retenir d'exprimer son incrédulité.

— Tu es fou ? Où as-tu rêvé que tu étais l'homme qu'il me fallait ?

Drago Thorpe allait le rendre dingue.

— C'est évident, répondit calmement Drago. Et tu es aussi l'homme qu'il me faut. Nous nous ressemblons assez pour bien nous comprendre, tout en étant assez différents pour ne pas voir l'un dans l'autre nos pires défauts. Notre couple serait de la dynamite et tu le sais aussi bien que moi. C'est pourquoi tu as tellement peur.

Spencer était tellement choqué qu'il en bredouillait :

— Peur, moi ? Quelle connerie ! Un Navy SEAL n'a jamais peur !

— Menteur ! Tu es là, allongé à côté de moi, si pétrifié que tu n'oses pas me toucher, encore moins me baiser alors que tu en crèves d'envie.

L'enfoiré ! Enragé, Spencer jeta le bras en avant et harponna la taille de Drago, il attira le corps musclé contre le sien, glissa la main sous la ceinture du pantalon et referma les doigts sur une queue érigée. Oh, oui, Drago bandait, et Spencer n'en fut nullement surpris. Son sexe épais et dur palpitait de luxure. Drago bougea son bassin pour mieux s'enfoncer dans le poing serré de Spencer. En même temps, il pressait son cul ferme et tentant contre l'entrejambe de Spencer.

Quelques secondes plus tard, Drago se figea et persifla :

— Tu comptes m'allumer ou tu as des intentions sérieuses, Spence ?

— Ce que tu peux être pénible ! grommela Spencer.

— Pénible, peut-être, oui, mais je suis aussi franc et sincère avec toi. C'est pour ça que tu me fais confiance comme à personne d'autre.

Spencer se sentait au bord d'un précipice. Son corps était tétanisé, sa main toujours serrée sur l'érection de Drago, un bâton d'acier recouvert de velours. Et merde ! Une fois encore, Drago avait frappé juste : oui, Spencer lui faisait confiance. Totalement, aveuglément. Même quand il était exaspérant !

Drago était un espion, donc un menteur patenté, mais avec Spencer, il avait toujours été honnête. Et il avait toujours protégé ses arrières.

Drago donna un impatient coup de hanches. Son cul pressa contre Spencer et sa queue, si chaude, si avide, coulissa dans son poing.

— Tu me parais bien excité ! persifla Spencer.

— Non, mais je rêve ! répliqua Drago. C'est l'Hôpital qui se moque de la Charité.

— J'ai ta queue dans la main.

— Moi, j'ai la tienne qui tente de me perforer le cul à travers mon jean. Pourquoi ne pas céder à tes instincts, pour une fois ?

— Tu disais que tu ne bougerais plus avant que j'assume mes désirs.

— C'est vrai. Je me remets entre tes mains. Au sens littéral.

Une vague de chaleur traversa Spencer, si violente qu'il faillit jouir sans plus attendre. Drago Thorpe venait de lui donner tous pouvoirs sur lui ?

Spencer pouvait faire de ce corps parfait tout ce qu'il voulait ? Ce fantasme le hantait depuis si longtemps qu'il ne savait plus par où commencer.

Drago reprit :

— J'ignore à quoi tu penses, Spence, mais je devine que ton cerveau n'est pas loin du black-out. Qu'est-ce qui se passe ? Parle-moi.

— Je réfléchis aux implications de ce que tu viens de dire.

— N'en fais pas trop, mec. Je disais juste en avoir marre de tes errances psychologiques, de ton déni systématique. Si tu veux passer aux choses sérieuses, admets une bonne fois pour toutes que tu es gay et que je te fais bander.

— Je n'ai jamais nié mon homosexualité avec toi !

— Et vis-à-vis de toi-même, l'as-tu admise ?

Spencer lui renvoya ses paroles d'un ton lourdement ironique :

— *N'en fais pas trop, mec.* Même si je n'ai pas pour habitude d'accumuler les amants, je suis gay, je l'ai toujours été.

— Je ne comprends toujours pas comment tu as pu rester chaste pendant tout ce temps !

— Ça n'a pas été facile, reconnut Spencer. Ça a même été très dur.

Drago remua les fesses contre son entrejambe.

— D'après ce que je sens, tu as très envie de rattraper le temps perdu.

Spencer roula des yeux et resserra sa prise sur la queue de Drago jusqu'à l'entendre s'étrangler.

— Tu es sûr que tu es en position de faire le mariole ? menaça-t-il à son oreille. Je pourrais me montrer brutal.

— Mon chou, fais ce que tu veux. Dans tous les cas, ça me plaira.

Spencer trembla de la tête aux pieds tandis que son désir passait à la vitesse supérieure. Le sang qui battait dans ses veines l'assourdissait. Il voulait Drago. Il allait le prendre.

En ce moment précis, il se foutait de sa carrière.

Et de l'éthique déontologique.

Et de la raison.

Il bougea la main, alla jusqu'au gland, revint à la base.

— Si tu veux mon avis, grinça Drago, ce serait plus sage d'enlever mon pantalon. Je ne suis pas sûr de contrôler ma fusée.

Il avait la voix rauque et le souffle court.

Spencer jugea la suggestion sensée, aussi lâcha-t-il Drago pour détacher la boucle de sa ceinture et descendre sa fermeture éclair. Il fit ensuite descendre son pantalon et son boxer jusqu'à ses genoux. Drago souleva les hanches pour lui faciliter la tâche.

Quand Spencer se redressa, il apprécia le contact de la peau nue de Drago pressée contre lui. Il caressa les reins de Drago, une partie de son anatomie qui l'avait toujours fasciné : un cul dur, musclé, ferme, haut, serré, pommé… un cul parfait !

Ses doigts glissèrent jusqu'à la hanche, puis à l'entrejambe, où ils s'enfouirent dans le buisson de poils bouclés d'où jaillissait le sexe glorieux. Spencer chercha ensuite les bourses qu'il prit dans sa main. Elles étaient lourdes et pleines.

— Et tu oses te foutre de ma chasteté ? chuchota Spencer. Depuis combien de temps n'as-tu pas baisé pour être dans un tel état ?

— Un bail, reconnut Drago. Ça devient… inconfortable.

— Tu as changé la fin de ta phrase, nota Spencer.

— J'ai failli dire : ça devient urgent.

— Ça doit même être franchement douloureux. Je ne peux pas te laisser comme ça.

— Que le ciel en soit loué ! s'exclama Drago avec ferveur. Je suis ouvert à toutes les propositions.

D'un geste un peu timide, Spencer appuya légèrement derrière les bourses de Drago, cherchant sa prostate. Drago frissonna et un long gémissement lui échappa.

— Tu aimes ?

— Oui, je te l'ai déjà dit, tout ce que tu fais me plaît.

Spencer sentit sa queue durcir encore contre la braguette de son pantalon. Pour être plus à son aise, il descendit sa fermeture éclair et libéra son érection. Aussitôt, celle-ci pointa vers le cul de Drago.

Dray eut un petit rire.

— Coucou, on dirait que tu es content de me voir.

Spencer ne savait trop s'il devait rire ou être gêné de son excitation manifeste. En fait, quelle importance, puisque Drago ne semblait pas s'en soucier.

Spencer perdit toute capacité de penser quand Dray souleva la jambe pour mieux s'offrir. Le sexe de Spencer profita immédiatement de cette ouverture. Drago reforma les cuisses, emprisonnant l'érection dont le gland pressait intimement contre ses bourses.

C'était si chaud, si serré. Une fois encore, Spencer faillit jouir.

— Drago, j'ai envie de toi. Tu es d'accord ?

— Tu parles de m'enculer ?

— Euh… je crois. Oui.

— J'ai cru que tu n'arriverais jamais à le formuler !

Spencer regretta soudain l'obscurité totale dans laquelle il se trouvait. Il aurait aimé voir le visage de Drago et jauger sa sincérité. D'un autre côté, sa voix exprimait vraiment la sincérité.

— Tu es sérieux ?

— Mec, je te le répète, je suis partant pour tout ce que tu veux, je peux être actif ou passif, je peux te sucer où tu veux, user de ma bouche, de mes doigts, de ma queue, tout, je te dis ! Alors, qu'est-ce que tu choisis ?

Pour ponctuer sa question, il tortilla du cul contre Spencer, s'arrangeant par la même occasion pour coincer son érection entre ses cuisses. Bon sang, jamais Spencer ne s'était senti aussi proche de perdre tout contrôle sur sa libido !

— Euh, j'aimerais essayer de te prendre.

— Excellente idée !

Devant l'enthousiasme débridé que manifestait Drago, Spencer ne put retenir un rire nerveux dans le noir. Comment avait-il pu douter de la sincérité de son amant ?

— Nous n'avons pas de lubrifiant ! s'exclama-t-il ensuite.

— Mère Nature nous offre d'autres options. Si tu me branles quelques secondes, tu auras la main pleine de lubrifiant.

— Oh. C'est vrai. Excuse-moi, je n'ai pas trop l'habitude.

— Aucun problème, petit scarabée [22]. Je vais tout t'apprendre !

Spencer reprit le sexe de Drago dans la main et se mit à le caresser. Drago referma ses doigts sur les siens pour indiquer le rythme qu'il voulait.

— Comme ça.

Il allait plus fort, plus vite aussi. Puis il concentra leurs efforts joints sur son gland et bougea les hanches en cadence, ce qui malaxa la queue de Spencer, toujours coincée entre ses cuisses.

— Putain, putain, putain ! se mit à marmonner Drago.

Spencer savoura le pouvoir qu'il avait sur lui, ses râles erratiques, ses gémissements et ses jurons.

— Ça vient, ajouta Drago. Prépare-toi.

Spencer resserra les doigts dès que Drago se mit à jouir, tentant de récupérer autant que possible du geyser de sperme chaud. Il l'étala

---

22 Référence à la série américaine *Kung Fu*.

ensuite sur lui, frissonnant en sentant cette chaleur humide sur sa queue ultrasensible. Il gémit à haute voix.

— Baise-moi, Spencer! ordonna Drago. Maintenant.

Bien sûr. Les doigts poisseux, Spencer chercha à tâtons l'ouverture du corps de Drago. L'anus était brûlant, incroyablement serré. Quand Spencer y introduisit son index, Drago eut un violent sursaut. Spencer s'écarta aussitôt.

— Merde! Je t'ai fait mal?

— Non, débilus. J'adore. Continue. Tu es génial.

— Hein? Mais je n'ai encore rien fait.

— Justement, qu'est-ce que tu attends? Baise-moi!

— Hé, tu m'as dit de faire ce que je voulais, quand je voulais, alors ferme-la!

— D'accord, d'accord. Baise-moi... s'il te plaît.

Une fois encore, Spencer se mit à rire. Il bénit Drago de garder son sens de l'humour à un moment aussi fatidique. C'était agréable de pouvoir se détendre alors qu'il s'apprêtait pour la première fois à prendre un mec – et pas n'importe quel mec, mais Drago Thorpe!

Il se positionna et poussa un peu. Il rencontra une ferme résistance.

— Ça ne va pas marcher, annonça-t-il.

— Mais, si, crois-moi. Use encore de ton doigt pour ouvrir le passage... Oui... comme ça. Oh, putain!

Drago pressait le cul contre sa main. Rassuré, Spencer y alla plus hardiment, il sentit le muscle du sphincter se détendre un peu. Il put donc glisser un deuxième doigt. Drago gémit. Cette fois, Spencer ne s'en affola pas, en revanche, il remua les doigts. Drago gémit plus fort. Le son de son plaisir était enivrant.

Enlevant ses doigts, Spencer les remplaça par sa queue et appuya avec plus de confiance, son gland pénétra le cul de Dray.

Il se figea.

— Ça va?

— Laisse-moi une seconde, haleta Drago. J'avais oublié que tu étais monté comme un étalon.

Peu à peu, Spencer sentit le corps se détendre et accepter l'invasion.

— Vas-y, déclara Drago.

Spencer poussa, centimètre par centimètre.

— C'est toujours bon? s'inquiéta-t-il.

— Oh, oui, mec. Super bon et plus encore. Prends-moi, Spencer.

157

Spencer ne répondit pas, il n'avait plus de voix, le contact était si délicieux, si érotique, que ses globes oculaires exorbités semblaient prêts à jaillir de son crâne. Il ne s'arrêta plus avant d'être enfoui jusqu'à la garde, ses bourses pressées contre l'arrière des cuisses de Drago.

Et son amant contractait ses muscles internes autour de lui. Il avait une force inouïe. Spencer haleta de plaisir à être ainsi malaxé.

Il recula, puis s'enfonça encore. Et il recommença, d'avant en arrière. Très vite, il trouva son rythme. La friction était parfaite. Assez rapide pour lui faire perdre la tête, sans pour autant être brutale ou douloureuse. Pour guider ses coups de reins, Spencer se laissait bercer par les feulements de Drago.

— Oui, oui, grinça Drago. Plus fort.

Spencer obtempéra. Ce faisant, il s'enfonça aussi plus profond. Oh putain, c'était divin ! Enhardi par le plaisir manifeste de Dray, Spencer serra les fesses, donnant plus de puissance à ses coups de boutoir. Et Drago répondit en bougeant lui aussi, pour venir à sa rencontre. Il ouvrit les cuisses, s'offrant davantage.

— Tu es avide, grogna Spencer, j'aime ça !

— Moi aussi. Putain. Baise-moi.

Plus Drago haletait, plus Spencer abandonnait ce qui restait de son self-control et mieux il se sentait. Ça faisait si longtemps qu'il attendait. Il avait perdu tant d'années stériles dans le déni, la frustration et la misère. Pourquoi diable avait-il attendu si longtemps pour céder à sa nature ?

La réponse était évidente, bien sûr. Parce qu'il n'était pas avec Drago.

Il saisit son amant par les hanches, serra les doigts et continua à le pilonner. La sensation était fantastique. Spencer avait l'impression d'atteindre le cœur même de Drago. Ce cul était indescriptible, si chaud, si serré, parfait pour lui. C'était encore meilleur que ses innombrables fantasmes. Quand il repensait à ses pitoyables rencontres avec la Veuve Poignet, sous la douche ou dans son sac de couchage, il en avait des frissons de dégoût.

Drago bougea et referma la main sur sa queue, se branlant pendant que Spencer le prenait. Le son de ses gémissements changea, devenant plus aigu.

Sentir monter l'orgasme de Drago accéléra la course de celui de Spencer. Tout son être se concentra soudain sur son point de jonction avec Drago et sa jouissance explosa, un jet de sperme en fusion qui lui parut durer une éternité.

C'était si bon que Spencer pensa tourner de l'œil. Quand son extase se tarit enfin, il s'affaissa sur Drago, lessivé physiquement et émotionnellement. Sa chemise était trempée de sueur et l'odeur musquée du sexe emplissait ses narines.

Spencer posa le front sur la nuque de Drago.

— Nom de Dieu !

— Avoue quand même que la chasteté était une idée débile. Tu réalises ce que tu as manqué ?

— Ne m'en parle pas, gémit Spencer, trop anéanti pour en discuter.

— Ça t'a plu ?

— Oui. Et toi ?

— Pour un débutant, tu t'en es plutôt bien sorti. J'ai encore beaucoup à t'apprendre, mais je trouve tes débuts prometteurs.

Spencer releva la tête, choqué.

— Il y a plus ? laissa-t-il échapper, incrédule.

En guise de réponse, Drago se mit à rire. Le son vibra à travers Spencer comme la promesse de futures découvertes enivrantes. À sa profonde stupeur, il sentit sa queue manifester son intérêt à cette perspective. Déjà ? Après l'orgasme faramineux qu'il venait d'avoir ? Putain. Il avait manqué plus encore qu'il l'avait réalisé. Et son corps semblait impatient de rattraper le temps perdu.

Drago devina sans doute son émoi, car il continua à rire dans l'obscurité.

— Nous avons beaucoup d'autres expériences à découvrir ensemble, mais il faudra attendre. Pour le moment, nous ferions mieux de dormir un peu. Qui sait quand nous aurons une autre chance de le faire ?

Spencer se raidit. La réalité reprenait ses droits. L'appartement piégé. Le gaz. L'explosion. Les mouchards posés chez Drago. Ils étaient dans une cave, à se cacher. Ils n'avaient plus de matériel, plus d'équipement, plus d'armes. Ils étaient entourés d'ennemis et de menaces.

Mais Spencer avait Drago.

Ils étaient ensemble.

Enfin.

Son cerveau poussa un long et interminable soupir de soulagement à l'idée que la longue séparation était enfin terminée. Spencer ignorait ce que le lendemain leur apporterait, mais il savait sans l'ombre d'un doute que Drago et lui seraient ensemble pour l'affronter.

Et ça faisait toute la différence.

XIII

DRAGO RESTA éveillé dans les bras de Spencer longtemps après que la respiration de son amant indiqua que ce dernier s'était endormi. Le soulagement qui l'envahissait était si profond qu'il en devenait presque handicapant. Drago n'avait pas réalisé combien Spencer lui avait manqué avant de l'avoir à nouveau dans sa vie.

Comme ça. Dans son lit.

Tout à coup, la dernière décennie devenait une longue période d'attente qui menait à ce moment précis. À cet homme.

Et le mantra « je ne suis pas prêt pour une relation » devenait une vaste foutaise. Si Drago ne s'était pas intéressé aux hommes qu'il avait croisés ces dix dernières années, c'était juste parce qu'il ne voulait que Spencer. Il était immensément heureux que Spencer ait enfin dépassé son blocage émotionnel et agi en adulte pour avouer à haute et intelligible voix qu'il désirait Drago – ça leur avait fait beaucoup de bien à tous les deux. Spencer était trop longtemps resté coincé dans d'étranges limbes intermédiaires entre l'éveil pubertaire et le désir mature. Il était temps qu'il abatte cette barrière et vive pour de bon. En ayant une sexualité saine et authentique.

Si Drago était censé retourner aux États-Unis pour mettre de l'ordre dans sa vie, Spencer se trouvait dans le même cas, dans un autre domaine. Mais d'abord, ils devaient régler cette sombre histoire avec Jabril Hamza et la cellule terroriste dans laquelle Khoury était impliqué. Ensuite, Spencer et lui seraient à même de s'occuper de leurs affaires personnelles. Quelle qu'en soit la nature.

Et ils devraient décider comment les gérer au mieux. Drago ne se faisait pas d'illusions, concilier deux carrières exigeantes serait difficile. Même les plus basiques détails logistiques – comme l'endroit où vivre ensemble, quand se voir et surtout, à qui parler de leur relation – seraient probablement un cauchemar à organiser.

Mais que ça leur plaise ou non, ils formaient dorénavant un couple. Spencer pouvait continuer à le nier si ça lui chantait, Drago ne comptait pas le laisser oublier son orgasme explosif. Il vibrait encore au souvenir des cris d'extase et de la stupéfaction de son amant. Spencer était accro. Et à vrai dire, Drago aussi. Il avait adoré voir Spencer tester un rôle actif avec tant d'enthousiasme et de sincérité. Sa maladresse de néophyte avait été infiniment attendrissante.

En principe, Drago devrait se concentrer pour établir un plan d'action, maintenant que Spencer et lui étaient sous surveillance. Au lieu de ça, il restait allongé à rêvasser, le cul agréablement douloureux, blotti contre le corps musclé de Spencer, aussi heureux qu'un papillon dans son cocon.

Et c'était la raison pour laquelle Spencer avait si formellement refusé de renouer leur ancienne relation. Il ne se trompait pas, au fond, en affirmant que céder à leur mutuelle attirance serait pour chacun d'eux une terrible distraction. Peu importait à présent, le vin était tiré. Il ne leur restait plus qu'à trouver le moyen de travailler sérieusement en dépit de la passion qui brûlait la nuit autour d'eux.

Comment faire ?

Drago se réveilla avec la même question en tête et toujours aucune réponse à y apporter. D'après sa montre, il était presque sept heures du matin, heure française, mais la pièce sans fenêtre était dans le noir. Derrière lui, Spencer remua et Drago prit le temps de savourer la chaleur de ce corps collé contre le sien.

Puis Spencer soupira dans le noir.

— Nous devrions nous lever, hein ?

— Oui. Probablement.

Aucun d'eux ne bougea. Drago fut heureux de noter chez Spencer la même réticence que la sienne à rompre la trêve établie la nuit dernière.

— Par quoi va-t-on commencer aujourd'hui ?

— Je vais d'abord passer chercher de l'argent. Ensuite, il faudrait trouver quelqu'un capable de craquer le mot de passe des ordinateurs de Khoury. Cet après-midi, j'appellerai les États-Unis, histoire de voir si j'arrive à découvrir qui a mis mon appartement sur écoute.

— Peux-tu aussi nous obtenir des armes ? demanda Spencer. J'avoue que je me sens nu sinon.

— Bien sûr. Mais avant, il nous faut de l'argent.

Bien que très tenté de savourer d'autres ébats avec Spencer, Drago se retint. Cette fois, il veillerait à ne pas effrayer Spencer. La nuit dernière avait représenté un énorme pas en avant, quand Spencer avait enfin reconnu ses désirs et initié leur accouplement, pas question de tout gâcher ce matin en se montrant impatient. Drago repoussa donc son envie de se jeter sur Spencer et fit de son mieux pour calmer son érection matinale, reconnaissant à sa bonne étoile d'avoir choisi, la nuit passée, de porter un boxer serré en quittant son appartement.

Puisqu'ils n'avaient pas l'option de se changer ou de se nourrir, ils ne mirent pas longtemps à se lever et à se préparer. Ils quittèrent leur cachette et, une demi-heure plus tard, ils sortaient du métro à la Gare du Nord, noyés dans la foule matinale des usagers. Deux cents mètres en arrière, Spencer surveillait le périmètre tandis que Drago approchait d'un casier, composait rapidement la combinaison et récupérait à l'intérieur un sac à dos. Il le jeta sur son épaule et retourna vers la bouche de métro. Sachant que Spencer lui emboîterait le pas, il ne commit pas l'erreur stupide de vérifier en se retournant.

Une fois dans le wagon, Drago risqua un coup d'œil autour de lui. En ne voyant pas Spencer, il eut une brève inquiétude, puis se reprit. Spencer était un homme d'expérience. Il saurait quoi faire.

Drago traversa la voiture pour regarder dans celle qui suivait. Cette fois, il vit Spencer, occupé à feuilleter un journal. Lisait-il le français ?

Drago se permit un moment d'admirer son amant, puis il sourit en notant que plusieurs passagères minaudaient pour attirer l'attention du bel Américain. Pour sa part, Spencer semblait ne rien remarquer. Ce qui ne faisait sans doute qu'attiser l'intérêt de ses admiratrices. Drago avait souvent remarqué que la plupart des femmes se méfiaient d'instinct des hommes agissant en prédateurs. *Désolé, mesdames. Spencer Newman a d'autres goûts.* Il fut soudain très fier que Spencer l'ait choisi, alors qu'il aurait pu avoir qui il voulait, homme ou femme, il avait élu Drago.

Au même moment, Spencer leva la tête et leurs regards se croisèrent à travers la vitre, une communication silencieuse passa entre eux, chaleureuse et intime. Spencer esquissa un sourire avant de replonger dans sa lecture.

Ils restèrent à leurs places respectives pendant que le métro traversait Paris jusqu'à un quartier algérien, un peu moins minable que celui où ils avaient passé la nuit, mais à peine.

Alors qu'ils arpentaient une rue crasseuse bordée de petits magasins sombres, Spencer demanda à mi-voix :

— Pourquoi ici ? Les Blancs se fondent mal, sinon très mal, dans la population locale.

— Est-ce le genre d'endroit où tu chercherais des gens comme nous ?

— Pas du tout, concéda Spencer. Je vois ce que tu veux dire.

— Exactement, répondit Drago.

— Où allons-nous ?

— Je cherche un magasin d'informatique, de ceux qui réparent les vieux ordis et les revendent d'occasion.

— Ah.

Drago tendit le bras.

— Un magasin comme celui-là!

Il traversa la rue et entra dans une petite pièce encombrée de bric-à-brac. Le magasin ne faisait que trois ou quatre mètres de large, mais il était assez profond et plein à craquer du sol au plafond de vieux ordinateurs, de moniteurs, d'imprimantes, de câbles et autres accessoires technologiques datant des deux dernières décennies, sinon davantage. Un vrai foutoir!

— Puis-je vous aider?

Le vendeur, d'origine arabe, était un homme maigre d'âge moyen et coiffé d'un bonnet blanc.

— Je l'espère, répondit poliment Drago. Nous avons ces deux ordinateurs portables, mais ils sont protégés. Nous n'arrivons pas à les ouvrir. Pourriez-vous le faire pour nous?

— Les avez-vous volés? demanda l'homme, méfiant.

— Non, le précédent propriétaire est décédé. Nous avons trouvé ces ordinateurs chez lui.

Le vendeur l'étudia pendant un moment avant de hocher la tête.

— Tu ne mens pas, dit-il en arabe.

Il avait raison, bien sûr. Après tout, Fayez Khoury était mort. Spencer remit l'ordinateur qu'il portait, Drago fit de même.

— Je suis désolé, commença le vendeur, je ne peux rien…

Drago l'interrompit en sortant une grosse liasse d'euros.

— Vous croyez?

L'homme hésita. Drago enchaîna:

— Si vous refusez de nous aider, j'irai voir quelqu'un d'autre. Je finirai par trouver, on trouve toujours à Paris quand on y met le prix.

Que le vendeur ait été convaincu par ses euros ou ses paroles, Drago n'aurait su le dire – et il s'en fichait.

L'homme hocha vivement la tête.

— Très bien, mais rien de ce que vous trouverez dans ces machines ne sera de ma responsabilité.

— Bien entendu. D'ailleurs, mon ami et moi ne vous connaissons pas, nous ne sommes jamais venus chez vous.

D'un geste instinctif, le vendeur leva les yeux et Drago suivit son regard. Merde. Une petite caméra de surveillance était cachée sur l'étagère du haut. D'un côté, vu que la transaction n'était pas entièrement légale, le vendeur aurait du mal à faire chanter ses clients. Et quel intérêt aurait-il à les dénoncer aux autorités?

En guise d'assurance, Drago sortit de son portefeuille une carte de visite avec un numéro de téléphone.

— Si vous avez un problème un jour, déclara-t-il calmement, contactez-moi à ce numéro. Quand on m'a rendu service, je ne l'oublie jamais.

Il nota un changement dans le regard sagace posé sur lui. Le vendeur venait de comprendre que Spencer et lui n'étaient pas de simples petits voleurs.

L'homme tenta d'allumer les ordinateurs, en vain. Il fouilla dans un tiroir, en sortit des câbles et les connecta à la prise électrique.

— Les batteries sont à plat, annonça-t-il. Je vais devoir les charger.

Dès que la barre de charge progressa sur le premier ordinateur, il démarra et son écran s'éclaira.

— C'est un simple mot de passe crypté, annonça le vendeur. Je devrais réussir à l'ouvrir assez vite.

Il brancha à l'ordinateur un appareil de la taille d'une miche de pain et tapa rapidement sur le clavier.

Le deuxième portable émit un « *bip* » et démarra à son tour. Le vendeur fronça les sourcils.

— Ah. Celui-ci sera plus délicat. C'est un protocole de cryptage numérique, mais je connais le moyen de le contourner.

Cette fois, l'appareil qu'il brancha était de la taille d'une paume. Des petites lampes rouges se mirent à clignoter rapidement, donnant un éclairage étrange au visage buriné penché sur le clavier.

— Ça risque de prendre un certain temps, annonça-t-il.

— Combien de temps ? insista Spencer.

Le vendeur haussa les épaules.

— Quelques minutes ou quelques heures. Au pire, une semaine.

— Nous n'avons pas une semaine, dit sèchement Drago.

— Pourquoi êtes-vous si pressé ? voulut savoir le vendeur.

Ce fut Spencer qui répondit :

— Des amis comptent sur nous ce soir pour un jeu en ligne.

Il donna le nom d'un jeu de tir au fusil très à la mode. Drago le détestait, considérant que c'était une version totalement fausse d'un vrai combat. Il était certain que Spencer pensait sûrement la même chose.

Si l'informaticien n'exprima pas son scepticisme à voix haute, ses yeux sombres étaient éloquents. Pourtant, il n'insista pas pour obtenir plus d'informations. Drago en fut soulagé.

— Votre premier ordinateur est accessible. Voulez-vous supprimer définitivement le mot de passe ?

— Oui, s'il vous plaît.

Le vendeur cliqueta sur le clavier, puis se retourna :

— Voilà, c'est fait. Cet ordinateur est en arabe. Voulez-vous que je traduise ?

— Non, merci, murmura Drago.

À cette réponse inattendue, le vendeur leva les sourcils, mais il ne fit aucun commentaire. Drago se pencha sur l'écran et regarda le contenu du disque dur. Du coin de l'œil, il vit Spencer se tourner pour faire face à la porte, son attitude devenant défensive. Le vendeur le remarqua également et hocha imperceptiblement la tête.

Drago ne vit rien d'inquiétant dans la liste des fichiers. Il ouvrit le logiciel de messagerie et parcourut rapidement les mails de Khoury, essentiellement de la publicité et des spams, les mails personnels étant rares. Encore une fois, rien ne lui parut suspect. Soit Khoury n'avait pas beaucoup amis, soit il ne communiquait pas avec eux sur ce portable.

L'autre ordinateur étant mieux protégé, sans doute était-il celui qui contenait les dossiers intéressants.

— Ça avance ? demanda Drago en désignant le deuxième ordinateur. Combien de temps va-t-il encore vous falloir ?

Le vendeur haussa les épaules avec fatalisme, indiquant par ce geste qu'il n'en savait rien.

— Voulez-vous une tasse de thé en attendant ? proposa-t-il.

Connaissant les coutumes arabes, Drago répondit poliment :

— Oui, volontiers.

L'homme se leva et disparut par une porte au fond du magasin.

— Tu lui fais confiance ? souffla Spencer.

— Chéri, je ne fais confiance à personne, sauf à toi.

Devant le sourire de Spencer, Drago sentit son estomac avoir une étrange crispation. Putain, il était méchamment accro !

Spencer regardait l'arrière-boutique, les sourcils froncés.

— Et s'il était en train d'appeler les flics ?

— Non, pas alors qu'il craque ces ordis pour nous.

— Et s'il était un indic du Renseignement français ?

— C'est possible, mais nous n'avons rien fait qui nous mette sur leur radar. Et s'ils tombent sur nous via un logiciel de reconnaissance faciale, nous serons considérés comme des agents gouvernementaux américains tout à fait honorables.

— À moins qu'ils nous lient à l'explosion de la nuit dernière.

— Les autorités françaises considéreront qu'il s'agit d'une fuite de gaz et refermeront bientôt le dossier. Personne ne lancera une enquête approfondie pour l'incendie d'un vieil immeuble délabré squatté par des toxicos. Je te rappelle aussi que nous avons été les premiers à aller fouiner chez Khoury, donc, le Renseignement français ne l'avait pas dans son collimateur.

Le vendeur revint avec un vieux plateau garni d'une théière ébréchée et de trois tasses dépareillées. Le thé à la menthe qu'il leur servit, fort et sombre, était absolument délicieux. Drago sirotait sa deuxième tasse quand il entendit un « *bip* » derrière lui. Spencer et lui se retournèrent avec la même rapidité.

— Le deuxième ordinateur portable est prêt.

— Si vous pouviez supprimer le cryptage, ce serait fantastique, murmura Drago.

L'homme hocha la tête et se mit au travail. Cette fois, il dut entrer dans le système d'exploitation et mit bien plus longtemps avant de se redresser avec un hochement de tête.

— Ce n'est plus protégé à présent.

Satisfait, Drago lui remit une grosse somme d'argent – de quoi payer son loyer pendant quelques mois. Les yeux brillants, l'homme lui tendit une carte de visite.

— Si vous avez encore besoin de moi, repassez me voir.

— En effet, je le ferai. Au plaisir. Au fait, avant de partir, je voudrais vous acheter des câbles électriques et une sacoche d'ordinateur.

— Bien sûr.

Drago opta pour un banal sac en vinyle – il ne tenait pas à attirer l'attention. Spencer y fourra les ordinateurs portables et ils quittèrent le magasin pour retourner dans leur cachette de la nuit passée.

En chemin, ils achetèrent des provisions et de l'eau en bouteille, celle qui coulait du robinet rouillé de leur cave ne les inspirant pas.

Après avoir pris un chemin détourné pour s'assurer ne pas être suivis, ils se glissèrent dans leur immeuble et dans la pièce derrière le local à chaudière.

Aussi impatients l'un que l'autre d'explorer leurs trouvailles, ils tirèrent la table jusqu'au lit et s'assirent côte à côte devant le deuxième ordinateur de Khoury.

Très vite, Spencer se mit à jurer entre ses dents et Drago fit la même chose. L'ordinateur était bourré de plans d'architecte, de coordonnées bancaires, de modes d'emploi d'engins explosifs et de projets d'attaque soigneusement détaillés, catalogués et étiquetés.

— Merde ! s'exclama Spencer. Si tu apportes des informations pareilles, la CIA te pardonnera n'importe quoi !

Drago ricana.

— J'en doute fort. Ils ont la rancune tenace.

— Dans ce cas, pourquoi t'obstines-tu à travailler pour eux ?

— Je suis bon à ce que je fais et j'aime l'idée de servir mon pays.

— Il y a d'autres façons de le faire.

Drago haussa les épaules.

— Oui, mais qui d'autre que la CIA engagerait un espion, aussi compétent soit-il ? L'Armée, et tu sais comme moi que j'aurais du mal à me conformer aux rigidités militaires.

Spencer éclata de rire.

— J'aimerais te voir essayer ! Je ne sais pas qui exploserait en premier, toi ou eux.

— Eux. Je deviendrais fou en deux minutes chrono. Je déteste recevoir des ordres.

Spencer esquissa un sourire égrillard.

— Ça ne te dérangeait pas la dernière nuit.

Drago roula des yeux.

— Tout ce que nous avons fait provenait d'un accord mutuel, et entre nous, ça sera toujours le cas. Je suis peut-être un bulldozer, mais c'est plus dans ma nature qu'un acte délibéré, alors, si un jour tu trouves que j'abuse, ou que tu n'as pas envie d'un truc, n'hésite pas à me le dire.

— D'accord.

— Promis ?

— Oui, Drago, promis. Et promets-moi la même chose.

— Oui, bien sûr.

Lorsqu'ils se turent, l'ambiance se chargea de tension sexuelle.

— Avons-nous besoin d'un mot de sécurité ? chuchota Spencer.

— Pourquoi pas ?

SPENCER NOTA que les paupières de Drago s'alourdissaient, ce qui lui donna un air d'une sensualité torride. Son souffle accéléra à l'idée que Dray et lui avaient sans doute en tête les mêmes images.

Il cessa de respirer quand Drago s'approcha et glissa la main sous la ceinture de son pantalon, plongeant dans son caleçon pour saisir sa queue.

Les doigts de Drago le serraient si fort que Spencer faillit gémir. Un tel plaisir l'envahit qu'il ferma les yeux. Oh putain, oui !

— Qu'allons-nous faire de tout ça ? demanda Dray.

Il se mit à branler Spencer, de haut en bas. Du pouce, il titilla le gland, cherchant l'humidité qui gouttait déjà du méat.

Quand Spencer donna un violent coup de hanches, Drago éclata de rire.

— Mec, tu passes de zéro à deux cents en cinq secondes chrono. Comment diable as-tu survécu à toutes ces années de privation ?

— Justement, haleta Spencer, j'ai beaucoup de temps à rattraper.

— Tu as un problème, Spence, tu es un maniaque du contrôle. Tu vas devoir apprendre à te détendre.

— Et tu te sens capable de me l'apprendre ?

Peut-être n'aurait-il pas dû lancer un tel défi à un tel moment. Les yeux de Drago foncèrent et son expression devint franchement machiavélique.

— Oui, si tu es consentant…

Après une pause délibérée, Drago susurra :

— Je vais peut-être devoir te forcer à la soumission.

Gloups. Effondré, Spencer sentit son érection se cabrer dans le poing de Drago comme un *bronco* sauvage. Bien sûr, Drago le sentit, car son sourire s'élargit encore. Il savait que dans son état, Spencer était incapable de dire non – quelle que soit la proposition.

Quel enfoiré, ce Dray !

— Que veux-tu que je fasse, Spencer ? Que je te suce, peut-être ? Si tu veux, tu pourrais aussi le faire. Je n'ai pas oublié combien tu aimais me tailler une pipe autrefois, combien tu adorais que je pilonne ta gorge jusqu'à ce que tu t'étouffes, ou que je me vide dans ta bouche, si douce, si vierge.

Il bougea la main en deux va-et-vient rapides.

Cette fois, Spencer gémit sans se soucier de retenir sa voix.

Alors, Drago se pencha et le mordit dans le cou, juste assez fort pour que sa queue tressaute.

— T'ai-je déjà dit que j'aimais jouer avec toi ? Ce soir, c'est à mon tour de te baiser. L'acceptes-tu, Spencer ? Vas-tu te donner à moi comme au bon vieux temps… quand tu me laissais libre de te faire tout ce que je voulais ?

— D'accord. Euh… Oui.

— Oui quoi ? chuchota Drago à son oreille.

Il pointa sa langue dans cette même oreille et ajouta :

— Dis-le, dis-moi que tu veux que je te baise, les lumières éteintes, tout de suite. Je ne veux pas qu'il y ait plus tard un doute sur le fait que tu étais consentant.

Derrière les paupières de Spencer, le désir explosa dans un miroitement de lumières scintillantes qui l'aveugla à tout ce qui n'était pas son amant. Il avait passé dix longues années solitaires à fantasmer sur ses retrouvailles avec Drago et voilà qu'il vivait enfin ses rêves les plus fous.

— Suce-moi, Dray, déclara-t-il la gorge serrée.

Il s'éclaircit la voix pour ajouter plus clairement :

— Prends-moi, baise-moi, fais de moi tout ce que tu veux.

— Avec plaisir ! s'exclama Dray avec ferveur.

Il quitta le lit d'un bond et écarta la table, puis il se pencha sur Spencer, défit la ceinture de son pantalon et descendit sa fermeture éclair. Spencer souleva les hanches avec obligeance pour permettre à Dray de le déshabiller.

Une fois libérée, son érection se dressa entre eux comme un piquet de tente, en teintes roses et ivoires, avec un gland écarlate déjà humide d'excitation. Spencer regarda Drago tomber à genoux et sa bouche savante se refermer sur lui. La succion fut forte, presque douloureuse. Surpris, Spencer se cambra et décolla du matelas avec un petit cri.

— Tu vas chanter pour moi, Spence, susurra Drago. Avant que j'en aie fini avec toi, tu vas me supplier, tu vas crier, tu vas pleurer.

Un frisson parcourut la colonne vertébrale de Spencer. Il savait que Drago n'était pas du genre à faire de vaines promesses… ou de vaines menaces. Donc, il était sérieux.

Drago reprit en bouche le pénis de Spencer, ses dents ratissant la peau sensible. Quand Spencer grimaça, Drago le lécha et le suçota, lui arrachant des gémissements de plaisir. Encore et encore, Drago alterna ses caresses et attouchements entre douleur et jouissance, et la queue de Spencer devint si électrisée que même le souffle chaud suffisait à le faire trembler.

Puis Drago se leva en disant :

— Ne bouge pas. Je reviens.

Spencer s'affala sur le lit, appuyé contre le béton froid du mur, nu à partir de la taille, le sexe douloureusement érigé, palpitant d'anticipation à la perspective de ce qui allait suivre.

Spencer entendit Drago ouvrir et fouiller dans les sacs en plastique qui contenaient leurs achats à l'épicerie. Que voulait-il en faire ? se demanda Spencer sans comprendre.

Drago revint les mains pleines.

— Tu me donnes carte blanche ? s'enquit-il.

— Euh… je ne sais pas, répondit Spencer, plus anxieux qu'il ne s'y attendait.

— Dans ce cas, choisis un mot de sécurité, ordonna Drago.

— Je vais en avoir besoin ? s'inquiéta Spencer.

— Peut-être.

— Euh, d'accord. Alors… Mandolib.

— D'accord. Tu es à moi, Spencer. Tu vas te soumettre à tout ce que je vais te demander, sinon, je te menotte. Compris ?

Un spasme de plaisir anticipé contacta violemment les bourses de Spencer à l'idée de se trouver à la merci de Drago. Incapable de parler, il acquiesça.

Drago ne s'en satisfit pas.

— Parle ! ordonna-t-il.

— Oui.

— Oui, *Monsieur*, insista Drago. C'est la formule consacrée pour un soumis envers son dominant. Je t'écoute !

— Oui, Monsieur.

Les yeux de Drago étaient totalement noirs, les pupilles dilatées à leur maximum, mangeant presque l'iris sombre. Jamais Spencer ne lui avait vu un regard aussi intense. Drago brandit alors une sorte d'anneau en caoutchouc qu'il enroula autour du sexe de Spencer. C'était serré. Pas douloureux, mais Spencer sut que ça deviendrait vite… inconfortable.

— Ça va limiter le flux sanguin arrivant dans ta queue, expliqua Drago, ce qui ralentira par la même occasion ton orgasme. D'ailleurs, je t'interdis de jouir sans mon autorisation formelle, compris ?

Oh putain !

— Mmm.

— Je t'ai déjà donné la formule à employer.

— Oui, Monsieur, haleta Spencer, dompté.

Il n'avait jamais été aussi excité de toute sa vie. En même temps, il ne s'était jamais senti aussi vulnérable, aussi totalement à la merci d'un autre.

Drago se pencha et donna à sa queue un coup de langue. Spencer découvrit alors que l'anneau pénien était une vraie torture. Il avait envie de jouir, mais l'anneau l'en empêchait. Spencer gémit, moitié de plaisir moitié de frustration.

Drago regarda avec intérêt ses contorsions.

— Parfait, annonça-t-il. Maintenant, finis de te déshabiller.

Spencer hésita, tenté de se rebeller pour tester Drago.

Drago le devina.

— N'y pense même pas, avertit-il.

Spencer réprima une moue : Dray le connaissait trop bien. Il se pencha en avant, gêné par sa monstrueuse érection, et fit passer son polo par-dessus sa tête.

— Lève-toi.

Spencer obéit.

Drago l'empoigna par la queue et le mena jusqu'à la table.

— Penche-toi.

La table était vieille, mais solide. Elle supporta sans peine son poids. Spencer posa son ventre sur le bois lisse et frais, le visage sur le côté. Étrangement, la table sentait la cire au citron. Spencer sut qu'à tout jamais, cette odeur ménagère lui rappellerait cet instant torride dans une cave parisienne.

D'instinct, il contracta et relâcha ses muscles rectaux, intensément conscient de la vulnérabilité de sa position.

D'une main douce, Drago caressa les reins exposés.

— Putain ! Que ce cul m'a manqué ! J'ai dix ans à rattraper ce soir !

Quand une claque amicale tomba sur une de ses fesses, Spencer sursauta violemment. Il gémit aussi.

— Oh, oh ! s'exclama Drago. On dirait que ça t'a plu.

Spencer ne savait plus où il en était.

— Oui. Non. Oui.

Drago se pencha sur lui, sans le toucher, mais assez près pour que sa chaleur corporelle l'enveloppe.

— Je savais bien qu'au fond, tu serais partant pour de la baise tordue, chuchota-t-il à son oreille. Un jour ou l'autre, je te tannerai le cul, mais pas aujourd'hui. J'ai d'autres projets pour toi.

Il passa la main entre les cuisses de Spencer et vérifia la position de l'anneau pénien. Juste après, Spencer sentit un liquide froid et visqueux couler sur son cul. De l'huile…

Drago la répandit et massa de façon délicieuse ses muscles fessiers, approchant de l'anus palpitant sans y plonger. C'était frustrant, affolant, dément. Spencer se tortilla, puis s'arrêta net quand une forte claque le rappela à l'ordre. Un long frisson courut dans son dos.

— Écarte davantage les jambes, ordonna Drago.

171

Spencer obéit.

— Que choisis-tu ? demanda Drago. Veux-tu que je t'attache les chevilles aux pieds de la table ou te sens-tu capable de ne pas bouger, quoi que je te fasse ?

À sa grande surprise, Spencer découvrit que l'idée d'être attaché le tentait. Il décida cependant de réserver cette expérience pour une prochaine fois.

— Je ne bougerai pas, souffla-t-il.

— Bien. Accroche-toi des deux mains aux bords de la table. Une fois encore, tu ne dois pas lâcher, sinon, je t'attache.

— Je ne lâcherai pas.

— D'accord.

Spencer entendit Drago bouger derrière lui, mais sans voir ce qui se passait. Au moindre son, tout son corps se tendait d'anticipation. *Bon sang, Dray. Vas-y.*

— Je vais te bander les yeux, Spence. Aujourd'hui, je veux t'apprendre à t'abandonner complètement. Tu vas devoir t'en remettre à moi corps et âme. Tu es toujours partant, ou tu préfères renoncer ?

Spencer se raidit, un début de panique sonnant l'alarme dans son cerveau. Puis il chercha à se rassurer : il était avec Drago Thorpe. Dray. Son Dray. Drago lui proposait d'explorer plus à fond sa sexualité. Spencer le voulait, il pouvait le faire.

Pour Drago, il pouvait tout faire.

— Je suis partant, haleta-t-il. Continue.

Choqué au-delà des mots, il découvrit vite qu'un simple morceau de tissu posé sur ses yeux modifiait totalement son sens de contrôle. Soudain, Drago était à cent pour cent aux commandes, tandis que lui était dans les choux, sans idée de ce qui allait lui arriver ensuite, où et quand. C'était à la fois exaltant et terrifiant.

Il se répéta encore que c'était Drago. Et qu'il avait un mot de sécurité.

Un doigt épais toucha son anus. De surprise, Spencer faillit tomber de la table, mais à la dernière seconde, il se souvint qu'il était censé ne pas bouger. Le doigt huilé força les muscles de son sphincter, attendit que Spencer se détende, puis alla plus loin. Spencer en était encore à s'habituer à cette invasion.

— Ça fait longtemps, n'est-ce pas ? murmura Drago. Tu es aussi serré que la première fois. Tu te souviens ? Il m'a fallu près d'une heure pour te pénétrer. Vas-tu mettre aussi longtemps à m'accepter, Spencer ? Ou dois-je te prendre sans attendre que tu sois prêt ou pas ?

Concentré sur le doigt planté en lui, Spencer gémit. La sensation d'envahissement était très agréable. D'autant plus que Drago bougea son doigt, cherchant – et trouvant – sa prostate. Spencer faillit crier, puis l'anneau pénien se rappela à son attention et son orgasme dut reculer.

Drago insinua un deuxième doigt. C'était un peu douloureux.

— Lâche la table, ordonna Drago. Attrape ton cul à deux mains et ouvre-le pour moi. Je veux te voir tout entier.

Spencer obtempéra, bien que très conscient d'être totalement exposé. Quand il sentit un souffle chaud sur son anus, il frémit de la tête aux pieds. Une langue mouillée et râpeuse le pénétra, en plus des doigts qui ne l'avaient pas lâché. Son érection frotta fort le bord de la table, cherchant désespérément la libération.

Le bruit sourd fit rire Drago.

— Pas encore. Si tu es sage, je te laisserai jouir, mais je veux d'abord profiter de toi.

Spencer ne put retenir un gémissement.

— Prends-moi, Dray. Baise-moi. Tout de suite. Je n'en peux plus !

— Que tu es impatient !

De sa main libre, Drago le caressa langoureusement, geste qui lui arracha presque des larmes.

— S'il te plaît, supplia-t-il. Baise-moi !

— Dis-moi comment tu veux que je le fasse.

— Fort, profond. Je veux te sentir jusque dans ma gorge.

— Ah, Spence ! Tu sais vraiment comment me parler !

Spencer entendit le bruit d'une fermeture éclair, puis la déchirure d'un étui de préservatif. Drago versa sur lui du lubrifiant et le fit pénétrer en profondeur. Spencer se raidit quand il sentit Drago derrière lui, son gland épais cherchant son anus.

— Prépare-toi, annonça Drago, le souffle court.

Spencer agrippa le bord de la table et serra si fort que ses jointures blanchirent.

— Je vais tenter d'aller doucement, haleta Drago, mais je ne peux pas te promettre… que ce sera totalement sans douleur.

Il ne forçait pas l'entrée pour le moment. Spencer lui en fut reconnaissant, car ses muscles internes résistaient à l'invasion.

— Tu es trop serré, haleta Drago. Ouvre-toi pour moi. Détends-toi, Spencer. Donne-toi à moi.

Spencer essaya, mais sans réussir. Il était aussi raide qu'un morceau de bois.

Sans avertissement, Drago lui claqua le cul de sa paume ouverte. La douleur se propagea, choquante, brûlante, mais le rectum de Spencer s'ouvrit d'un coup et Drago en profita pour le pénétrer.

— Ouille, ouille, ouille ! cria Spencer.

Pourquoi criait-il ? La douleur n'avait rien d'insupportable, c'était juste que la sensation était trop intense et ses terminaisons nerveuses étaient passées en overdrive.

Drago ne bougeait plus.

— Relaxe-toi. Respire. C'est mieux. Oui, c'est même très bien. Tu commences à t'ouvrir, à m'accepter.

Spencer découvrit que se concentrer sur la voix de Drago l'aidait. Effectivement, ses muscles se détendaient. Drago s'enfonça davantage.

— Ça va toujours ?

— Mmm, mmm.

Centimètre par centimètre, Drago le pénétra jusqu'à la garde. Sidéré d'avoir accepté en lui un mandrin pareil, Spencer s'émerveilla d'être encore vivant. En fait, il ne souffrait même pas.

— C'est bon, ahana-t-il.

— Alors, accroche-toi, parce que ça fait dix ans que je rêve de te baiser.

Drago le prit comme Spencer le lui avait demandé : fort, profond. Il martela son corps et atteignit son âme. En plus, il avait l'endurance d'un étalon. Spencer devenait fou : il avait envie de jouir et ce foutu anneau pénien l'en empêchait.

Drago se mit à rythmer ses coups de boutoirs de grognements, leur accouplement devint plus primitif encore et Spencer perdit toute capacité à former des pensées ou des mots. Il entendait les claquements de chair heurtant la chair, des grondements, des gémissements, des ahanements, la pièce sentait la sueur, le musc et le lubrifiant, le monde tourbillonnait autour d'eux.

Enfin, Drago le prit par les hanches et jouit avec un rugissement rauque. Spencer s'écrasa contre la table, à la limite de sa résistance.

Quelque part, il entendit sa voix qui répétait en boucle :

— S'il te plaît, s'il te plaît, s'il te plaît…

Drago s'effondra sur lui, lourd et moite, la respiration sifflante, le sexe toujours planté au plus profond. Passant autour de sa taille, Drago le débarrassa de son anneau pénien, puis il se redressa et se remit à le baiser. Spencer poussa un cri étranglé.

— Tu ne pensais quand même pas que j'avais fini ? marmonna Drago. Tu rêves ! Comme je te l'ai déjà dit, j'ai dix ans à rattraper.

Tout recommença, Spencer accepta le pilonnage de son amant et s'en délecta. Cette fois, Drago prenait son temps, il caressait Spencer et ses coups de reins étaient plus langoureux. Il joua aussi avec les bourses de Spencer, les serrant juste assez pour le faire haleter de plaisir.

Drago empoigna enfin son érection, le branlant au rythme de sa possession. En trois secondes, Spencer trouva la jouissance qu'il attendait tant. Si longtemps retardée, elle fut épique.

Tout son corps convulsa et ses jambes lâchèrent sous lui, un plaisir inimaginable le balaya comme un tsunami, ravageant tout sur son passage. Il se vida dans la main que son amant serrait toujours sur lui.

Drago avait demandé une reddition totale, il l'avait obtenue : Spencer s'était offert corps et âme.

Une fois encore, Drago s'effondra sur lui et demeura dans cette position le temps que tous deux retrouvent leur souffle.

Spencer était épuisé, mentalement et physiquement. Et en même temps, étrangement serein.

Oui, le sexe avait été intense, mais il ressentait surtout une quiétude inconnue, la sensation d'avoir enfin trouvé sa juste place en ce monde. La vacuité qu'il sentait si souvent au tréfonds de son être était enfin comblée. Drago avait vu juste en lui demandant – avec force – de s'abandonner. Spencer avait eu besoin de cette reddition pour se rappeler de qui il était. Il s'était trop longtemps contenté d'exister sans réellement vivre. Maintenant, il était heureux – même s'il n'était pas certain de parvenir à tenir debout, ou à marcher.

Finalement, Drago se redressa et le débarrassa de son bandeau.

Hébété, Spencer cligna des yeux en tentant de se focaliser sur Dray.

— Coucou, murmura Drago, avec un sourire un peu inquiet.

— Mmm, mmm.

— Je vais faire un brin de toilette. Ensuite, si tu n'es pas en état de bouger, je m'occuperai de toi.

Spencer entendit Drago s'éloigner jusqu'au lavabo et ouvrir l'eau. Quelques minutes plus tard, il se hasarda à se redresser. Il avait mal partout, mais ça n'était pas trop cher payé pour le fabuleux plaisir qu'il avait reçu. Et puis, Drago n'avait pas abusé de sa position, ce dont Spencer lui était reconnaissant.

Il rejoignit son amant près du lavabo. Dray se retourna vers lui, un gant humecté d'eau chaude à la main, il le passa délicatement sur sa queue flaccide.

— Tu veux que je me charge aussi de ton cul ? proposa Drago.

— Non, merci, je vais le faire moi-même.

Sans insister, Drago savonna le gant de toilette et continua ses propres ablutions. Quand il eut terminé, il rinça le gant et le lui passa.

Spencer grimaça un peu quand le tissu éponge effleura son postérieur malmené. Il garda le gant pressé contre son anus douloureux, la chaleur était agréable et relaxante.

— Je ne me lasserai jamais de te regarder, murmura Drago. Tu es aussi magnifique qu'une statue grecque !

— Merci, mais j'en doute fort.

— Je suis capable de reconnaître une œuvre d'art quand j'en vois une.

— Tu es beau, toi aussi, déclara Spencer, intimidé. D'une beauté virile, bien entendu.

Drago sourit.

— T'inquiète, je ne vais pas me trouver mal sous prétexte que tu me fais un compliment. Je doute aussi de tes dires, mais merci quand même.

Ensuite, Drago proposa à Spencer un massage. De ses mains fortes, il pétrit et détendit les muscles endoloris de Spencer, lui faisant oublier ses courbatures. Malgré son récent orgasme, Spencer s'étonna de voir que sa queue se réveillait partiellement.

Drago gloussa et effleura son membre avec affection.

— Patience, petit, la prochaine fois, ce sera ton tour de me baiser.

— *Petit* ? releva Spencer. De quel sexe parles-tu au juste ?

— Ah, je vois que tu reprends du poil de la bête ! C'est incroyable l'effet d'une bonne baise sur un homme, pas vrai ?

Il paraissait très satisfait de lui.

— Méfie-toi, marmonna Spencer. La vengeance est un plat qui se mange froid.

— J'accepte le défi, répondit Drago du tac au tac.

Spencer rencontra sévèrement le regard de son amant.

— Je vais te faire regretter d'avoir dit ça !

— Sans blague ? Je suis impatient d'être mis à l'épreuve.

176

XIV

L'ESPRIT AILLEURS, Drago accepta le morceau de cheddar que Spencer lui offrait sur la lame de son couteau militaire. Il le mâchonna sans quitter des yeux le document qu'il lisait sur l'ordinateur crypté de Fayez Khoury.

— Tu as trouvé quelque chose d'intéressant ? demanda Spencer.

— Khoury et ses sbires prévoyaient d'attaquer une base militaire américaine pendant la visite d'un officier de haut rang.

— Tu as le nom de celui qu'ils ciblaient ?

— Non, il n'est pas dans ce mémo, mais je vois une référence à un mail où il est indiqué « avec d'autres précisions ».

— Copie les mails sur une clé USB, proposa Spencer, je pourrai les parcourir sur le second portable.

— Bonne idée.

Drago s'exécuta et peu après, il remettait à Spencer la clé avec les fichiers correspondants. Pendant que Spencer se mettait au travail, Drago ouvrit le document suivant. Les deux hommes étaient assis côte à côte sur le lit, le dos contre le mur. Chacun avait un ordinateur posé sur les cuisses pour étudier les nombreux fichiers de Khoury. Quelque part dans tous ces documents, ils espéraient tomber sur un indice indiquant où se cachait Jabril Hamza.

Après un long silence, Spencer reprit la parole :

— Cet ensemble de mails est différent des autres, Khoury se montre déférent, respectueux. Merde, il est même obséquieux !

— Il s'adresse peut-être à Hamza ?

— Je ne sais pas, il ne cite aucun nom.

Pendant que Spencer continuait ses recherches, Drago ouvrit un fichier sinistrement nommé « Projets ».

— Bon sang ! Ils prévoyaient de bombarder la Cour internationale de justice de La Haye, annonça-t-il.

Quelques minutes plus tard, il ajouta :

— Et de faire exploser le Mémorial de Lincoln [23].

— Quelle affreuse idée !

Après avoir échangé un regard atterré, Drago et Spencer se remirent au travail.

Une demi-heure plus tard, Spencer s'exclama :

— Hum, Houston, nous avons un problème.

Drago leva rapidement les yeux d'un programme de formation pour terroristes en herbe.

— Quoi encore ?

— Regarde un peu ce mail.

Spencer lui passa l'ordinateur portable et désigna l'écran. Drago lut :

Le CEMA sera à Bagram [24] au printemps de l'année prochaine. Vous communiquerai date exacte dès que possible. Soyez prêts.

Il leva des yeux horrifiés sur Spencer.

— Tu crois vraiment qu'il parle du Chef d'État-Major des Armées [25] ?

— Oui. Et ça correspond à ce dont tu parlais tout à l'heure, leur projet d'attaquer une base militaire pour abattre un officier de haut rang.

Drago vérifia la date à laquelle le mail avait été envoyé : un peu plus d'un mois plus tôt, même date que les notes pour faire sauter une base américaine.

— À ton avis, ce mail vient d'où ?

Spencer haussa les épaules.

— Je vais essayer de remonter sa trace. Pour une fois, l'adresse n'est pas de simples chiffres.

Il grogna sa déception et ajouta :

— Ah ! C'est une impasse. La source a été chiffrée via un site fictif.

La mine sinistre, Drago demanda :

— J'ai une autre question : d'après toi, qui est au courant des prochains déplacements du Chef d'État-Major ?

Spencer fronça les sourcils.

— Je ne vois que ses assistants.

Drago secoua la tête.

---

23 Grand bâtiment de marbre blanc en forme de temple grec, construit en l'honneur d'Abraham Lincoln, 16e président des États-Unis, et inauguré en 1922, dans le West Potomac Park, à Washington.

24 Localité d'Afghanistan située à 60 km au nord de Kaboul.

25 Il s'agit de l'officier militaire au rang le plus élevé des Forces armées des États-Unis : il préside le comité des chefs d'État-major des quatre armées principales, il conseille également le président des États-Unis.

— Non, il y a aussi les responsables de la CIA chargés de surveiller la menace locale et d'éclaircir la zone avant une visite aussi importante. Comme cette mission semble avoir reçu le feu vert très en avance, la CIA lancera sans doute une campagne de désinformation, associée ou non à des frappes militaires, pour dissimuler la vraie date de la visite.

Spencer se rembrunit.

— Donc, il y a une taupe dans l'entourage du Chef d'État-Major ou à la CIA.

— Je vote pour la CIA, déclara Drago.

— Pourquoi?

— Parce qu'il faut des années de bons et loyaux services militaires pour approcher le Chef d'État-Major. En revanche, la CIA engage parfois un peu trop rapidement des analystes et des experts dont les antécédents douteux ou les connexions avec l'étranger peuvent être exploités. Il serait donc beaucoup plus facile pour une taupe de passer à travers les mailles du filet.

Spencer grimaça.

— Ça se tient. Dis-moi, crois-tu possible que cette taupe soit à l'origine du piège monté contre toi avec la mort de Fayez Khoury?

Drago y avait déjà pensé.

— Si c'est le cas, nous pouvons supposer que la taupe travaille avec Jabril Hamza.

Spencer baissa la voix :

— Oh, merde! On est mal!

— Exact. Mais mon instinct me dit que nous sommes sur la bonne piste. Et le tien?

— Pareil.

Drago jura entre ses dents.

Spencer reprit :

— Avec cette nouvelle donne, à qui nous fier? À qui pouvons-nous parler de nos soupçons?

— À personne! rugit Drago. Nous ne pouvons nous fier à personne! Merde, pas même à Charles.

Le visage de Spencer reflétait sa consternation.

— Notre seule option, insista Drago, est de continuer à accumuler les renseignements. Il nous faut des preuves formelles que Jabril Hamza est bien Kurbaj, que son ancienne cellule est toujours active et que je n'ai pas tué Khoury. D'un côté, ça me permettra d'éviter la prison, de l'autre, ça nous donnera aussi une chance d'exposer la taupe.

— Tu as raison. Grâce à ces deux ordinateurs, nous avons déjà de nombreuses preuves qu'une cellule terroriste est active et qu'elle soit ou pas celle d'Hamza, elle n'en reste pas moins dangereuse. Il nous reste à découvrir l'identité de ses membres.

Drago hocha la tête.

— As-tu trouvé dans les mails des infos liées à Paris ?

Spencer réfléchit un moment, avant de dire :

— Attends ! L'un des mails parlait d'un restaurant, si l'adresse est à Paris, ça pourrait être un lieu de rencontre de la bande.

— Le nom ? demanda Drago.

— Chez Samara.

— Je vérifie.

Il effectua sa recherche avec l'ordinateur portable de Khoury, utilisant le Wi-Fi des bureaux à l'étage.

— C'est bien un restaurant parisien. Et comme par hasard, il n'est pas très loin de chez Khoury.

Spencer eut un sourire de loup.

— Et si nous allions manger un morceau chez Samara ?

— Excellente idée !

Comme ils avaient quelques heures devant eux, ils continuèrent à passer au crible les fichiers.

Quand ils se levèrent enfin, Spencer déclara :

— Nous n'avons pas d'armes.

Drago ricana.

— Je croyais que chez un agent des Forces Spéciales, les pieds et les mains étaient considérés comme aussi dangereux que des révolvers.

Spencer roula des yeux.

— C'est exact. Mais si ces gens sont des terroristes, ils seront armés et dangereux. Tu avais promis de nous trouver des armes.

— C'est vrai. Laisse-moi passer un coup de fil.

Il le fit.

— René ? Ici Drago, Drago Thorpe. Je peux te voir ?

Spencer entendit une voix répondre en français.

— *Oui, mon vieil ami, pour toi, je suis toujours disponible.*

— Même ce soir ?

René parut surpris.

— *Oh, c'est donc urgent ?*

— Oui, confirma Drago.

— *J'ai des invités à dîner. Tu serais libre plus tard ?*

— Oui, quand tu veux.

— *Une heure du matin, ça te va ?*

— Parfait. À tout à l'heure. Je passerai chez toi.

Drago raccrocha et regarda Spencer.

— Voilà. Méfait accompli, ça sera réglé ce soir.

Rassuré, Spencer sourit.

— Désolé, mais je me sens tout nu sans arme.

— Le vrai petit soldat ! railla Drago.

— Ne me dis pas que tu ne ressens pas la même chose ?

Drago haussa les épaules.

— Je fréquente souvent des endroits où les armes sont interdites.

— Oui, mais dans ce cas, même les ennemis n'en ont pas.

Drago sourit.

— Oh, mais moi, si. Il m'arrive très rarement d'être désarmé. J'ai presque toujours une lame cachée sur moi, une seringue de tranquillisant ou une cartouche de gaz.

— Le parfait petit espion, railla Spencer.

Avec un sourire, Drago le prit par la nuque et lui roula un patin enivrant. Quand Spencer se redressa, il respirait fort.

— Arrête ! protesta-t-il. Nous avons du travail. Nous ne pouvons pas...

— Si, nous pouvons, mais je suis prêt à être patient le temps de travailler, comme tu dis.

Il nota que les yeux de Spencer étaient assombris et inquiets.

— Qu'est-ce que tu as ? demanda Drago. Parle-moi.

— Ça me rappelle la dernière fois. J'ai peur de manquer des indices importants et d'échouer parce que nous sommes trop distraits...

Il se tut.

Drago secoua la tête.

— Non, Spencer. Nous sommes tous les deux plus âgés et plus sages qu'il y a dix ans. Nous sommes des professionnels expérimentés. Je nous fais une confiance totale pour travailler au mieux de nos capacités.

— Peut-être.

— Ce n'est pas « peut-être », mais sûrement ! affirma Drago.

En vérité, il espérait ne pas se tromper, mais en son for intérieur, il gardait les mêmes doutes que Spencer.

Et comme cette fois il jouait sa peau, autant que Spencer et lui réussissent leur mission !

XV

SPENCER REGARDA autour de lui : le restaurant était sombre et terne, malgré ses nappes en dentelle sur les tables et les photos de famille sur les murs. Les serveurs étaient des adolescents, sans doute les enfants de Samara, et un homme – son conjoint ? – s'occupait du bar. De la cuisine, une voix de femme prévenait les enfants chaque fois qu'une commande était prête. Samara sans doute.

Attablés dans un coin de la salle, une fausse plante poussiéreuse suspendue au-dessus de leurs têtes, Drago et Spencer dégustaient un succulent *shawarma* [26].

Une fois son assiette léchée, Spencer se pencha pour murmurer :

— À qui vas-tu poser des questions sur notre ami ?

Drago étudia les membres de la famille.

— La mère, répondit-il. Je doute fort qu'elle ait des idées terroristes et il est probable qu'elle connaît tout de ses clients réguliers.

— Comment l'aborder, ô, Maître espion ? Elle reste dans sa cuisine.

— Justement. Comme tout cuisinier digne de ce nom, elle passera nous voir à la fin du repas pour récolter nos commentaires sur sa prestation.

Spencer sourit.

— Je serai sincère : ce *shawarma* est une tuerie.

— Je suis du même avis.

En une heure et demie, les deux hommes engloutirent une énorme quantité de *shawarma*. Être un SEAL donnait un bon métabolisme. En une seule journée d'entraînement intense, Spencer était capable de brûler jusqu'à six ou huit mille calories. Il pouvait donc avaler tout ce qu'il voulait. C'était un avantage certain, estimait Spencer.

Drago, lui aussi en grande forme physique, avait également terminé son repas quand la patronne sortit de sa cuisine.

— Je suis Samara, se présenta-t-elle dans un français au lourd accent. Vous avez apprécié mon plat, on dirait.

Spencer écouta Drago répondre en arabe :

---

26 Kebab traditionnel des cuisines levantine et turque.

— Vous cuisinez aussi bien que ma chère grand-mère, que son âme repose en paix auprès du Seigneur !

Samara eut un sourire rayonnant.

Drago était un vrai charmeur quand il s'en donnait la peine. Ébloui, Spencer assista à son numéro, sourire, esprit, compliment, chaleur… tout y passa. Spencer comprenait que Samara trouve son homme irrésistible, car c'était aussi son cas. Très vite, la cuisinière se mit à rire, détendue et souriante.

— C'est la première fois que je vous vois, tous les deux. Vous êtes à Paris pour le travail ? Dans quelle branche êtes-vous ?

Dray jeta un coup d'œil à Spencer, puis se pencha en avant et déclara d'un ton sérieux :

— Nous cherchons à garder les jeunes sur le chemin de la lumière et du bon droit. Je vais vous parler franchement : nous essayons de les protéger des dangers de la radicalisation.

Samara sifflota entre ses dents.

— Ça n'est pas facile, les recruteurs sont partout. Même ici !

Tout en parlant, elle jeta un regard méfiant à son mari, au bar. Il discutait furtivement avec deux hommes qui venaient d'entrer.

Spencer contrôla sa surprise. Drago avait trouvé le parfait angle d'approche pour faire parler cette femme !

— Je n'en suis pas étonné, souffla Drago. Dites-m'en plus.

— Ils viennent ici cracher leur poison. Ils parlent beaucoup et font enfler l'ego des jeunes idiots.

Spencer émit un son approbateur.

Samara continua à fulminer, se plaignant *sotto voce* des ennuis que les recruteurs causaient dans le quartier et du fait qu'à cause d'eux, la police multipliait les interpellations et s'en prenait parfois à de braves gens.

Drago hocha la tête avec sympathie.

— Connaissez-vous Khoury ? Fayez Khoury ?

Elle se raidit.

— Oui. C'est le pire de tous. Il croit à toutes ses…

Elle cracha un mot grossier que Spencer ignorait, mais qu'il traduisit par « conneries ».

Surpris, Spencer entendit alors Drago déclarer :

— Nous nous sommes chargés de lui. Il ne viendra plus pervertir les garçons. Maintenant, nous cherchons ses amis. Ses complices, si vous comprenez ce que je veux dire.

Elle hocha lentement la tête et posa son index sur le côté de son nez.

Malheureusement, le mari choisit ce moment pour quitter le bar et réclamer d'un ton autoritaire que Samara aille chercher deux assiettes pour ses invités importants.

Bien entendu, Spencer ne se retourna pas pour examiner les deux hommes installés au bar, il se contenta de fixer Drago.

Quand Samara fila dans la cuisine, Spencer souffla :

— Bravo, elle te mangeait dans la main

— Elle peut revenir. Attendons de voir comment la situation évolue. On pourrait peut-être commander autre chose ?

Spencer fit la moue, il n'avait plus faim.

— J'ai les dents du fond qui baignent, grommela-t-il.

— Moi aussi, mais il y a de pires sacrifices que s'empiffrer, mon pote. N'es-tu pas mieux ici qu'allongé dans la boue à te faire tirer dessus et bouffer par des insectes géants ?

Spencer sourit.

— Je trouve ça plutôt marrant !

— Je ne comprendrai jamais les soldats ! grommela Drago. Tous des enculés !

— Enculé ? Hmm, c'est une promesse ?

Drago lui lança une œillade incendiaire.

— Absolument !

Un des gosses de Samara leur apporta la note. Drago sortit son portefeuille et déposa quelques billets sur la table. Machinalement, Spencer ramassa l'addition écrite à la main. Il la retourna et se figea.

— Dray ?

— Hmm.

— Samara a écrit une liste de noms au dos de notre addition.

— Bénie soit-elle !

— Elle est futée, déclara Spencer. Tu as bien fait de porter ton attention sur elle.

— Je n'ai rien d'un néophyte, jeune padawan.

— Arrête de me donner ces noms idiots !

— Si tu n'es pas sage, je te ramène à la maison et je t'attache à la table pour te tanner le cul.

— Dans tes rêves !

Drago arqua un sourcil.

— Ne me dis pas que tu refuserais ?

Spencer préféra esquiver un mensonge flagrant.

— Je te rappelle juste que la prochaine fois, c'est mon tour.

Drago sourit.

— Vendu.

Spencer se tut pendant que Drago et lui sortaient du restaurant, sans accorder un regard aux deux hommes assis devant la fenêtre, les yeux sur la rue. Spencer repéra qu'à peine sur le trottoir, Drago s'arrangea pour leur présenter son dos. Il fit pareil.

— Tu te méfies d'eux ? souffla-t-il.

— Oh oui, répondit Dray sur le même ton.

Ils s'éloignèrent d'un pas rapide et n'échangèrent plus un mot avant d'être à plusieurs rues du restaurant. Spencer resta collé à Drago, qui tournait parfois sans prévenir, évitait les devantures trop éclairées et sprintait dans les ruelles. Il savait que son amant vérifiait juste ne pas être suivi.

— RAS, dit enfin Drago. Nous n'avons personne aux trousses.

— Maintenant, on fait quoi ?

— Nous allons téléphoner au premier nom de cette liste et organiser une rencontre.

— Pourquoi le premier nom ? s'étonna Spencer.

— Parce que quand les gens font une liste, ils ont l'habitude d'écrire en premier ce qui leur est le plus familier, qu'il s'agisse de choses, d'événements ou de personnes. Celui que Samara a noté en premier est certainement celui qu'elle a vu le plus souvent en compagnie de Khoury.

— Est-ce que tu as appris tous ces trucs de psychologie à l'école d'espionnage ?

Drago ricana.

— Non, j'ai appris sur le tas. Les agents qui n'apprennent pas très vite ne vivent pas longtemps.

Il traversa une rue et dévala un escalier pour s'engouffrer dans une station de métro.

— Nous avons de la chance, déclara-t-il, les métros fonctionnent plus tard le vendredi. Pour rentrer, il nous faudra cependant prendre un taxi.

Peu après, ils montaient dans une rame quasiment déserte et se laissaient tomber sur une banquette.

— Où allons-nous ? demanda Spencer.

— Chez René. C'est toi qui as insisté pour avoir une arme, non ?

— Oh, oui ! s'exclama Spencer avec ferveur.

Drago secoua la tête avec un sourire.

185

— Hé, protesta Spencer, en cas de fusillade, je peux être utile. Pendant l'entraînement, je tirais trois mille cartouches par semaine.

Drago s'empara de sa main et effleura une callosité à la base de son pouce.

— Je le savais déjà. J'ai senti sur ma peau ce cal qui révèle un tireur confirmé. C'était bandant, ajouta-t-il avec un regard entendu.

Quand les jointures de Drago effleurèrent son entrejambe, Spencer se mit à bander.

— Tu es rapide, murmura Dray.

— Tiens-toi bien.

— Moi ? Quelle drôle d'idée ! Jamais.

Spencer soupira. Drago ne serait jamais du genre à se conformer aux règles, mais c'était comme ça que Spencer le voulait.

Ils sortirent au terminus de la ligne dans une banlieue calme.

Spencer étudia la rue tranquille bordée de platanes et de belles demeures aux jardins paysagés.

— C'est plutôt bourge, murmura-t-il.

— Tu n'as aucune idée. Allons-y.

— Qui est René ? demanda Spencer d'un ton prudent.

— Jaloux ?

Spencer tressaillit.

— Non ! Tu n'es pas du genre infidèle.

— Merci, railla Drago

— Venant de moi, c'est un compliment, rétorqua Spencer. Ne joue pas au con.

Drago haussa les épaules tout en avançant sur le trottoir.

— Je comprends. Tu m'attribues la loyauté d'un golden retriever. Putain ! Génial !

— Tu es fidèle, un point c'est tout. Et pourquoi ce ton agressif ? Qu'est-ce que tu as contre les chiens ? Moi, j'adore les chiens !

— Moi aussi. On en aura un quand on sera un vieux couple…

Spencer s'arrêta net et le fixa. Il nota dans les yeux de Drago le choc et l'incrédulité.

— Désolé, jeta Dray, j'ai parlé sans réfléchir. Oublie ce que j'ai dit.

Ben voyons ! Peut-être n'avait-il pas réfléchi, mais ça n'empêchait pas son lapsus d'être révélateur, pas vrai ? Drago envisageait-il un avenir à deux ? Merde, Spencer y pensait-il aussi ?

Un silence gêné tomba entre les deux amants.

— Nous y sommes, marmonna Drago, d'un ton soulagé. Et adresse-toi à lui comme à un homme.

Spencer ressentait lui aussi le soulagement de se changer les idées.

— Un homme ? D'accord.

Spencer leva les yeux. Devant lui se dressait une impressionnante demeure à quatre niveaux, plus large que la plupart de ses voisines et d'aspect plus moderne avec un élégant crépi blanc et des frises noires.

Drago monta rapidement les marches et pressa la sonnette.

Un homme digne et élégant ouvrit la porte, vêtu d'un caftan et maquillé comme une *drag queen*. Il avait de longs cheveux pâles, attachés dans le dos en une sobre queue de cheval. En le voyant, Spencer évoqua un elfe princier du royaume du milieu.

— Drago ! Mon amour. Tu es superbe ! Je…

René s'interrompit en voyant Spencer. Puis il enchaîna :

— Oh lala ! Qui est avec toi ?

Spencer sourit poliment en entendant Drago répondre :

— Spencer. Il est à moi. Exclusivement.

— Oh, cher Drago, pourquoi refuses-tu si obstinément le partage ? Mon Dieu ! Quelle perfection ! Entrez, entrez, délicieux garçons. Laissez-moi vous admirer dans la lumière.

Alors que la porte se fermait et que Drago et lui pénétraient dans un grand hall, Spencer repéra un tableau de Mondrian [27], un quadrillage inégal de lignes noires et de blocs de couleur.

Il jeta ensuite un coup d'œil à leur hôte : dans la lumière vive, René était plus vieux que Spencer l'avait cru de prime abord, pourtant, il restait sans âge. Il devait dépenser une vraie fortune en soins hydratants.

René fit un petit bruit de langue désapprobateur.

— Drago ! Tu as toujours refusé mes avances. Ne prétendais-tu pas attendre l'homme idéal ?

Sidéré, Spencer se retourna pour fixer Dray. Attendre qui ?

Drago ne se laissa pas décontenancer :

— Ah, René, peut-être Spencer était-il justement celui que j'attendais : mon homme idéal !

Immobile et un peu tendu, Spenser autorisa René à effleurer son ventre en passant devant lui.

— Délicieux, ronronna leur hôte.

---

27 Peintre néerlandais pionnier de l'art abstrait (1872/1944).

187

— Cesse de tripoter mon mec, grinça Drago, nous sommes venus pour affaires. Nous avons besoin d'armes, de plusieurs armes.

La transformation fut rapide. En un clin d'œil, René perdit sa bonhomie lascive et une froide intelligence brilla dans son regard pâle. Et du calcul.

— Que s'est-il passé pour que tu sois ainsi désarmé, mon ami ?

— Nous avons dû quitter mon appartement de manière inattendue.

— Et vous ne comptez pas y retourner ? Pourquoi ?

Drago haussa les épaules et Spencer ne put s'empêcher d'admirer ces muscles puissants soulignés par le souple tissu du polo.

— Il y a des mouchards dans mon appartement.

— Quelle vulgarité ! s'exclama calmement René. Je peux te dépanner, bien entendu. Suivez-moi tous les deux.

Drago et René passèrent les premiers, Spencer leur emboîta le pas, écoutant leur échange en français. Puis René s'arrêta devant une porte et, à la surprise de Spencer, il tira de sa ceinture une clé reliée à un mince câble d'acier rétractable.

— Par ici.

René bloquant partiellement l'accès qu'il venait d'ouvrir, Spencer dut le frôler pour entrer dans une pièce obscure. René sentait un parfum connu, N° 5 de Chanel. C'était une senteur très agréable. Peut-être l'essaierait-il un jour… quand il serait grand.

Alors qu'il avançait, il sentit ses tympans vibrer légèrement. Hmm. La pièce était-elle hermétique ? Ou blindée ? Le silence était total.

Quand la lumière vint, Spencer cligna des yeux, sidéré de voir l'arsenal étalé devant lui : les murs étaient tapissés d'armes, tous les calibres et les modèles existant actuellement.

— Collectionneur ? murmura Spencer.

— D'une certaine manière, répondit René sur le même ton. Je suis surtout dans la vente.

Comment ? Cet homme si élégant était un marchand d'armes ?

— Que voulez-vous, mes chers garçons ? ajouta René.

Le choix était tel que Spencer resta bouche bée. Il ne savait même pas où commencer à chercher. Il devait y avoir deux mille armes à sa disposition.

Drago parla le premier.

— Rien de compliqué. Deux fusils d'assaut automatisés, un révolver pour chacun et un fusil à lunette. Oh, il me faut aussi une longue-vue et de bonnes jumelles. Et des munitions, bien sûr.

— Bien sûr.

Spencer nota alors que René ne posait aucune question sur ce que Drago et lui comptaient faire d'une telle puissance de feu. Il était donc bien un marchand d'armes et sa meilleure assurance-vie était de tout ignorer des plans de ses clients.

René les fit sortir de la salle et les conduisit à un salon situé à l'avant de la maison, aussi élégant et raffiné que son propriétaire. Il les abandonna là et s'éclipsa.

Spencer se percha avec précaution au bord d'un siège au design postmoderne, inquiet de bouger et de casser quelque chose.

— C'est un homme fascinant, murmura-t-il.

— En effet. René en sait plus sur ce qui se passe dans le monde que la plupart des analystes de la CIA.

— Ça ne m'étonne pas s'il vend aux non gouvernementaux.

— Il est plutôt sélectif quant à ses clients.

— Dieu merci! Je n'ai jamais vu un pareil arsenal!

Sur ces entrefaites, René les rejoignit et déposa un sac noir près de la porte. Il avait entendu la réflexion de Spencer.

Il lui sourit.

— Merci. Je suis plutôt fier de ma petite collection de jouets.

— Sur ce plan-là, vous et moi différons, répondit sombrement Spencer. Je ne considère pas les armes comme des jouets. Dans mes mains, elles deviennent des instruments de mort, elles doivent donc être maniées avec le respect qu'elles méritent.

Spencer se releva en voyant René traverser la pièce jusqu'à lui. Son hôte se pencha en avant, posant presque l'oreille sur son épaule.

— J'en suis très heureux, mon bel éphèbe. C'est d'ailleurs la raison pour laquelle j'ai accepté de remettre une partie de ma collection entre vos mains. Si vous n'aviez pas eu des yeux aussi intelligents et alertes, je ne vous aurais jamais laissé franchir le seuil de ma maison.

Quand René recula, Spencer remarqua le soulagement de Drago. Apparemment, il venait de réussir un test. Lequel? Ne pas avoir reculé quand René s'était approché de lui? Ou simplement d'être sympathique à leur hôte? À vrai dire, le sentiment était mutuel, Spencer trouvait René fascinant. Même si son cœur avait choisi Drago, Spencer n'était pas devenu aveugle pour autant.

Et il avait toujours apprécié la compagnie des hommes intelligents.

189

Du regard, il consulta son amant, qui lui désigna la porte d'un léger signe de tête. Spencer acquiesça et avança pour récupérer le sac rempli d'armes. Derrière lui, Dray tapait une série de chiffres sur un téléphone portable que René lui avait remis pour le transfert de fonds.

Quand ils sortirent, la nuit était sombre et le brouillard commençait à se former. Ils marchèrent en silence pendant plusieurs minutes.

Spencer murmura enfin :

— Il me plaît.

— Tu lui as plu aussi. C'est pourquoi tu as été invité à entrer et que tu es ressorti vivant.

— Hein ? Il m'aurait tiré dessus ?

— Je n'ai jamais rencontré d'homme aussi doué avec un couteau. Il a toujours au moins trois lames cachées sur lui. Il m'a appris tout ce que je sais dans l'art du combat de rue.

— Là, je suis impressionné, déclara Spencer. Je n'ai jamais connu de meilleur combattant que toi, surtout face à des ennemis plus nombreux. Et lui, où a-t-il appris à se battre ?

— En Russie. Il n'est pas facile d'être un gamin homo dans les ghettos de Moscou.

— Oups. Les Russes n'ont pas la réputation d'être très tolérants envers nous autres, les gays.

Drago s'arrêta net et se tourna vers lui.

— C'est la première fois que je t'entends reconnaître ouvertement ton homosexualité, Spence.

Spencer fronça les sourcils.

— C'est faux ! J'ai toujours su que j'étais gay. J'avais douze ans quand j'ai compris ma véritable orientation sexuelle.

Désireux de changer de sujet, il demanda :

— On fait quoi maintenant que nous sommes à nouveau équipés ?

— Je te l'ai déjà dit : nous allons appeler le premier nom de la liste que nous a remise Samara et organiser une rencontre.

— Pour inciter le gars à accepter, nous devrions lui offrir un des ordinateurs de Khoury… celui qui ne nous a rien appris d'intéressant.

Drago hocha la tête.

— C'est une bonne idée. Il faudra mettre au point une couverture.

— Dis-lui qu'après avoir récupéré le matos dans l'incendie, nous avons posé des questions pour connaître les amis de Khoury. C'est comme ça que nous sommes tombés sur lui.

— C'est un peu léger.

Spencer haussa les épaules.

— Et alors ? Chez les SEAL, on nous apprend que les explications les plus vaseuses marchent parfois mieux que des montages compliqués trop parfaits pour être vrais.

— On nous baratine la même chose, admit Drago, mais c'est l'expérience qui compte.

— D'accord, alors que proposes-tu ? Ou plutôt, que te dit ton expérience ? Le gars va-t-il gober notre histoire ou pas ?

— Là n'est pas la question. Qu'il nous croie ou pas, il fera tout pour récupérer cet ordi. Donc, une histoire bidon fera aussi bien l'affaire.

— Merci. C'est sympa !

Drago dévia sa trajectoire pour lui donner un coup d'épaule.

— Ne te vexe pas, tu es plutôt bon comme apprenti espion.

Spencer éclata de rire.

— En cas de fusillade, je te dirai si tu es bon ou pas comme apprenti soldat.

XVI

DRAGO ÉTAIT étendu à côté de Spencer, sur le toit d'une usine en briques qui puait la graisse et le diesel. Au-dessous d'eux, entre les bâtiments, il y avait un espace ouvert.

— Bon choix pour une réunion, murmura Spencer. Aucune cachette possible. Aucun endroit où tendre une embuscade. Notre gars devrait se sentir assez en sécurité en nous rencontrant ici.

— Et pour filer, on fait comment ? s'enquit Drago.

— Bonne question. Il nous faudrait une voiture pour quitter la zone rapidement.

Drago hocha la tête.

— C'est vrai. Je m'occuperai cet après-midi de trouver une voiture. Malgré ça, autant prévoir un plan B et un trajet à pied si nous sommes poursuivis.

— Pourquoi ne pas casser quelques serrures pour pouvoir nous cacher dans les bâtiments ? suggéra Spencer.

— C'est faisable.

— Combien de temps avant la rencontre ?

— Trois heures environ.

Spencer hocha la tête.

— Notre gars peut arriver plus tôt et prendre les mêmes précautions que nous. Jusqu'à quand comptes-tu rester là ?

— Nous avons encore une bonne heure pour peaufiner nos repérages. Je doute qu'il vienne si tôt avant l'heure H.

Spencer marmonna son accord.

Au clair de lune, ils grimpèrent à l'échelle en acier soudée au toit et consacrèrent l'heure qui suivit à repérer les meilleures voies d'évacuation tout en faisant sauter les cadenas de quatre bâtiments différents.

Le rendez-vous avec leur cible, un dénommé Aziz Farrah, était fixé à minuit. Drago trouvait étrange qu'il ait choisi une heure si tardive et un tel endroit. De toute évidence, Farrah était méfiant.

Plus tard, en revenant vers un quartier plus résidentiel, Spencer demanda :

— Penses-tu qu'il viendra seul ?

— Je ne sais pas. Ça dépend de la façon dont la cellule terroriste était compartimentée. Si Fayez Khoury était le leader local, il a pu rencontrer séparément chacun des membres.

— Est-il vraiment possible que Khoury ait été seul ? Tu le vois rompre avec Hamza ?

— C'est possible, mais peu probable. Les fanatiques ont besoin d'un gourou. Hamza était à la fois charismatique et bon orateur. À l'époque où nous le traquions, il aimait s'entourer de flagorneurs.

— Les gens ne changent pas, c'est ça ? Il aurait gardé cet ancien trait de caractère ?

Drago lui jeta un coup d'œil.

— C'est mon avis, oui. Si Hamza est vivant, Khoury n'aurait eu aucune raison de se détacher de lui. Avec Hamza, en plus d'un maître à suivre, il recevait de l'argent, des ressources et des renseignements de premier ordre.

— D'après toi, Aziz sait-il que Khoury est mort ?

Drago s'arrêta de marcher pour le regarder.

— C'est une excellente question.

Il réfléchit une minute puis ajouta :

— Ça dépend de l'identité du meurtrier de Khoury. Si c'est un autre terroriste de la cellule, Aziz devrait être au courant. Si c'est un étranger, peut-être pas. Le nom de Khoury n'a jamais été divulgué aux médias, du coup, sa mort n'a pas été officiellement annoncée.

Pendant que Spencer faisait le guet, Drago fit démarrer une voiture garée dans la rue, les portières ouvertes. Si tout se passait bien, ils l'utiliseraient pour leur rendez-vous nocturne et reviendraient la mettre en place, sans que son propriétaire se doute de l'emprunt – à moins qu'il ou elle en ait mémorisé le kilométrage.

Spencer jeta le sac d'équipement sur la banquette arrière, puis ils s'en allèrent. Drago roula jusqu'à un parc situé à trois kilomètres du lieu de rendez-vous et gara le véhicule dans l'ombre épaisse des arbres séculaires.

— Il est temps de s'équiper, murmura-t-il.

Plus tôt dans la journée, ils avaient tous les deux acheté les vêtements noirs qu'ils portaient ce soir. Par habitude militaire, Spencer vérifia l'équipement et répéta les principales phases de leur plan. Ils synchronisèrent leurs montres et testèrent leurs écouteurs : minuscules, ils faisaient office de microphones passifs et de récepteurs radio. Bien que loin d'être aussi high-tech que le casque intégré ou les radios dentaires dont usaient les Navy SEAL et quelques agents privilégiés, ils feraient l'affaire ce soir.

Drago regarda Spencer enduire son visage de graisse noire et lui offrir le bâton de camouflage.

— Non, je préfère ne pas effrayer Aziz avant d'avoir pu l'interroger.

Il espérait faire parler Aziz et découvrir s'il était en contact avec Hamza. S'il obtenait une indication dans ce sens, Spencer et lui surveilleraient Aziz de près jusqu'à ce qu'il les mène à son supérieur. Sur le papier, c'était facile. Drago espérait que dans la pratique, ça marcherait aussi bien.

— Il est temps d'y aller, annonça-t-il. Tu es prêt?

— Toujours, répondit Spencer.

Sa voix était vibrante, contrôlée, concentrée. Bon sang, travailler avec un professionnel du calibre de Spencer était bien agréable!

Ils retournèrent à l'usine sur le toit de laquelle ils avaient mené leur mission de reconnaissance et se garèrent derrière l'ensemble de bâtiments industriels, dans le parking réservé aux employés. Spencer courut jusqu'à l'échelle avec le fusil de sniper en bandoulière tandis que Drago se dirigeait vers le grand espace ouvert devant l'usine. Il portait sur l'épaule une sacoche de coursier. À l'intérieur, il y avait un pistolet chargé et le premier ordinateur portable, celui qui ne contenait aucune information sensible.

D'un pas tranquille, Drago traversa la cour et prit position contre un mur, tout en s'assurant de rester en vue de Spencer. Quel était l'intérêt d'avoir un tireur d'élite en renfort si ce dernier n'était pas en mesure d'assurer ses arrières, hein? Drago consulta sa montre : 23 h 45.

L'attente commença.

Comme d'habitude, chaque minute sembla durer une heure. En professionnel accoutumé au phénomène, Drago passa dans une sorte de transe, il respirait profondément, lentement, tout en enregistrant le moindre son, le moindre détail, la moindre odeur, la moindre sensation, même celle de l'air caressant sa peau.

Il entendit les pas d'Aziz avant de le voir. Il arrivait en face de lui, d'une ruelle qui passait entre les deux bâtiments. Drago cacha son sourire : Spencer et lui avaient vu juste, c'était bien la route à laquelle ils s'attendaient. Mieux encore, Spencer avait une vue totalement dégagée sur la ruelle.

— *Il arrive*, souffla Spencer à son oreille.

— Vu, marmonna Drago sans bouger les lèvres.

Il s'écarta du mur et avança à la rencontre d'Aziz, au milieu de l'open space où Spencer et son fusil avaient une couverture maximale.

— Aziz ? demanda Drago d'une voix qui ne portait pas.

— Oui, répondit l'autre en arabe.

— Vous parlez anglais ?

— Oui. Je suis Aziz.

— Merci d'avoir accepté de me voir. Je ne savais pas à qui remettre l'ordinateur portable de Fayez.

— Où l'avez-vous trouvé ?

— Je vous l'ai dit : dans son appartement après l'incendie. J'ai fouillé les décombres. Fayez avait une cache dans son placard. Comme la porte était scellée, l'ordi n'a pas brûlé comme le reste de l'appartement.

Aziz hésita un dixième de seconde de trop avant de répondre :

— Ah. Très bien.

Et merde ! Il portait un appareil d'écoute électronique et cette pause révélatrice indiquait qu'il avait attendu la réponse de celui qui était à l'autre bout du fil, attestant sans doute l'histoire servie par Drago.

Drago n'avait aucun moyen de transmettre cette info à Spencer sans révéler que lui aussi portait le même genre d'appareillage.

— Voici l'ordinateur portable, déclara-t-il.

Il avança lentement, sans mouvement brusque susceptible d'alarmer Aziz ou son complice, qui n'était sûrement pas très loin. Il souleva le rabat de la sacoche, évita le pistolet et sortit l'ordinateur portable.

— J'ai pris la liberté de le nettoyer, déclara-t-il.

Aziz se raidit.

— Quoi ?

Ah, il s'inquiétait que Drago ait vu le contenu du disque dur !

Mine de rien, Drago enchaîna :

— Il était assez sale. J'ai essuyé la suie et utilisé un aérosol pour enlever les cendres du clavier. La batterie est morte ou fondue, donc, j'ignore s'il marche encore. C'est sans importance, Fayez voudra récupérer son disque dur et les informations qu'il contient. Des photos peut-être, des mails, ce genre de trucs.

Encore une pause un peu trop longue.

— Oui. Bien sûr.

— Vous pensez pouvoir le lui remettre ?

— Oui, oui.

Foutaise ! Aziz savait que Khoury était mort. Donc, ce salaud travaillait pour Hamza.

Drago lui tendit l'ordinateur portable et Aziz avança pour le récupérer. Soudain, Drago sentit quelque chose lui frôler l'épaule droite. En même temps, il entendit un coup de feu et vit un trou noir apparaître au centre du front d'Aziz.

Aziz Farrah ouvrit de grands yeux, l'air incrédule, puis ses jambes lâchèrent et il bascula à la renverse.

Avant même que son corps soit au sol, Drago bondit sur la droite et fonça vers le bâtiment le plus proche. Il courait en zigzag pour ne pas devenir une cible trop facile.

Les lumières s'allumèrent dans la cour au moment où Drago plongeait pour se mettre à couvert derrière un mur de briques. Il roula sur lui-même, se releva et reprit sa course dans une ruelle courte, mais bien éclairée par les spots de la cour. Un coup de feu retentit derrière lui et la ruelle devint noire. Deux autres tirs rapides et l'obscurité revint.

Béni soit Spencer !

Drago accéléra, puis, en arrivant au bout de la ruelle, il s'arrêta net, sortit son arme et vérifia les alentours. Il scruta attentivement le parking. Rien. Accroupi, il avança lentement, en silence, et ouvrit la portière de la voiture. Il se glissa derrière le volant, affalé dans son siège pour ne pas se faire voir. Dix secondes plus tard, la portière côté passager s'ouvrit. Drago pivota, constata que c'était Spencer et baissa son arme.

— Vas-y ! jeta Spencer, laconique.

Alors que Drago s'apprêtait à tourner la clé de contact, son instinct s'éveilla. Dans des cas pareils, il écoutait toujours son instinct. Ce n'était pas le moment de faire du bruit ou de fuir. Ils avaient raté quelque chose – quelque chose d'important – et régler ce problème devait être leur priorité.

— Que s'est-il passé ? demanda-t-il.

— Un sniper avait pris place à l'intérieur d'un des bâtiments.

— J'ai senti la balle me frôler l'épaule. Il a donc tiré derrière moi.

Spencer hocha la tête.

— Oui. Il savait d'où Aziz allait venir et il avait l'angle parfait pour lui mettre une balle en plein front.

— Pourquoi tuer Aziz ? Quel intérêt avait-il ?

— Peut-être pour récupérer cet ordinateur…

Après réflexion Spencer ajouta :

— Nous devons y retourner.

Drago acquiesça. Il était d'accord, même si son cerveau n'avait pas encore compris ce qui le turlupinait.

— Pourquoi ?

— De mon point de vue, j'ai eu l'impression que c'était toi qui tirais sur Aziz. Et si quelqu'un t'avait filmé ?

— Pourquoi ? C'est un montage plutôt compliqué !

— Non, il suffisait de placer des caméras de façon stratégique. Désormais, les agents de la CIA ne chercheront plus à te ramener à Langley, ils vont recevoir l'ordre de t'abattre à vue.

L'esprit de Drago s'emballa. Quelles étaient les chances que Spencer ait vu juste ? Qui diable l'avait piégé comme ça ? Et pourquoi ?

Un seul nom lui vint à l'esprit.

Jabril Hamza.

Avait-il été plus proche de tuer le terroriste qu'il le pensait ? Était-ce à Berlin ou dans le désert ?

Spencer et lui sortirent de la voiture et, d'un pas calme, rapide et d'une synchronisation parfaite, ils retournèrent sur les lieux du meurtre. Spencer passa le premier, Drago marchant sur ses talons, tout en vérifiant derrière eux et devant, par-dessus l'épaule de son amant. C'était le genre d'approche dans laquelle les Navy SEAL excellaient : de nuit, sans bruit, affronter les ennemis avec efficacité.

Spencer longea le bâtiment le plus proche et remonta en courant une autre ruelle, aussi souple et silencieux qu'un félin. Drago suivit plus lentement, mais tout aussi silencieusement. Il rattrapa Spencer au moment où ce dernier tournait à l'angle de la rue.

Drago le fit aussi et s'arrêta, prenant rapidement ses repères. Ils étaient au-delà de l'endroit où la fusillade avait eu lieu, face à l'espace occupé par Aziz au moment où Drago l'avait approché. De là, une caméra aurait vu très nettement le visage de Drago, mais pas l'objet qu'il présentait au terroriste – l'ordinateur portable de Khoury.

Spencer s'arrêta lui aussi et leva les yeux.

Quand Drago suivit son regard, sa mâchoire se décrocha de stupeur : il y avait une caméra vidéo. Par signe, Spencer lui demanda d'approcher et de l'aider à monter. Drago acquiesça et plia la cuisse pour que Spencer y grimpe. C'était une chance qu'il n'ait rien d'une mauviette, parce que Spencer n'était pas léger ! Après la cuisse, le Navy SEAL lui martyrisa l'épaule en y posant sa lourde botte. Par chance, il eut alors assez de hauteur pour récupérer la caméra en tendant le bras. Drago serra les dents et prit son mal en patience.

Spencer descendit et continua le tour du périmètre. De l'autre côté, ils durent réitérer le processus pour une deuxième caméra montée à un angle similaire afin de capturer son visage, tout en cachant le fait qu'il n'avait pas tiré.

Oh, c'était définitivement un coup monté. Quelqu'un s'était donné beaucoup de mal pour lui coller un second meurtre sur le dos.

Drago jeta un coup d'œil au cadavre d'Aziz, allongé sur le sol, non loin de là. Quelle mort inutile ! Une pointe de regret le traversa, puis il se souvint que le défunt était un terroriste.

Quand Spencer fit mine de retourner vers la voiture, Drago lui tapota l'épaule.

— L'ordinateur, souffla-t-il à son oreille. Il faut que j'aille vérifier !

Spencer hocha la tête et s'agenouilla, son fusil en avant. Il utilisa la lunette pour scanner les environs, puis souffla :

— Vas-y. Je te couvre.

Confiant que Spencer mettrait du cœur à sa tâche, Drago partit en courant vers l'endroit où gisait Aziz dans une mare de sang. Il zigzagua cependant, afin de minimiser les risques.

Il ne fut pas vraiment surpris de constater que l'ordinateur avait disparu. Par acquit de conscience, il vérifia sous le cadavre. Nada. Le tireur était déjà venu le récupérer.

À ce moment-là, il entendit hurler des sirènes au loin.

Oh, putain, c'était comme la dernière fois, à Berlin ! Le piège avait été monté avec la même précision.

Drago partit en courant, droit vers la voiture. Dès que Spencer le rejoignit, il démarra sans plus se poser de questions et fila en veillant à ne pas laisser de traces de pneus sur le béton. Elles auraient pu donner des indices aux enquêteurs. Les sirènes se rapprochaient, devenant même sacrément bruyantes.

Drago prit la direction opposée et roula tout droit pendant quelques minutes, il tourna ensuite à angle droit et reprit une vitesse normale. S'il y avait un drone ou un hélicoptère au-dessus de lui, mieux valait ne pas attirer l'attention.

— On abandonne la voiture ? murmura Spencer.

— Non, le plus sûr moyen de brouiller les pistes est de la remettre là où nous l'avons prise. Nous n'avons pas le temps d'enlever notre ADN, alors, mieux vaut que la police ne sache pas quel véhicule examiner.

Après quelques détours, Drago retrouva l'endroit où ils avaient emprunté la voiture. La place était encore libre. Parfait ! Il se gara, laissa les portières ouvertes et s'éloigna rapidement, suivi par Spencer.

Il tendit à son amant des lingettes démaquillantes.

— Essuie ton visage, murmura-t-il.

Pour ce faire, Spencer dut presque vider le paquet : la graisse noire de son camouflage était tenace. Enfin, Drago vit émerger le visage de l'homme qu'il aimait.

— Merci d'avoir éteint ces spots, Spence. Et aussi d'avoir trouvé ces foutues caméras.

Spencer sourit.

— J'aime te baiser.

Drago esquissa un sourire.

— Moi aussi.

Spencer le prit par la nuque.

— Je serai toujours là pour sauver ton cul. Tu es à moi.

Bien qu'ils n'aient pas de temps à perdre, Drago se jeta sur Spencer et lui roula un gros patin.

— La mission n'est pas terminée, murmura Spencer contre ses lèvres.

— Ah, revoilà le bon petit soldat.

— Et alors ? Ça te plaît !

Oh, oui, et même infiniment plus que tu l'imagines !

Drago garda son aveu pour lui tandis que Spencer et lui partaient en courant dans la nuit.

L'AUBE ÉTAIT presque levée quand ils arrivèrent enfin à leur cachette, à l'autre bout de la ville, après leur habituelle routine de vérification de n'être pas suivis.

Spencer regarda Drago refermer la porte sur eux, il déposa son sac d'équipement et roula des épaules avec un soupir de soulagement.

— Tu veux un massage du dos ? murmura Drago.

— Volontiers.

— Déshabille-toi et étale-toi sur le lit, le nez dans le matelas.

Spencer obéit sans se faire prier. Drago éteignit la lumière et les ténèbres tombèrent sur eux. Allongé à plat ventre, le visage dans le pli du coude, Spencer sourit quand Drago chevaucha ses hanches. Tous les deux étaient nus.

Comme promis, Drago lui massa le dos. Fait assez étonnant, il ne fit rien de plus. Il avait des mains fortes et connaissait bien la musculature du dos, car même dans le noir, il trouva avec infaillibilité les nœuds sensibles.

Une fois détendu, Spencer roula sur lui-même, sans déloger Drago, et lui attrapa les cuisses dans l'obscurité.

— Tu veux que je te masse aussi ? souffla-t-il.

Drago se souleva et s'étendit de tout son long à côté de lui. Spencer se releva sur un coude et posa la main sur le visage de Drago, appréciant le contact de sa barbe drue au creux de sa paume.

— J'aime tout chez toi, murmura-t-il.

Drago se figea contre lui.

— Tu es sérieux ?

À son tour, Spencer se raidit. N'était-ce pas la parfaite opportunité de déclarer ses sentiments ? Il ne le put. Son angoisse de se dévoiler se réveillait en hurlant : *tais-toi ! Tiens ta langue.*

— Oui. Tu es un mec génial.

Pas un déni à franchement parler, mais pas non plus une vraie déclaration d'amour.

Drago s'écarta de lui.

Merde. Spencer ne pouvait pas lui en vouloir. D'un bras posé sur ses épaules, il bloqua cependant la retraite de son amant et l'invita à se blottir contre lui.

Pendant un moment, Drago ne bougea plus, ni dans un sens ni dans l'autre.

Puis Spencer l'entendit soupirer et le sentit revenir vers lui.

Ils n'échangèrent plus un mot. En revanche, Spencer laissa son corps parler pour lui, essayant d'expliquer à Drago combien il tenait à lui. Ils s'embrassèrent lentement, presque tendrement, échangeant caresses et baisers, face à face, leurs jambes emmêlées.

La nuit avait été longue et aucun d'eux ne semblait prêt à un autre marathon sexuel. Spencer posa la main sur l'érection de son amant, qui fit la même chose. Pendant un long moment, leurs mains se déplacèrent au même rythme.

Puis Spencer se positionna tête-bêche et prit le sexe de Drago dans sa bouche. Il fit tournoyer sa langue autour du gland épais, au goût salé, savourant le musc qu'il connaissait si bien. Jamais il n'en aurait assez de cet homme !

Drago tira sur le genou gauche de Spencer. D'abord étonné, Spencer comprit vite et se soumit aux gestes de son amant. Très vite, lui aussi recevait une fellation.

Des lèvres chaudes et humides s'étaient refermées sur sa queue, la succion était forte et délicieuse. Spencer déplaça son poids sur le lit afin de donner à Drago un meilleur accès tout en continuant à s'activer sur lui.

Ils réussirent à se branler en cadence, un acte si sensuel et intime que Spencer frissonnait. En même temps, il mettait tout son cœur à satisfaire Drago. Aimer et être aimé, c'était bouleversant.

Il ne s'était pas attendu à ce qu'un soixante-neuf soit une telle expérience émotionnelle. Pourtant, c'était le cas… Spencer s'étouffa, pas sur la queue de Drago, non, mais sur les émotions qui bouillonnaient en lui. Il lécha le sexe de Drago sur toute sa longueur, passa aux bourses, puis revint à ce membre glorieux.

Drago lui faisait subir le même traitement. Spencer, contracté de la tête aux pieds, sentait monter les spasmes qui annonçaient un orgasme imminent. Dray aussi sans doute, car il agitait les hanches incoerciblement et enfonçait sa queue plus profondément encore dans la bouche de Spencer. La friction était si jouissive que même son cul se mit à réagir.

Spencer s'activa de plus en plus vite sur la queue de Drago, tout en baisant sa bouche. Pris dans une frénésie de passion partagée, ils grognèrent ensemble, gémirent ensemble et se frottèrent l'un à l'autre.

Éperdu, Spencer tenait à combler son amant, à lui faire oublier tout ce qui n'était pas ce moment précis, leur couple. Il voulait s'assurer que Dray ne le quitte jamais plus. Ne l'envisage même pas.

Et peut-être Drago avait-il la même idée, car il ne ménageait pas ses efforts pour mener Spencer à l'orgasme. Il empoigna ses bourses, lui arrachant un cri d'extase étranglé. Ils jouirent ensemble.

Spencer ferma les yeux quand le sperme chaud fusa au fond de sa gorge alors qu'il explosait dans la bouche de Drago. Des ondes de plaisir le traversèrent depuis ses cheveux jusqu'à ses orteils. Il hurla sa jouissance, la bouche encore pleine de son amant.

Ils frissonnèrent ensemble quelques secondes, puis Spencer roula sur le côté, anéanti. Il n'avait pas assez d'énergie pour changer de position.

Il le fit un moment plus tard et s'étendit à côté de Drago. Comme ce dernier avait écarté les bras, Spencer usa de l'un d'eux comme oreiller. Dray resserra son emprise sur lui, afin de le serrer plus près encore. Ses flancs montaient au rythme de sa respiration.

Heureux et repus, Spencer s'endormit blotti contre Drago, la cuisse sur la sienne, à écouter battre son cœur.

La perfection.

XVII

Drago ne savait pas trop s'il devait ressentir de la colère ou du chagrin en voyant que Spencer refusait encore d'admettre son amour pour lui. Au fond, il était surtout furieux contre lui-même d'avoir espéré le contraire.

Il savait que Spencer tenait à lui. Il savait aussi être le seul homme pour lequel Spencer avait jamais eu des sentiments. Il savait enfin que Spencer n'hésiterait pas à sacrifier sa vie pour lui.

Alors, était-ce trop demander de vouloir que son amant se montre honnête ? Peut-être, mais putain, comme Drago aurait aimé entendre ces mots prononcés à voix haute !

Il avait parfaitement compris que le soixante-neuf initié la veille par Spencer était une façon de s'excuser. Et pour être franc, Drago avait savouré lesdites excuses. Spencer taillait une pipe avec enthousiasme sans protester quand Drago allait un peu trop profond dans sa gorge.

Drago soupira. Pourquoi était-il d'une humeur de chien ce matin ? Il n'avait aucune raison valable pour ça ! Après tout, lui non plus ne s'était pas fendu d'une grande déclaration vis-à-vis de Spencer.

Quand il s'assit au bord du lit, Spencer leva les yeux de la table où il regardait les téléphones à carte prépayée. Drago reconnut instantanément ce regard attentif : Spencer avait une idée.

— À quoi penses-tu, Spence ?

— Ces téléphones ont un répertoire. Pourquoi ne pas appeler tous les numéros en mémoire pour voir sur qui on tombe ? Tu pourrais annoncer avoir un autre ordinateur portable ayant appartenu à Khoury et ne vouloir le donner qu'à Hamza en personne. Si nous leur prouvons savoir ce qui se trouve sur le disque dur, ils paniqueront et s'empresseront certainement de prévenir Hamza. Merde, si ça se trouve, on pourrait même tomber directement sur lui avec un de ces téléphones.

— Ça marcherait probablement, convint Drago. Mais ils viendraient en masse et nous serions défavorisés en nombre et en armes.

Spencer haussa les épaules.

— Et alors ? Les SEAL ont l'habitude d'affronter des ennemis plus nombreux qu'eux.

— Avec ton plan, nous tomberions peut-être sur Hamza, mais ça ne nous donnerait pas l'identité de la taupe qui le renseigne à la CIA. Et à l'heure actuelle, ce fumier représente pour moi la plus grande menace.

— Aurais-tu une idée pour lui faire passer un message ? Si la taupe était au courant de nos projets pour débusquer Hamza, ne se sentirait-elle pas tenue d'assister à la rencontre ?

Drago eut un sourire démoniaque.

— Oh, la prévenir, c'est très facile. Il nous suffit de retourner chez moi et d'évoquer nos projets à haute voix. Je suis certain que c'est la taupe qui a placé ces mouchards dans mon appartement, il est donc probable qu'elle reste à l'écoute.

Spencer hocha lentement la tête.

— Bien sûr ! Tu as raison !

Drago se sentit tenu de préciser :

— Avant d'aller plus loin, tu es conscient de ce qui risque d'arriver si nous appliquons ton idée, hein ? Nous aurons à nos trousses toute la cellule terroriste, mais aussi les agents de la CIA.

— Je sais, répondit Spencer, le regard droit dans le sien.

— Merde ! Tu es suicidaire ?

Spencer esquissa un sourire ironique.

— Plus maintenant. Grâce à toi

— Donc, tu admets avoir délibérément mis ta vie en danger ces dernières années ? persifla Drago, sans trop savoir que penser.

Spencer répondit avec plus de sérieux qu'il ne s'y attendait.

— Oui, surtout ces derniers mois. Je n'avais pas réalisé combien j'étais épuisé et malheureux avant que tu reviennes dans ma vie.

Drago était sonné. Ainsi, Spencer n'était pas autant dans le déni qu'il l'avait pensé à son réveil. Tout espoir n'était pas perdu, finalement. Il en adressa un grand merci au ciel.

Spencer tambourina ses doigts sur la table.

— Où allons-nous tenter cette confrontation ? Certainement pas au milieu de Paris !

Ramené à leur mission, Drago grogna.

— Bien sûr que non ! Évitons de massacrer les civils, ça ferait désordre.

— Connaîtrais-tu un endroit loin de Paris, mais pas trop difficile d'accès pour nous ?

Drago sourit.

— Mon cher, je suis dans le métier depuis assez longtemps pour avoir établi des contacts, plein de contacts. Et plusieurs d'entre eux ont de délicieuses résidences secondaires en pleine campagne.

— Parfait, repassons d'abord dans ton appartement.

— D'accord.

Spencer sourit.

— Tant mieux. Je suis impatient de récupérer mon matériel.

— Et moi de reprendre ma vie en main.

— Je comprends, ça ne doit pas être facile pour toi de savoir que la CIA a lancé un mandat d'arrêt à ton nom.

— Tu le supporterais, toi ?

— Sûrement pas. Tu as été beaucoup plus patient que je m'y attendais. C'est vrai au fond, tu as changé, tu as mûri.

Drago soutint le regard de Spencer.

— Merci.

Une communication passa entre eux, plus sincère et chaleureuse que des paroles. Ils étaient ensemble dans cette histoire. Ils le resteraient jusqu'à la fin. Depuis qu'il avait admis l'innocence de Drago, Spencer avait compris que son amant était victime d'un coup monté. Ce que les événements de la nuit passée avaient amplement confirmé.

— Allons appâter la taupe de la CIA !

Une heure plus tard, ils étaient devant la porte de l'appartement de Drago. Spencer murmura :

— Et si ce n'est pas la CIA qui a mis ton appart sur écoute ?

— Impossible. À part toi, ce sont les seuls à savoir que je possède ce logement.

— D'accord. Alors, allons-y et donnons à notre taupe de quoi transpirer en apprenant ce que nous savons des plans d'Hamza.

Drago déverrouilla la porte et entra en scène – puisqu'à ses yeux, son appartement l'était devenu. Il se dirigea vers la cuisine et récupéra son téléphone portable, toujours en charge. L'écran annonçait huit messages. Pour un tout nouveau téléphone dont il n'avait donné le numéro qu'à une seule personne, c'était impressionnant.

Qu'avait donc Charles Favian à lui dire de si urgent ?

Drago envoya un SMS :

Qu'est-ce que tu as pour moi ?

Il reçut une réponse immédiate :

Nous avons reçu des images de toi hier soir flinguant un de nos indics.

— Et merde ! ne put retenir Drago.

— Quoi ? s'inquiéta Spencer

— Regarde ça.

Il montra le texto à Spencer, qui jura lui aussi. Ainsi, Aziz avait renseigné les Américains ? Merde alors !

Drago réfléchissait vite. Les caméras avaient dû transmettre en direct à Langley.

Il écrivit à Charles :

Qui a reçu les images ?

Encore une fois, la réponse fut immédiate :

Je ne sais pas.

Drago vit rouge.

TROUVE.

Chaz répondit :

Pas la peine de crier. Je regarde et je te tiens au courant.

Cette fois, Drago n'hésita pas à le mettre au courant :

Jabril Hamza a une taupe à la CIA et le suspect le plus évident est celui qui a reçu cette vidéo de moi. Je sais que l'Agence s'en tient à sa position officielle, Hamza est mort, mais c'est faux. Spencer est d'accord avec moi : Kurbaj EST Hamza. Ça a toujours été ma conviction. Trouve qui a reçu cette vidéo bidon, j'ai encore été piégé. Cette fois, ils vont se sentir tenus de lancer des tueurs à mes trousses.

Charles ne répondit pas. Mais Drago ne s'en inquiéta pas.

Il se tourna vers Spencer et esquissa un sourire forcé. Il avait un creux à l'estomac.

Spencer avança vers lui et le serra dans ses bras, fort. Drago en fut étonné, car ils étaient très certainement filmés et son amant le savait. Il accepta néanmoins cette marque de soutien, il en avait bien besoin. Il cachait sa panique, mais que Langley ait déjà un film de lui la nuit dernière était une très mauvaise nouvelle : une fois encore, il allait passer pour coupable.

Spencer s'écarta et lança :

— Bon, on y va. Installe-toi et lance tes invitations.

Drago acquiesça et sépara les téléphones portables en deux, il en passa la moitié à Spencer. Ils consacrèrent les minutes suivantes à appeler tous les contacts de chaque téléphone et, pour faire bonne mesure, ils envoyèrent aussi un message en arabe à tous les numéros composés indiquant avoir en leur possession le deuxième ordinateur portable de Fayez Khoury, le plus important, et être prêts à le donner en personne à Kurbaj. Comme lieu de rendez-vous, ils donnèrent l'adresse d'une maison de campagne appartenant à un banquier dont Drago savait qu'il serait absent cette semaine.

Ensuite, ils récupèrent leurs sacs d'équipement d'origine – sans doute bourrés de mouchards – et les clés de la camionnette avant de quitter l'immeuble. Ils n'étaient restés dans l'appartement que dix minutes, ce qui ne suffisait pas pour envoyer une escouade. Par contre, la taupe de la CIA devait déjà avoir appris leurs projets.

Drago espérait que l'appât soit assez tentant pour qu'Hamza morde à l'hameçon.

SPENCER SIFFLOTA en sortant de la forêt, quand il vit la demeure au bout de l'allée. Une maison de campagne ? Ça ressemblait plutôt à un château.

— J'espère qu'il n'y aura pas de fusillade ! s'exclama-t-il. Ce serait dommage d'abîmer un aussi bel endroit.

— Je n'ai pas l'intention de tout abîmer, grogna Drago. Nous resterons dans les bois. Et attends un peu de voir l'intérieur de cette baraque ! On se croirait à Versailles. À la Révolution, en 1789, le seigneur de l'époque s'est arrangé pour afficher des idées rouges, alors, ils l'ont laissé tranquille. À la Restauration, sa progéniture est revenue d'exil et a récupéré le château quasiment intact. Depuis, il est resté dans la famille.

Drago et Spencer descendirent de la camionnette pour décharger leur équipement avant de faire un tour rapide des lieux. Le château n'était pas très grand, mais Spencer n'avait jamais rien vu d'aussi luxueux.

Les deux hommes s'attablèrent dans la cuisine pour un rapide encas. Ensuite, Drago déclara :

— Il faut trouver l'endroit de notre rendez-vous. Le parc est immense, pas loin de quatre cents hectares, aussi n'aurons-nous aucun mal à rester à l'écart du château. Dès que nous aurons déterminé le lieu adéquat, nous enverrons ses coordonnées GPS via les téléphones que nous avons récupérés chez Khoury.

Ils consacrèrent le reste de l'après-midi à parcourir le parc et à se familiariser avec la configuration du terrain. Au crépuscule, ils tombèrent sur une cabane de chasse au fond de la propriété, au cœur de la forêt. Un chemin plein de ronces menait à une route départementale qui bordait le parc.

— C'est l'endroit parfait ! déclara Spencer.

Drago acquiesça. Puis il ajouta :

— Quand j'ai annoncé à René que tu étais un Navy SEAL, il a ajouté à ma commande des explosifs, un bloc de C-4 [28] et du filin. J'aimerais que tu pièges cet endroit au cas où… D'accord ?

— Pas de problème, je m'en charge.

Il se mit au travail sans plus attendre. À partir du mastic gris, il façonna les charges qu'il plaça stratégiquement près de la porte et aux points clés de la structure. Il attacha le filin aux charges et les relia à un détonateur à distance, puis il couvrit les traces avec des feuilles et de la mousse.

— Mec, tu es doué ! lança Drago. Tu devrais entrer dans l'Armée !

Spencer lui donna un léger coup de poing dans le bras, Drago se vengea en lui roulant un patin.

Quand Spencer s'écarta, il avait le souffle court.

— Tu attaques sous la ceinture, protesta-t-il. Ça n'est pas loyal.

— Je m'en fous, répliqua Drago, sincère. Ce qui compte pour moi, c'est de gagner.

Le soleil se couchait, la lumière baissait. Ils installèrent leurs postes de tir à proximité de la vieille cabane, mesurèrent avec soin la distance entre la porte et leurs positions, l'écart entre leurs deux postes et discutèrent des voies d'entrée et de sortie et du champ que leurs angles de tir étaient censés contrôler.

Ils revinrent ensuite jusqu'au château et cachèrent le fourgon dans le garage. Drago retourna dans la cuisine leur préparer un encas. Au même moment, le téléphone portable de Spencer vibra, annonçant un message. C'était de Charles.

Rapidement, il le lut :

Je sais qui a reçu la vidéo d'hier soir. Mon patron, Omer Akaba. Je n'ai aucune preuve qu'il soit impliqué avec Hamza, mais je vais le surveiller. Il finira sûrement par se trahir. Il est parti à l'improviste cet après-midi. J'ignore où il est allé. Avez-vous besoin de quelque chose ?

Spencer répondit :

Mes hommes, mais je doute que vous ayez le pouvoir de déployer une équipe de Navy SEAL.

La réponse de Charles ne tarda pas :

Non, et je le regrette. Soyez prudent et veillez bien sur D.

Spencer empocha son téléphone.

---

28 Explosif de type plastic principalement utilisé par l'armée et les entreprises de démolition.

C'était intéressant. Si Akaba avait surveillé les films en provenance de l'appartement parisien de Drago, son départ pouvait être lié à l'appât lancé.

Drago revint au salon avec un plateau garni de fromage, de saucisson, de pommes. Il avait aussi une baguette de pain et une bouteille de vin.

Spencer s'empressa de l'aider, craignant que le vin se casse.

Comme il avait très faim – et Dray aussi –, il attendit la fin du pique-nique pour poser la question qui le turlupinait :

— Tu as déjà travaillé avec Omer Akaba, Dray ?

Drago releva vivement les yeux.

— Oui. Pourquoi ?

— Que connaît-il de tes opérations ?

— Quasiment tout. Une grande partie des informations que je collecte arrivent directement à son bureau.

— Te fournit-il des renseignements exploitables ? insista Spencer.

— Parfois. C'est lui qui m'a prévenu de la présence de Fayez Khoury à Berlin, il m'a aussi donné l'adresse de ce bordel.

À ces mots, Spencer s'étouffa avec le pain qu'il avait dans la bouche, il toussa, déglutit, et avala une gorgée de l'excellent vin rouge.

Drago lui tapa vigoureusement dans le dos.

— Ce n'est pas le moment de clamser. J'ai besoin de toi pour le C-4.

Spencer s'étrangla encore, cette fois d'indignation.

— C'est tout ? croassa-t-il.

Devant le regard noir de Drago, il réalisa l'incongruité de sa question. Il ne put continuer sur le sujet, car Drago devenait soupçonneux :

— Pourquoi me parles-tu d'Akaba ?

Spencer soupira. Inutile de tourner autour du pot. Drago était capable de sentir un mensonge, même partiel, à un kilomètre.

— Je viens de recevoir un texto de Charles Favian : c'est Akaba qui a reçu les images de la fusillade hier soir, celle qui t'implique pour le meurtre d'Aziz.

Drago le fixa.

— Donc, ce serait lui la taupe d'Hamza ?

— Peut-être. Charles dit qu'il n'a encore aucune preuve formelle, mais il cherche.

— Merde ! Je travaille avec Akaba depuis *des années*.

— Et Hamza était au courant de tout ce que tu lui rapportais.

— Le fumier !

Soudain, Spencer eut une horrible idée.

— Dray, il y a dix ans… quand nous traquions Hamza et sa cellule terroriste en Israël… Akaba était-il déjà ton supérieur à la CIA ?

Drago jura plus violemment encore. Une réponse en soi. Spencer en fut consterné.

— Ça change toute la donne… la tragédie du Grand Med…

— Oui, gronda Drago entre ses dents.

Ils avaient été joués. Toutes ces années, ils avaient été manipulés, trompés, abusés. Spencer évoqua ce que le drame d'antan leur avait coûté : culpabilité, remords, sentiment d'échec, cette tache sur leurs deux carrières… Et voilà que depuis le début, le vrai coupable était Akaba : il travaillait avec Hamza. Le terroriste savait donc que lui et sa cellule étaient sous surveillance. Pas étonnant que Spencer et Drago n'aient trouvé aucun indice leur permettant de découvrir à temps le bombardement prévu !

— Ce n'était pas de notre faute, souffla Spencer.

Drago secoua la tête, la mine sombre.

— Concernant la bombe et le massacre de ces civils, c'est vrai, mais j'aurais dû comprendre bien plus tôt qu'Akaba était un agent double… Ou au moins qu'Hamza avait une taupe à la CIA.

— Drago ! Arrête ! Ne fais pas un transfert de culpabilité. Tu ne pouvais pas le deviner et moi non plus. Nous sommes censés nous fier à ceux avec qui nous travaillons. Pourquoi aurions-nous douté d'Akaba il y a dix ans ? Réécrire le passé ne sert à rien, il faut tourner la page. Nous n'avons rien fait de mal !

Drago esquissa un sourire sans joie.

— Waouh ! C'est toi qui me dis ça, toi qui n'as pas cessé de prétendre que notre relation avait interféré avec notre mission ? Où est passé le Captain Sans Peur et Sans Reproches ?

Spencer l'attrapa par les épaules et le secoua.

— Je suis sérieux. Ce n'était pas de notre faute !

— Une autre idée inquiétante me vient, déclara Drago lentement. Et si Akaba avait manœuvré pour t'envoyer me récupérer ? Je trouve que nos retrouvailles et la réapparition d'Hamza sont une coïncidence un peu dure à accepter.

Spencer réfléchissait.

— Son but serait qu'Hamza nous descende tous les deux, selon toi ?

— Ça me paraît logique.

— Le salaud !

Ils se regardèrent, l'air sombre.

— D'accord, souffla Spencer. Il faut éliminer ce putain de terroriste une bonne fois pour toutes. Et Akaba aussi, pour faire bonne mesure.

Drago leva la bouteille de vin en portant un toast.

— À la rédemption, lança-t-il. Et à la vengeance.

Spencer sourit.

— Là, je te reconnais bien, Dray. Tu es sanguinaire, au fond.

Drago brandit comme une épée ce qui restait de la baguette française.

— Akaba paiera. Après avoir réglé son compte à Hamza, j'irai m'occuper de son complice.

Spencer grimaça. Il tenait à ce que Drago reste concentré sur la mission prévue, sans se perdre sur de lointains projets. Spencer avait établi une liste de ses priorités : liquider le terroriste, retourner à Washington, innocenter Drago… Ensuite seulement, ils se poseraient la question de désinfecter la CIA.

— On verra plus tard pour les agents doubles. Pensons d'abord à Hamza. D'accord ?

— Oui.

Ils restèrent assis dans le noir une grande partie de la soirée, en silence la plupart du temps, perdus dans leurs pensées. Spencer se demanda si, comme lui, Dray réécrivait mentalement l'histoire des dix dernières années en tenant compte de cette révélation explosive : la taupe d'Hamza avait été impliquée dans leur mission en Israël.

Ils établirent des tours de garde, l'un d'eux dormait pendant que l'autre restait posté en sentinelle. Spencer occupa ses heures de veille à regarder dehors et dévisager Drago endormi à côté de lui. Il eut du mal à résister à son envie de l'embrasser, de passer les doigts dans ses cheveux indisciplinés, de lui faire l'amour.

Quand il évoquait son avenir après avoir quitté l'Armée, Drago en faisait désormais partie. Il en était même l'axe principal.

Avant ça, il leur fallait régler le problème d'Hamza, sinon cette épée de Damoclès ne cesserait jamais de menacer Drago. Entre lui et le terroriste, la guerre était déclarée, elle ne prendrait fin qu'avec la mort d'un des deux adversaires. Spencer comprit alors que le lendemain soir, son avenir et celui de Drago allaient se jouer.

Ou plutôt, leur avenir commun.

Il se fit une promesse : quand ce serait fini, il prendrait un long congé avec Drago et consacrerait tout son temps, toutes ses attentions à l'homme qu'il aimait. Après tout, Spencer n'était vraiment lui-même qu'avec Drago. C'était même grâce à lui qu'il s'était enfin trouvé.

À peine levés le lendemain matin, ils retournèrent à la cabane dont ils envoyèrent par SMS les coordonnées GPS à tous les contacts des téléphones de Khoury. Ils fixèrent le rendez-vous à minuit.

Il ne leur restait plus qu'à attendre.

Et à se demander si leur plan allait fonctionner.

Et à prier pour que Jabril Hamza reçoive un de leurs SMS ou qu'Akaba le contacte et lui donne le renseignement nécessaire : l'endroit où retrouver ses deux ennemis d'antan pour la confrontation finale.

XVIII

Drago s'étonna de son impatience à voir minuit arriver. D'habitude, il n'était pas aussi pressé d'affronter le danger. Ce soir, c'était différent, il attendait depuis si longtemps d'avoir Jabril Hamza dans son viseur. Et de presser la détente.

— *Du calme, champion,* murmura Spencer. *Je sens ta nervosité d'ici.*

Ils s'étaient séparés, se positionnant chacun d'un côté de la cabane. Ils avaient passé la matinée à tirer et à régler les viseurs de leurs armes. Avec une cible à six cents mètres, Drago était un tireur d'élite presque aussi bon que Spencer. Après cette découverte, ils avaient consacré leur début d'après-midi à débroussailler les bois à six cents mètres environ de la cabane et à couper les branches basses pour se créer des lignes de mire dans une demi-douzaine de directions différentes.

Drago était couché dans une de ces lignes de tir, Spencer dans une autre, sur la droite. Tous deux visaient la cabane, ce qui leur permettrait de tirer à volonté sans avoir à s'inquiéter des balles perdues.

Spencer était positionné plus près de la route départementale.

— Tu vois quelque chose ? demanda Drago.

Ils communiquaient via les micros du sac d'équipement de Spencer.

— *Négatif. Je t'ai déjà dit que je te préviendrai au premier mouvement suspect.*

— Tu es certain de les entendre ? s'inquiéta Drago. Et s'ils se garent à perpette et arrivent à pied ?

— *J'en doute. D'après moi, ils la joueront arrogants. Ils conduiront le plus longtemps possible et marcheront le minimum. Hamza devrait être bien entouré : au moins quatre de ses hommes et peut-être deux de la cellule de Khoury.*

— Dans ce scénario, il enverra les gars de Khoury en premier comme chair à canon. Ils se feront tuer, mais ça révélera notre position et notre puissance de feu. Il chargera ensuite ses gars de nous tendre une embuscade et de nous faire sortir.

— *Exactement. Rappelle-toi donc de tirer au révolver au début, pas au fusil automatique. Avec un peu de bol, ils nous penseront armés de façon rudimentaire. Et si possible, ne te déplace pas. Qu'ils connaissent notre position nous arrangerait.*

— Je sais, tu me l'as répété cent fois. Je ne suis ni idiot ni amnésique, Captain Mère Poule.

Spencer soupira.

— *Excuse-moi. Je m'inquiète pour toi.*

Drago répondit à mi-voix :

— Moi aussi.

Ensuite, le silence retomba, chacun suivit son processus habituel de combattant pour se vider l'esprit et se préparer à une violence susceptible d'éclater en une fraction de seconde.

Quoi qu'il arrive, tout serait fini en quelques minutes, Drago en était sûr.

— *Une voiture avance sur la route,* souffla Spencer. *Un gros SUV. Il ralentit. Il prend le chemin. Il éteint ses phares. C'est eux.*

DRAGO SE plaqua au sol tandis qu'un calme surnaturel s'emparait de lui. Il laissa le froid de la terre pénétrer en lui, trouvant son humidité presque apaisante, car elle le confortait dans son sentiment de se fondre dans son environnement. Le fusil devint une extension de son corps, la lunette une extension de son œil.

Les minutes s'écoulèrent lentement. Puis le SUV émergea des bois, lourdement blindé, et il avança lentement vers la cabane. Drago fronça les sourcils : ils devaient bien savoir que ni Spencer ni lui ne se trouvait à l'intérieur, quand même ! Personne n'était assez con pour faire une erreur pareille !

Là. Un homme émergea des bois et passa devant Drago, à trois cents mètres environ, en direction de la cabane.

Drago et Spencer étaient tombés d'accord pour laisser un premier groupe arriver sur les lieux avant de lancer le débat. Un deuxième homme suivit les traces du premier. Lui aussi avança tout droit vers la cabane. *Idiot.* À la chasse, le chemin le plus facile n'était jamais le meilleur. Drago avait un dos dans son viseur, une cible large et facile.

Cent mètres de la cabane.

Quatre-vingts mètres.

Cinquante. L'homme s'arrêta.

À un signal invisible, lui et plusieurs autres silhouettes bruyantes se ruèrent en avant, tous à la fois. C'était trop facile. Drago souffla et bloqua sa respiration avant de presser la gâchette. L'homme tomba en avant comme une masse, mort sur le coup. Comme Drago avait visé la nuque, le visage devait être méconnaissable.

Deux autres tirs résonnèrent du côté de Spencer.

Drago déplaça son fusil vers la droite pour viser l'angle droit de la cabane qu'il avait dans sa ligne de mire. Quand il vit une silhouette, il tira et atteignit sa cible au torse. Un hurlement retentit. Drago visa le cou, le silence retomba.

Spencer tira deux autres coups de feu, presque assourdissants dans la nuit. Drago fit le compte : il avait tiré trois fois, Spencer, quatre.

Il changea d'arme et opta pour un pistolet automatique dont il vérifia le chargeur. Enfin et surtout, il chaussa les lunettes de vision nocturne et le casque que Spencer avait insisté à le voir porter. La forêt lui apparut soudain en vert et noir. Les signatures thermiques se reconnaîtraient à leur forme de halo blanc.

Drago attendit l'arrivée des rock stars. Il se concentrait désormais, écoutant avec attention. Les prochains ennemis à se présenter formeraient la garde rapprochée d'Hamza, des professionnels qualifiés. Peut-être arriveraient-ils par-derrière. Le plan était de les attirer le plus près possible, pas de jouer à cache-cache avec eux dans les bois.

Drago sentit une démangeaison entre ses omoplates et fut tenté de rouler sur le dos pour scruter les bois derrière lui. Mais pour le moment, il était à l'abri d'une couverture spéciale qui bloquait la radiation de sa chaleur corporelle et empêcherait un ennemi muni de lunette de détection de le repérer.

Il n'eut qu'une fraction de seconde d'avertissement. Il roula sur lui-même, son fusil brandi en avant, alors qu'une forme d'un blanc éblouissant jaillissait d'un arbre à deux mètres à peine derrière lui. Drago tira une rafale à bout portant, trois balles au moins frappèrent son agresseur en pleine poitrine. Sous l'impact, il bascula en arrière.

Drago se précipitait déjà vers une autre position de tir. Cette fois, il avait le dos collé à un épais tronc d'arbre avec deux cent soixante-dix degrés de champ de tir. Il scruta rapidement ce qui se passait devant lui dans sa lunette.

Aucune signature thermique.

Un « *clic* » résonna à son oreillette. *Spencer. Dieu merci !*

Drago posa la main sur son micro et renvoya le « *clic* ». Il devrait y avoir deux autres ennemis au moins à proximité, peut-être même Hamza en personne.

Drago resta parfaitement immobile. Après la fusillade, plus un animal nocturne ne faisait le moindre bruit, même la nuit semblait retenir son souffle, car pas une feuille ne bougeait, il n'y avait pas la moindre brise.

Pourtant, la tension dans l'air était palpable.

Sois prudent, Spencer. Ne joue pas au héros. Reste en vie.

Par un effort de volonté, Drago repoussa de son esprit son inquiétude désespérée pour son amant et se concentra sur la forêt et son arme.

Soudain, ce fut l'enfer.

SPENCER ÉTAIT accroupi à l'abri d'un affleurement rocheux, il retenait son souffle. Quelqu'un se tenait juste au-dessus de lui, utilisant sans doute le haut rocher pour scruter la forêt. Malheureusement, Spencer n'avait pas un bon angle de tir et s'il jaillissait de sa cachette avec son couteau, il atteindrait au mieux la cheville de l'ennemi, ce qui n'était en aucun cas un organe vital. Il avait beau avoir des nerfs d'acier, sa situation était angoissante.

En entendant bruisser les feuilles, il sut que l'autre s'éloignait. Il dut attendre de le voir apparaître.

Là. Sur sa gauche. Était-ce Hamza? La taille correspondait, mais les lunettes de vision nocturne ne permettaient pas une identification formelle.

Spencer s'écarta avec prudence, pas à pas, à la poursuite de la cible. Drago et lui étaient censés refermer l'étau sur la seconde vague des terroristes et les mitrailler.

Spencer suivait toujours l'ennemi quand il sentit un mouvement rapide derrière lui. Il se retourna d'un bond au moment où une forme d'un blanc éblouissant tombait d'un arbre sous lequel il venait de passer. Malgré sa réaction rapide, Spencer sentit un objet froid et dur – et mortellement pointu – effleurer sa gorge. *Ben voyons!*

De sa main gantée, il empoigna la lame et le poignet qui la tenait, et d'une torsion, projeta son assaillant par-dessus son épaule. Dès que le terroriste toucha le sol, Spencer se jeta sur lui et lui trancha la jugulaire. Un jet de sang chaud jaillit, l'atteignant au niveau du cou.

Il appuya sur la lame, creusant plus profondément afin de s'assurer que l'ennemi ne se relèverait pas. Puis il roula sur lui-même et, étendu sur le dos, il scruta la forêt.

Merde. Deux silhouettes avançaient vers la droite et deux autres les couvraient en éventail. Tous les quatre avançaient vers le secteur de Dray. Putain, combien d'hommes Hamza avait-il pris avec lui?

Spencer se releva et partit en courant vers l'endroit où Drago devrait être. Des coups de feu éclatèrent devant lui. Ces salauds tiraient sur son homme ! Spencer continua sa course, chargeant droit sur l'origine des tirs. Il leva son arme et, sans ralentir, envoya une rafale dans le dos de l'ennemi le plus proche. Un cadavre s'écroula la tête la première dans l'humus.

Le terroriste de gauche se tourna pour l'arroser de son arme automatique. Spencer dut plonger et se mettre à couvert derrière un tronc d'arbre tombé. Des morceaux de bois mort éclatèrent et lui mitraillèrent le visage. Un deuxième tireur le prit également pour cible. Il était mal barré. Dès que le tronc serait transformé en copeaux, plus rien ne le protégerait des balles.

DRAGO VIT les deux tireurs à sa gauche se détourner de lui et tirer dans une autre direction. Il devina sans peine leur nouvelle cible. Spencer. Ces putains d'enfoirés tiraient sur Spencer !

Oh, non, pensa-t-il.

Il bondit en lâchant sur les deux terroristes à sa droite une rafale continue qui gaspilla une bonne partie de ses munitions. Les ennemis se mirent prestement à l'abri, donnant à Drago un répit de quelques secondes pour charger ceux qui s'en prenaient à Spencer. Il abattit le premier dans le dos, mais le second se retourna pour riposter. Drago dut s'abriter derrière un arbre.

Et merde. C'était le scénario que Spencer et lui avaient espéré éviter : jouer à cache-cache dans le bois avec une bande de tueurs entraînés.

Il s'éloigna vers la gauche, contournant le dernier tireur. Il devait éviter de se trouver en position de tirer sur Spencer et inversement.

Il entendit une brindille se briser à sa gauche.

Merde.

Il se figea, hésitant à se mettre à couvert ou au contraire, à filer. Une totale immobilité était une bonne couverture à condition que les hommes d'Hamza n'aient pas de lunettes thermiques.

Drago attendit un long moment. Plus rien ne bougeait.

Ne déconne pas, Spencer. Je te veux vivant, je t'aime.

SPENCER RAMPAIT, les coudes plantés dans la mousse qui recouvrait le sol, s'éloignant aussi rapidement que possible du tronc que les deux ennemis mitraillaient toujours. Par chance, il était couvert d'une bonne couche de copeaux de bois, de terre et de feuilles mortes, ce qui ne pouvait qu'améliorer son camouflage.

Où es-tu, Dray ? Ne fais pas l'idiot, surtout. Sois très prudent. Évite le piège où ils cherchent à t'enfermer. Bouge. Ne reste pas en position, tu te ferais repérer.

Et merde ! Si seulement il pouvait envoyer un message télépathique !

Leur troisième position de repli était au nord de la cabane. Spencer s'arrêta et prit le temps de jeter un coup d'œil à travers les branches, ce qui lui permit de s'orienter. Il vira sur sa droite, rampant toujours. Ça n'était pas le moyen le plus agréable ou le plus rapide de se promener dans les bois, mais tout valait mieux que de servir de cible aux hommes d'Hamza.

Tiens bon, Drago. J'arrive.

OÙ ES-TU, Spencer ?

Drago était accroupi à l'abri du mur de la cabane, côté nord, mal à l'aise d'être si peu couvert pendant qu'il attendait Spencer à leur point de rendez-vous.

Les minutes s'écoulaient lentement. De temps à autre, Drago voyait passer un ennemi. Il ne tira pas, ne tenant pas à dévoiler sa présence, sa priorité était de retrouver Spencer. Une fois réunis, ils s'occuperaient de dératiser les lieux.

Tout à coup, trois hommes jaillirent du bois, leurs fusils pointés sur lui. Drago ne bougea pas, il ne tenta pas de lever son arme, sachant très bien qu'il serait abattu au premier mouvement suspect. Il déposa son arme devant lui, se releva, les mains au-dessus de sa tête.

— Ne cherche pas à me sauver, Spencer ! Sauve-toi !

Il était d'une parfaite sincérité. Mourir ici, cette nuit, ne le dérangeait pas si ça permettait à Spencer de fuir. Il était même prêt à attirer les tirs sur lui pour les détourner de son amant.

Les armes en face de lui bougèrent, visant son torse.

Drago fixa les trous noirs des canons et un calme étrange l'envahit. Son heure avait sonné.

Cours, mon amour, ne te fais pas tuer aussi bêtement que moi. Je te souhaite d'avoir une vie bien remplie. D'être heureux.

XIX

SPENCER SE FIGEA en entendant la voix de Drago retentir à travers la forêt. Ne pas tenter de le sauver ? Quelle connerie ? Et pourquoi avoir crié ainsi au lieu d'émettre sur leurs radios…

Oh merde ! Le con ! Il cherchait à attirer tous les ennemis sur lui afin de donner une chance à Spencer. C'était du suicide. Ou peut-être se sentait-il perdu et avait-il choisi ce baroud d'honneur.

Spencer ne commit pas l'erreur de se relever, il était trop bien entraîné pour révéler sa position et gâcher le sacrifice de Drago. Il continua à ramper et à progresser à une lenteur exaspérante vers la cabane. La voix de Drago était venue de là-bas, sans doute avait-il atteint leur point de rendez-vous.

Spencer reprit espoir en n'entendant aucun nouveau coup de feu. Si les terroristes avaient reçu l'ordre d'exécuter Drago avant de se lancer à la poursuite de Spencer, ils l'auraient déjà fait. Un peu rassuré, Spencer continua son exaspérante progression.

La cabane lui apparut enfin à travers les sous-bois, cinq hommes tenaient Drago en joue.

Merde. Jamais Spencer ne parviendrait à tous les abattre avant que l'un d'eux ne presse la détente et ne tue Drago. Il lui fallait donc une diversion. Le détonateur sans fil ferait sauter la cabane, mais avec Drago debout contre le mur, ça risquait de faire des dégâts. Comment obtenir que Drago se jette au sol ? En le lui demandant, peut-être. C'était risqué, mais ça pouvait marcher.

Le problème, c'était le timing. Et il était trop près des cinq hommes armés pour chuchoter des instructions à l'oreille de Dray sans donner l'éveil. D'un autre côté, s'ils l'entendaient, ils se retourneraient tous pour lui tirer dessus, ça serait une sacrée diversion. Et ça pouvait donner sa chance à Dray.

Sa décision prise, Spencer murmura :

— Sur mon ordre, jette-toi en avant, la tête la première. Bouche-toi les oreilles et ferme les yeux.

L'ennemi le plus proche l'entendit. Il releva la tête et aboya un avertissement aux autres.

— Maintenant ! jeta Spencer

DRAGO TOMBA comme un arbre abattu, il plaqua ses mains sur ses oreilles et ferma les yeux. Occupés à discuter entre eux, les terroristes mirent une fraction de seconde à réagir. Une énorme explosion de chaleur et de bruit s'abattit alors sur Drago, des éclairs fulgurants attaquèrent ses rétines malgré l'écran protecteur de ses paupières. À tâtons, il récupéra son fusil et se débarrassa de ses lunettes de vision nocturne avant d'ouvrir les yeux. Avec l'incendie qui faisait rage dans son dos, la forêt était bien éclairée. Drago vit des ennemis courir vers le sous-bois en tirant devant eux.

— Nooon ! rugit-il.

Il se releva d'un bond et envoya une rafale sur la ligne ennemie.

Une ombre sortit des buissons, criant de façon incohérente, et lui aussi arrosa les ennemis à quelques dizaines de mètres seulement. Drago concentra ses tirs sur l'arrière, afin de ne pas risquer de toucher Spencer. Qu'il meure ou pas n'était plus la question, il espérait juste flinguer Hamza avant d'offrir son âme au diable.

Une douleur chaude l'atteignit à la jambe, une autre à l'épaule gauche. Sans y prêter attention, Drago continua à se battre, décidé à protéger Spencer jusqu'à son dernier souffle.

Il entendit alors des rafales dans les bois à sa droite, juste derrière Spencer.

Non, non, non, non, non…

SIDÉRÉ, SPENCER regarda les terroristes devant lui tomber comme des quilles renversées par une boule de bowling. C'était quoi ce bordel ?

D'instinct, il se tourna vers l'endroit, près de la cabane en feu, où il avait vu Drago charger comme un héros suicidaire pour éloigner de lui les tirs ennemis. Plus aucun signe de lui. Sous le choc, sa vision se ternit, devenant une sorte de tunnel noir.

Oh non !

Qu'il vive ! Je vous en prie, qu'il vive ! Il ne se sentait pas capable de continuer sans Dray…

Il entendit un mouvement derrière lui et se tourna pour affronter cette nouvelle menace. Étrangement, son corps ne suivit pas le mouvement prévu. Spencer chancela, puis tomba contre un tronc d'arbre. Il tenta de se redresser, les genoux vacillants. Qu'est-ce qui n'allait pas chez lui ?

— Lieutenant Newman ? crièrent des voix.

— Spencer ?

— Équipe 10 sur le terrain !

Spencer cligna des yeux, certain de rêver. Ses hommes ? Les Navy SEAL ? Ici, en France ?

— Vous êtes des SEAL ? bredouilla-t-il, d'une voix pâteuse

Pourquoi diable se sentait-il aussi étourdi ? Il secoua la tête pour s'éclaircir les idées et réprima un gémissement. Très mauvaise idée. Il manqua s'étaler. Un des soldats arriva au pas de course et l'attrapa sous les aisselles pour le stabiliser.

— Asseyez-vous, patron, vous allez tourner de l'œil.

— Non. Dray. Je dois retrouver Dray.

— Nous nous en occupons.

— Hamza… ne doit pas filer…

— Nous nous en occupons aussi. Les véhicules qui étaient au bord de la route sont inutilisables. S'il reste des ennemis, ils vont devoir partir à pied et aucun d'eux ne sera capable de semer l'équipe 10.

Cette fois, Spencer put mettre un nom sur cette voix.

— Cormac ? C'est vous ?

— En chair et en os, monsieur. Laissez-moi vérifier où vous avez été touché. D'après votre réaction, vous perdez du sang.

— Non, ça va. Je dois aller chercher Drago. Ma radio est cassée…

— Asseyez-vous, insista le SEAL. Si vous tentez de vous lever, vous allez tourner de l'œil. Ah, voilà…

Cormac étendit Spencer sur le sol et pressa violemment sa hanche. Spencer grinça des dents.

— La blessure n'est pas mortelle, mais vous saignez comme un bœuf. Je vais vous poser un pansement hémostatique coagulant [29]. Ça agit rapidement pour maîtriser une hémorragie externe. En revanche, ça fait un mal de chien.

— Mais Drago…

---

29 Agent hémostatique qui accélère la coagulation du sang en formant un caillot.

— Les autres s'occupent de lui. Il va s'en sortir. C'est un rapide, ce mec-là.

Spencer ne put répondre, car une atroce agonie venait d'exploser à sa hanche gauche. Il aspira l'air et se mit à haleter tandis que le médecin de son peloton injectait du kaolin dans sa plaie.

— Restez avec moi, Spencer.

— Putain, putain, putain !

— Oui, je sais. Le saignement s'arrête.

— Parfait. Laissez-moi me lever. Je dois vérifier que mon partenaire…

— ASSEZ !

Le médecin était un homme costaud. Il planta sa main sur la poitrine de Spencer pour le maintenir en place, puis il parla dans son micro :

— Ici, Cormac. Je n'arrive pas à calmer le lieutenant. Où est Thorpe ? Vous l'avez récupéré. Comment va-t-il ?

Cormac écouta attentivement la réponse, puis il leva le pouce avec un grand sourire.

— Alors ? s'impatienta Spencer. Drago est avec vos hommes ?

— Affirmatif. Ils poursuivent un mec qui s'est enfui à pied et votre copain mène la charge avec une balle dans la jambe. C'est un coriace !

— Sur quel canal communiquez-vous ? demanda Spencer avec impatience.

— Le trois.

Rapidement, Spencer s'empara du casque du médecin dont il pressa l'écouteur contre son oreille.

— Rapport, putain !

— *Cible abattue.*

Spencer s'affaissa de soulagement. Il se redressa d'un bond en entendant une autre voix annoncer :

— *Merde ! Le type de la CIA vient de s'écrouler.*

Spencer esquissa le geste de se lever. Une fois encore, Cormac l'en empêcha. Il récupéra son matériel et déclara d'un ton laconique :

— Ne le laissez pas mourir. Le lieutenant tient à le récupérer vivant.

— *Je m'en occupe.*

Cormac regarda Spencer :

— C'est Jasper Jenrette qui s'occupe de Thorpe, c'est le meilleur médecin de toute l'équipe. Votre copain est entre de bonnes mains.

— Je ne peux pas le perdre, murmura Spencer.

Cormac parla dans son micro :

— Au rapport, Jasper.

Il répéta à Spencer ce qu'il entendait :

— Plusieurs blessures par balle, mais aucune n'est mortelle. Il a perdu beaucoup de sang. Ils sont déjà en train de lui injecter du O négatif. Il a déjà repris conscience. Il recevra le même traitement que vous – des pansements hémostatiques coagulants – avant de pouvoir être déplacé.

Cette fois, Spencer s'évanouit pour de bon.

DRAGO CLIGNA des yeux et examina les trois hommes au visage assombri par de la graisse de camouflage qui le surveillaient de près.

— Vous êtes qui ? grinça-t-il.

— Des amis. Charles Fabian – un pote à vous, d'après ce que j'en sais – nous a contactés pour nous prévenir que notre lieutenant avait besoin de renfort. Alors, nous sommes venus. Spencer est un des nôtres.

— Il sera content de l'entendre.

Drago réalisa alors ce qui s'était passé.

— Merde ! Où est Jabril Hamza ? Ses hommes…

— Ils sont tous morts, coupa un autre SEAL.

— Vous en êtes certain ? Hamza nous a déjà fait le coup une fois. L'avez-vous formellement identifié ?

— Affirmatif. Vous voulez vérifier par vous-même ?

— En fait, oui. Vous croyez que je peux me lever ?

— Ça ne serait pas très conseillé, monsieur.

— Suis-je en danger de mort ?

— Non. Je vous ai plus ou moins rafistolé et injecté du sang neuf. D'ici quelques minutes, vous allez roupiller.

Drago roula des yeux et se remit debout.

— Comment va Spencer ? s'enquit-il.

Une voix qu'il ne reconnut pas s'éleva :

— Il vient de perdre connaissance suite à son hémorragie. Ça ne va pas durer. Nous lui avons trouvé une autre radio, dès qu'il ouvre les yeux, vous pourrez lui parler.

Drago prit alors conscience qu'il avait mal partout. À quelques endroits, il sentit le tiraillement désagréable des points de suture, à d'autres, la vive brûlure des bandages compressifs. Il boitilla vers deux SEAL qui alignaient les cadavres des terroristes sur le bord du chemin.

Drago les examina un par un. Il s'arrêta au troisième, puis murmura dans son micro :

— Tu es là, Spence ?

— *Affirmatif.*

— Cet enfoiré d'Akaba est venu en personne.

— *Il est mort ?* demanda Spencer.

— Oui. Je suis devant son cadavre.

— *La dernière erreur de ce serpent lui aura été fatale.*

Drago continua à marcher, scrutant chaque visage – du moins quand c'était possible. Hamza était le dernier de la file. Malgré la chirurgie plastique qui avait transformé ses traits, le terroriste avait gardé ses yeux d'autrefois et Drago les aurait reconnus n'importe où, mêmes ternes et morts comme ils l'étaient actuellement. Il sortit sa lampe de poche et la pointa dans l'œil gauche, celui qui avait un éclat d'or au bord de l'iris. Il hocha la tête en voyant ses soupçons confirmés.

— T'es mort, marmonna-t-il.

Étrangement, il n'en ressentit aucune satisfaction particulière. Tout ce qu'il voulait, c'était retrouver Spencer.

— Où est le lieutenant Newman ? demanda-t-il.

— À la cabane.

Drago hocha la tête. Forçant son corps épuisé à un dernier effort, il se hâta autant que faire ce pouvait vers l'homme pour qui il avait été prêt à mourir.

En arrivant à destination, il aperçut Spencer, qu'un grand homme en tenue militaire maintenait assis contre la paroi de bois.

Drago tomba à genoux à côté d'eux et déclara :

— Tu es dans un sale état, Spence !

— Je t'aime aussi.

Drago le fixa, bouche bée.

Le médecin toussota et se releva.

— Euh, je vais vous laisser. M. Thorpe, veillez à ce que le lieutenant ne se relève pas.

Il s'éloigna d'un pas rapide et disparut dans la forêt.

— Moi aussi, je t'aime, Captain America, déclara Drago d'un ton léger. Je suis content de te revoir entier.

— Non, je suis sérieux, déclara calmement Spencer. Je t'aime, Dray. Quand j'ai vu tous ces hommes pointer leurs fusils sur toi, j'ai su de façon certaine que je ne voulais pas vivre dans un monde où tu n'existais pas.

Drago se mit à rire, mais il s'interrompit très vite dans un gémissement de douleur.

— Quand j'ai vu tous ces fusils braqués sur moi, lança-t-il avec ironie, j'ai su de façon certaine que je ne voulais pas mourir dans un monde où tu n'existais pas.

— C'était fou de ta part de me crier cet avertissement, Dray.

— Ne pas le faire aurait été bien pire. Je ne pouvais pas te laisser tomber dans une embuscade et ils m'utilisaient pour t'appâter. J'ai craint que tu agisses de façon stupide et héroïque en cherchant à te sacrifier pour moi. J'étais certain que tu y pensais !

Après un bref moment de pause, il ajouta :

— D'ailleurs, pourquoi communiquer avec moi et révéler ta position avant de faire sauter la cabane ? C'était indigne d'un pro !

— Je voulais attirer leur attention sur moi et te laisser le temps de te jeter au sol avant l'explosion. Je savais que tu profiterais du chaos pour t'éclipser. Ce que tu as fait.

— Oui, mais tous les hommes d'Hamza ont concentré leurs tirs sur toi. Si tes SEAL n'étaient pas arrivés à temps, tu aurais été plus troué que du gruyère suisse [30].

— Oui, mais toi, tu serais resté en vie.

— Spencer. S'il te plaît, pour l'amour de Dieu, n'essaie plus jamais de te sacrifier pour moi. Je ne pourrais pas vivre si tu meurs, surtout si tu meurs à cause de moi !

Spencer posa une main sale sur le visage de Drago.

Et Drago ressentit la chaleur de cette paume calleuse se répandre en lui, corps et âme.

— Je sais exactement ce que tu ressens, souffla Spencer.

— C'est décidé, alors, insista Drago. Plus de sacrifice intempestif de ta part ? Je ne veux pas te voir te jeter sur une épée sous mes yeux !

— Et si je promettais de me jeter uniquement sur ton épée ? suggéra Spencer d'un ton égrillard. Et toi sur la mienne ?

Drago rejeta la tête en arrière et éclata de rire.

La vie était belle, décida-t-il. Spence et lui s'en étaient sortis vivants. Quoi que l'avenir leur réserve, ils seraient ensemble pour l'affronter.

---

30 Le gruyère suisse n'a pas de trous (NdT).

XX

SPENCER AJUSTA son uniforme fortement amidonné et, d'un signe de tête, il demanda à Charles Favian de lui ouvrir la porte. En pénétrant dans la pièce, il découvrit Drago, déjà attablé autour de la table de conférence, ainsi qu'une demi-douzaine de hauts fonctionnaires de la CIA et du ministère de la Défense. Tous affichaient un air sévère. Un amiral était assis au bout de la table. Merde, c'était le chef des opérations navales en personne.

Cheveux Gris – l'homme que Spencer avait rencontré quelques semaines plus tôt au débriefing ayant mené à ce fiasco – s'adressa à lui pour dire :

— Asseyez-vous, lieutenant Newman.

Spencer avança, plus lourdement appuyé sur sa canne que son état le réclamait. Récemment opéré de la hanche, il était en vérité presque remis. Peu importait, il comptait rappeler à ce pompeux aréopage que Drago et lui avaient failli mourir pour débarrasser le monde libre de la menace terroriste que représentait Hamza.

Il contourna la table pour s'asseoir à côté de Drago, dans le seul siège resté inoccupé.

Cheveux Gris enchaîna :

— Ce débriefing est informel. Il ne sera ni reporté ni enregistré. Nous ne vous demanderons pas de prêter serment, mais nous attendons de vous la vérité, toute la vérité et rien que la vérité.

— Que Dieu m'en soit témoin, répondit sèchement Spencer.

— Nous avons examiné votre déclaration, lieutenant Newman, ainsi que celle de M. Thorpe, et nous sommes tombés d'accord qu'elles correspondent sur l'essentiel des points importants.

Spencer fit l'effort de ne pas lever les yeux au ciel. Ça lui coûta.

Cheveux Gris continuait à pérorer :

— Vous et M. Thorpe avez agi en toute illégalité, sans être mandatés par vos supérieurs. Vous avez uni vos efforts afin de traquer et abattre Jabril Hamza et plusieurs de ses compatriotes.

— Compatriotes ? cracha Spencer. C'est le nouveau terme pour désigner les terroristes ?

L'amiral leva la main pour demander le silence.

— Lieutenant Newman, nous sommes conscients que grâce à vous et à M. Thorpe, le terroriste le plus recherché de la planète a été abattu.

— Nous avons été assistés au moment crucial par l'équipe 10 des Navy SEAL, s'empressa d'ajouter Spencer.

— Nous en avons pris bonne note. Tous les soldats intervenus dans cette opération recevront dans le plus grand secret les citations et les médailles appropriées, et leurs dossiers militaires seront également mis à jour.

— Merci, monsieur, dit Spencer, calmé.

Il se fichait des sanctions qui risquaient de lui tomber dessus, à condition que ses hommes ne paient pas les pots cassés. Ils étaient juste venus le secourir lorsqu'il avait besoin d'aide. Parce que tous ensemble, ils formaient une vraie famille.

Cheveux Gris conclut :

— Nous reconnaissons que vous avez tous les deux rendu un grand service à notre nation, sinon au monde, en éliminant Jabril Hamza. Et les ordinateurs portables que vous avez récupérés chez Fayez Khoury contiennent une manne d'informations sur d'autres cellules terroristes actives, leur financement et les mouvements bancaires dans divers pays.

À quelle sauce allaient-ils être mangés ? se demanda Spencer. Il lança un regard interrogateur à Drago. Avait-il une idée de la conclusion de ce long préambule ? En réponse, Dray secoua imperceptiblement la tête. Il n'en savait pas plus que Spencer.

— Au final, déclara Cheveux Gris, nous sommes arrivés à un consensus : aucun dossier d'accusation ne sera monté contre vous, lieutenant Newman, ni contre M. Thorpe, mais votre désobéissance flagrante aux ordres reçus ne peut rester sans effets. En conséquence, vous êtes tous les deux radiés de vos affectations actuelles.

Les mots tombèrent sur la poitrine de Spencer, aussi lourds que des marteaux. Sa carrière était officiellement derrière lui.

— Au vu des blessures graves que vous avez subies pendant l'élimination d'Hamza et de sa cellule, nous vous accordons à tous les deux une mise à la retraite anticipée avec tous les avantages sociaux et financiers en résultant. Vous recevrez une décharge honorable, lieutenant Newman, et toutes vos indemnités vous seront versées, M. Thorpe.

Cheveux Gris se tut.

Un vieillard anonyme s'exprima alors de l'autre bout de la table, d'une voix que l'âge rendait tenue :

— Vous nous avez rendu un fier service, messieurs. Au nom d'une nation reconnaissante, je vous en remercie.

Drago se pencha en avant.

— C'est fini ? Nous pouvons nous en aller ?

Cheveux Gris hocha la tête.

— Oui.

— Allez, Spence, haut les cœurs ! s'exclama Drago. Une nouvelle aventure nous attend !

Spencer se rasséréna en croisant ses yeux souriants. Il se leva.

— Tu as raison. Allons-nous-en.

Ils sortirent de la pièce ensemble, la tête haute, le dos droit, épaule contre épaule.

Une fois hors du bâtiment gouvernemental, Spencer regarda autour de lui : l'herbe était verte, le ciel d'un bleu lumineux. C'était une belle journée pour vivre.

— Nous voilà face à un challenge, déclara-t-il, nous devons nous créer une vie à deux. Que diable allons-nous faire pour occuper notre temps ?

— Il se trouve que j'ai invité quelques-uns de tes hommes pour répondre à cette question.

— Quoi ? s'étrangla Spencer.

— Oh, regarde ! Les voilà ! Ils nous font signe !

Spencer leva les yeux et vit une bonne trentaine de SEAL agglutinés autour de plusieurs SUV. Ses hommes. Tous les gars de l'équipe 10 qui n'étaient pas en ce moment même déployés à l'étranger. Spencer boitilla vers eux et Drago le suivit en adaptant son pas au sien.

— Pourquoi sont-ils là ? demanda Spencer.

— Ils vont nous suivre chez le juge de paix.

— Pourquoi ?

— Pour assister à notre mariage, évidemment, Einstein !

Spencer s'arrêta net et regarda Drago.

— C'est toi qui as tout organisé ?

— Possible. Aux dernières nouvelles, tes hommes débattaient encore pour savoir qui serait témoin et qui serait demoiselle d'honneur.

Spencer fit tourner l'alliance qu'il portait à l'annulaire de la main gauche. Drago portait le même anneau au même doigt. Ils avaient échangé leurs vœux en privé, juste après leur sortie de l'hôpital, préférant ne rien faire d'officiel avant de passer en jugement – ce qui leur était arrivé ce matin.

Sans rien ajouter, Spencer se remit en marche vers ses hommes. Il reçut pêle-mêle leurs regrets concernant sa mise à la retraite anticipée et leurs félicitations pour être arrivé au bout de sa carrière militaire en un seul morceau.

Puis Drago avança afin de réclamer la parole.

— Spence et moi sommes tous les deux au chômage. Je me suis dit que le moment était idéal pour nous marier. Qu'en dis-tu, Spence ? Acceptes-tu de m'épouser ?

— Putain, oui ! Bien sûr !

Une énorme acclamation s'éleva et Spencer reçut de ses hommes des bourrades si énergiques qu'il faillit en perdre sa canne et se retrouver sur le cul. Quand le brouhaha se calma enfin et que son équilibre fut moins menacé, il sourit à Drago.

— J'ai hâte d'être officiellement ton mari, mais qu'allons-nous faire ensuite de nos deux vies ?

Drago lui rendit son sourire.

— J'ai déjà ma petite idée.

— Je t'écoute.

— Pourquoi ne pas monter une boîte ensemble ?

— Une boîte pour faire quoi ? s'étonna Spencer.

— Pour user de nos compétences durement acquises : résoudre les problèmes sans suivre les sentiers battus.

Spencer pencha la tête, l'air intéressé.

— Tu parles de sécurité privée ?

— Ça et plus encore. Nous serons ouverts à toutes les opportunités.

Spencer acquiesça lentement.

— Ça me plaît beaucoup. Il faudrait en discuter plus à loisir.

— Après notre mariage, trancha Drago.

— Bonne idée. Je dirais même : après notre lune de miel.

— Oh, tu veux une lune de miel ? Où aimerais-tu aller ?

— N'importe où, Dray. N'importe où, tant que je suis avec toi.

Drago lui adressa un sourire impudent plein de promesses et d'amour.

— Ça va être la belle vie, bébé !

Spencer n'en doutait pas.

EXTRAIT EXCLUSIF

Retrouvez Drago et Spencer dans le tome 2 de Black Dragons Inc. : *Ouvrir les bras.* L'histoire de Gunner et de Chas paraîtra au printemps 2021.

Jadis meilleurs amis, Gunner et Chas sont restés séparés pendant une décennie, mais ils mettent leur différend de côté pour sauver une petite fille de dix-huit mois – et peut-être aussi eux-mêmes.

Gunner Vance est amer et en colère de devoir renoncer à son équipe de Navy SEAL suite à un malencontreux accident. Mais tout change quand son ami d'enfance et amant d'un soir réclame son aide.

Chasten Reed mène une vie d'enseignant, calme et solitaire, quand il trouve devant sa porte un cadavre et une petite fille. Il comprend instantanément qu'il lui faut un commando pour espérer survivre. Gunner est donc sa meilleure chance, à condition que son ami d'autrefois et lui trouvent un terrain d'entente pendant leur cavale.

La mission de Chas et de Gunner est simple : identifier l'enfant et la ramener saine et sauve à sa vraie famille. Mais le danger les guette à chaque coin de rue tout au long de leur périple depuis la Nouvelle-Angleterre jusqu'à Hawaï, et « simple » n'est pas synonyme de « facile ». Dans ces conditions, Chas et Gunner réussiront-ils à assouvir leur passion mutuelle ou laisseront-ils leurs divergences d'opinions les séparer une fois encore ?

I

CHASTEN REED but lentement son thé herbal, savourant les arômes de camomille et de mélisse séchée, des plantes biologiques qu'il avait récoltées lui-même dans son jardin. Après une semaine difficile, il avait hâte de passer un week-end calme et relaxant. Il avait dû user toutes ses réserves de patience pour maintenir l'ordre dans sa classe de maternelle, ses jeunes élèves ne pensant qu'à Halloween, la semaine suivante.

Chas avait fait sa lessive hebdomadaire, nettoyé son petit bungalow et même lavé et rangé sa vaisselle. Il avait un bon roman policier à portée de main sur la table basse et prévoyait de s'endormir sur son canapé en le lisant.

C'était par des nuits comme celle-ci, quand Misty Falls, New Hampshire, était d'un calme mortel, avec tous ses habitants nichés dans leurs confortables foyers, que Chas se sentait le plus seul. À des moments pareils, il envisageait sérieusement d'acquérir un chien. Peut-être un Corgi. Il l'appellerait Sir Fluffington...

Pop. Pop, pop, pop.

Que diable...? Apparemment, les gosses du voisinage avaient retrouvé des pétards datant du dernier été. Chas secoua la tête et attrapa son livre. Il ne se sentait pas concerné. Un voisin querelleur finirait sans aucun doute par appeler la police et les enfants s'enfuiraient en ricanant comme des bossus.

Ba-da-da-da-da-da-da-da.

Bon sang ! On aurait cru une mitrailleuse. Les enfants avaient dû allumer toute une série de pétards en même temps.

Bang ! Bang !

D'accord. Le son était tout proche et bien trop violent pour un simple pétard. Quelle inconscience de tirer un feu d'artifice dans une rue antique bordée de maisons en bois ! C'était un coup à déclencher un incendie ! Chas se leva et avança jusqu'à sa porte d'entrée, prêt à sermonner les gosses de sa voix d'instituteur la plus sévère.

On frappa à sa porte.

Oh, pour l'amour de Mike ! Les petits plaisantins s'en prenaient aux habitants du quartier ? Chas tendait la main vers la poignée et ouvrait sa porte quand il entendit des pneus crisser dans la rue. Il n'avait fait qu'un pas sur son perron quand il faillit trébucher sur une femme affalée à ses pieds.

— Leah ? C'est vous ?

Sa plus proche voisine, une quinquagénaire, gisait sur le côté, roulée en boule, les mains sur le ventre. Tout autour d'elle, le plancher était maculé d'un liquide sombre à l'odeur ferrugineuse : du sang !

Choqué, Chas sursauta. En même temps, il s'accroupit et se pencha vers la blessée, tout en surveillant la maison voisine, la seule masure branlante d'une rue rénovée depuis peu.

— Leah, ma chère, que se passe-t-il ?

Quand il lui tira l'épaule, la femme roula sur le dos, ses yeux vitreux fixant le plafond du porche. Elle paraissait morte.

— Leah !

Chas posa la main sur le cou, cherchant le pouls. Rien. *Et merde.* Il chercha plus fébrilement, pressant ses doigts sous la mâchoire. *Toujours rien. Nom de Dieu !* Il tomba à genoux à côté d'elle, fouillant avec frénésie sa mémoire : il avait suivi une formation en premiers secours à l'école secondaire… ce qui lui paraissait dater d'un million d'années.

Avec l'intention de pratiquer un massage cardiaque, il écarta l'épais manteau de Leah et se rendit compte alors qu'il y avait du sang partout. Le manteau était trempé, le chemisier aussi. En fait, Chas était à genoux dans une flaque de sang qui s'étendait rapidement. Il tira sur les pans du chemisier, faisant sauter les boutons, et fixa les trous déchiquetés du torse. *Huit balles* ? Leah aurait été *abattue* ? Du sang suintait encore des blessures, mais ça ne correspondait pas à la quantité répandue.

Paniqué, Chas commença à pratiquer des compressions thoraciques sur Leah tout en comptant dans sa tête. Au moment voulu, il se pencha, pinça le nez de Leah et lui souleva le menton pour souffler de l'air dans sa bouche. Ce fut alors qu'il remarqua l'entaille béante qu'elle avait sous l'oreille. La chair était déchiquetée, des tendons d'un blanc nacré étaient coincés dans le tube fibreux de l'œsophage et du sang coulait encore lentement de la blessure dévastatrice.

Une balle avait déchiré la gorge, atteignant la carotide. Personne ne pouvait survivre à un truc pareil. Franchement, Chas s'étonnait même que Leah soit restée consciente assez longtemps pour arriver jusqu'à son porche. Désireux d'appeler le 911, il fouilla la poche de son pantalon pour en sortir son téléphone portable, mais avec ses doigts gluants de sang, il le fit tomber. Il se pencha pour le récupérer, de l'autre côté du corps de Leah et là, il entendit du bruit.

Un gémissement terrifié émanait d'un ballot, une couverture roulée, posée sur le sol du porche, à côté de Leah. Sans doute le portait-elle au moment où elle s'était effondrée pour mourir.

D'un geste preste, Chas ouvrit la couverture. À l'intérieur, il découvrit une petite fille d'environ dix-huit mois, couverte de sang et si terrifiée qu'elle ne pouvait même pas pleurer. Il la prit dans ses bras et essuya le petit visage maculé avec un coin de la couverture. Il l'examina rapidement, cherchant d'éventuelles blessures. Il n'en trouva pas. L'enfant était indemne.

En entendant un crissement de pneus, Chas releva les yeux. Un SUV noir venait de tourner au coin de la rue. Chas paniqua. Pourquoi ? Il n'en savait rien, mais il se fia à son instinct. Il serra l'enfant contre lui et s'enfuit en courant, sautant par-dessus la haie pour se perdre dans l'obscurité derrière la maison. Sans ralentir le pas, il traversa sa cour arrière.

Des freins hurlèrent juste devant chez lui. Chas déverrouilla la grille, quitta sa cour et referma sans bruit derrière lui.

Quand des coups de feu explosèrent dans la rue, Chas s'accroupit instinctivement. En entendant un bruit de verre brisé, il comprit que les vitres de sa façade venaient d'être détruites. La terreur lui donna des ailes, il s'enfuit dans la ruelle, emprunta un passage entre deux maisons et arriva dans la rue suivante.

Il courut tant qu'il eut du souffle, il courut pour s'éloigner le plus possible du lieu de la fusillade. Quand il s'arrêta enfin, à plusieurs pâtés de maisons de chez lui, il haletait si fort qu'il avait l'impression d'avoir un couteau planté dans les côtes. Sa panique se calmant enfin, son cerveau se remit à fonctionner de façon cohérente.

Que diable s'était-il passé ?

Chas ne savait pas grand-chose au fond. Sa voisine était venue mourir devant chez lui, cherchant à protéger l'enfant. Leah lui avait-elle délibérément amené la petite fille afin qu'il veille sur elle ? Depuis ce premier gémissement terrifié, l'enfant restait muette.

Chas pesa ses options : il pourrait frapper à une porte au hasard et demander de l'aide, mais il était trempé de sang, l'enfant aussi. On les croirait émergés d'un film d'horreur.

La police. Il devrait se rendre au poste, signaler la mort de Leah et remettre aux autorités cette enfant dont les parents devaient être terriblement inquiets. Il regarda autour de lui afin de se repérer. Le poste de police n'était pas loin, à quelques rues à peine.

Il se remit en marche d'un pas prudent, tournant constamment la tête à droite et à gauche pour surveiller l'éventuelle arrivée d'un SUV noir ou d'hommes armés lancés à sa poursuite. La situation lui paraissait surréaliste. C'était Misty Falls, pour l'amour de Dieu ! La petite ville la plus calme et ennuyeuse de toute l'Amérique !

Impatient d'atteindre la sécurité du poste de police, il traversa la place du centre-ville et son petit parc, le cœur battant la chamade chaque fois qu'il se trouvait à découvert entre les arbres.

Le poste faisait partie du bâtiment municipal, affreuse construction de plain-pied, trapue et utilitaire, qui datait des années 1970. Quand Chas émergea du parc, la première chose qu'il remarqua fut le SUV noir garé dans la rue, juste devant l'entrée.

Il se figea, puis recula lentement. Même après s'être fondu dans l'ombre, il continua de reculer, le cœur dans la gorge, incapable de respirer.

Qui était dans ce véhicule et *que* voulaient ces gens au juste ?

Brusquement, un flic jaillit du bâtiment, son pistolet dégainé pointé derrière lui, vers le poste. Un homme tout de noir vêtu, le visage couvert d'un masque de ski noir, sortit à son tour, armé d'un fusil d'assaut. Il tira une courte rafale, le flic s'écroula et ne bougea plus.

Le tireur avança calmement vers le SUV et y monta, côté passager. Peu après, le véhicule s'éloignait. Chas tenta désespérément d'en lire la plaque d'immatriculation, mais il était trop loin. Il ne vit que du noir. Le véhicule tourna dans une rue latérale et le silence retomba.

Chas remarqua que les fenêtres s'allumaient dans les immeubles au-dessus des magasins, sans doute les gens composaient-ils le 911 sans savoir que les agents susceptibles de répondre à leurs appels avaient été abattus. Sinon, pourquoi le tireur aurait-il quitté le poste avec une telle désinvolture ? Il devait s'être assuré que personne n'allait le poursuivre.

Bon sang de bon sang ! Maintenant, qu'était-il censé faire ?

Une silhouette sortit d'un immeuble au bas de la rue et se précipita vers l'officier abattu. Après s'être penché, l'homme – car c'était un homme – recula et se retourna pour vomir. Ensuite, il sortit un téléphone et entama une conversation. Avec qui ? Peut-être la police d'une ville voisine.

En toute logique, Chas aurait dû retourner chez lui et attendre l'arrivée des forces de l'ordre. Il ferait ensuite sa déposition et remettrait la gamine aux services sociaux. Il commençait à avoir les bras fatigués de porter ce fardeau.

Pourtant, il ne bougea pas. Il sentait dans ses tripes que ce n'était pas la bonne décision à prendre. Pour commencer, sa maison n'était plus un havre sûr. Un meurtre avait été commis sous son porche et peut-être les tueurs rôdaient-ils encore à proximité, attendant que les flics – ou Chas – se présentent.

Avait-il été vu fuyant son porche ? Les tueurs étaient-ils entrés chez lui à sa recherche ? Si c'était le cas, ils avaient trouvé sa tasse de thé encore chaud. Ils savaient donc qu'il s'était enfui à pied et qu'il se trouvait non loin de là.

Affolé, Chas regarda autour de lui. Il devait se cacher, se terrer même. Qui appeler pour obtenir de l'aide ? Il fallait un homme courageux, habitué aux armes, un commando, et ce n'était pas si facile à trouver...

À moins que...

Chas connaissait un commando. Gunner.

Et il avait son numéro de téléphone. Ça faisait des années qu'il avait ce numéro dans son répertoire sans trouver le courage de le composer. Sa mère l'avait obtenu de la mère de Gunner et le lui avait transmis. Chas n'aurait su dire le nombre de fois où il avait regardé ce nom dans sa liste de contacts.

Il hésita, le cœur en berne. Il devait y avoir une autre solution. Qui appeler ? N'importe qui...

Non, impossible de téléphoner à un plan Q pour annoncer : hé, c'est moi, Chas, tu te souviens ? On s'est croisé aux dernières vacances à Miami. Voilà, j'ai un petit souci, il y a eu une fusillade devant chez moi, ma voisine a été abattue sous mon porche en me laissant une enfant de dix-huit mois sur les bras et je ne sais pas où aller. Ça te dérange si je passe chez toi ? J'ai des tueurs armés aux trousses, ils viennent d'abattre tous les flics de la ville.

Merde.

Il redressa l'enfant sur son avant-bras. Elle frissonna, s'appuya contre son épaule et nicha le visage dans son cou. La pauvre petite ! Elle devait être morte de peur !

D'une main, Chas sortit son téléphone et le plaqua contre lui pour éviter que la lumière de l'écran trahisse sa position. Il ouvrit sa liste de contacts et la fit défiler.

Vance, Gunner.

Il pressa le bouton d'appel.

CINDY DEES, auteur à succès du *New York Times* et d'*USA Today*, a commencé à piloter à trois ans, assise sur les genoux de son papa. Elle a eu son brevet de pilote avant son permis de conduire. À quinze ans, elle a abandonné ses études secondaires et quitté la ferme équestre du Michigan où elle avait grandi pour entrer à l'Université de Michigan.

Après avoir obtenu un diplôme en russe et en Études de l'Europe de l'Est, elle a rejoint l'US Air Force pour devenir la plus jeune femme pilote de son époque. Elle a piloté des jets supersoniques, des hélicoptères dédiés au transport VIP et un C-5 Galaxy, un des plus gros avions-cargos du monde.

Elle a également travaillé à temps partiel dans les Renseignements. Au cours de sa carrière militaire, elle a connu quarante-deux pays sur cinq continents, elle a été détenue par le KGB et la police secrète est-allemande, elle s'est fait tirer dessus, elle a piloté durant la première guerre du Golfe, elle a rencontré son mari et amassé des tonnes d'histoires de guerre. Cindy a raconté beaucoup de ses expériences dans ses livres qui mêlent romance militaire et suspense.

Parmi les passe-temps de Cindy, citons la danse professionnelle moyen-orientale, le jardinage japonais et la reconstitution médiévale. Elle est active sur les réseaux sociaux et aime sortir avec des amis ou des lecteurs.

Gagnante d'un Cœur d'Or et d'un Médaillon Holt pour ses écrits, Cindy a été cinq fois finaliste et deux fois gagnante du prestigieux RITA Award pour la Romance de Fiction, deux fois gagnante du meilleur Harlequin à suspense romantique de RT Book Review Roman et nominée pour sa carrière et l'ensemble de ses écrits.

Elle a publié plus de soixante romans, dont des thrillers, des romans d'aventure, des récits fantastiques épiques et bien d'autres histoires basées sur le suspense romantique militaire.

Par CINDY DEES

BLACK DRAGONS INC.
Perdre le contrôle

Publié par DREAMSPINNER PRESS
www.dreamspinner-fr.com

Pour les meilleures
histoires d'amour
entre hommes, visitez

www.dreamspinner-fr.com

www.ingramcontent.com/pod-product-compliance
Lightning Source LLC
Chambersburg PA
CBHW031218260626

47169CB00007B/2106